# THE OVERDUE LIFE OF AMY BYLER

# 我是妈妈，我要放假

［美］凯利·哈姆斯 著

孙璐 译

上海文化出版社
SHANGHAI CULTURE PUBLISHING HOUSE

果麦文化 出品

亲爱的妈妈：

好吧，我承认。我知道你听了肯定会小题大做，毕竟你是个母亲，是个书呆子，而且难以自制。你会跑到网上造梗，然后把它绣在枕头上，因为你很疯。不过，无论如何，我得承认：你是对的。

可在读书上你说得不对。妈妈，我读书是因为……因为我爱你，因为我想上大学。你给我的书，虽然不像我在学校里读的那些那么无聊，但也很没劲。你知道吗？你选的那些书一半都被拍成了电影，因为电影"更好"，人们看书时会忍不住想："神啊，这要不是一本书而是一部电影就好了。"

好吧，无论如何，关于我爸，你说得没错。

但我宁愿你不要总这么对。我当然也想让你开心，可这件事，我打心眼儿里希望你是错的。老实说，我宁愿所有事都非黑即白，因为这样一切都好理解。咱家这些事，如果用"我爸是个王八蛋"来解释，就很好解释。可我现在开始了解，他并没有那么糟，他离开我们的原因非常非常复杂。所以，即使过了这么久，又经历了过去三个月里的一切，如果你问我："咱们家走到如今这一步，究竟是为什么？"我仍然不知道该怎么回答，可能只会说："呃……要不你告诉我？"

至于我是怎么到这家医院的，妈，这个问题的答案我倒是很清楚。我知道自己做过哪些蠢事，每一桩都记得，结果最后我就躺进了这个摆着"哔哔"叫的机器的房间，胳膊上和鼻孔里都插着管子。我只能说，要是时间可以倒流，我绝对不会把同样的蠢事再干一遍。

这就叫后悔，对不？今年春天我爸第一次露面时，你让我们再给他一个机会，就是为了防止我们后悔，对不？可现在晚了，我已经要后悔死了，也许我永远都没机会弥补一切了。我现在终于体会到了我爸的感受，我不希望别人也被迫尝到这种滋味。

所以，无论你决定对他做什么，妈，我都没意见，你自己说了算，我不会像个被惯坏的婴儿那样干涉你。我只想要我想要的东西，乔也有他的想法。不过，我们俩最希望的是，作为一个书呆子妈妈，至少在这件事上，你能做出让自己快乐的选择。

我想，如果现在的选择能让你快乐，那就去吧。

爱你。

你最喜欢的女儿，科莉

# 第一章

三个月前

在宾夕法尼亚这种小地方,你避之不及的人有很多,愿意遇见的人却很少。我几乎每天都能碰见我最好的朋友莉娜——她和我在同一所学校教书,所以不用特意约,我俩也总是抬头就见,比如在学校走廊、教师休息室和停车场(我们这儿到了四月还得给车除霜)。

我还会经常遇到我女儿最好的朋友崔妮蒂。神啊,要是哪天崔妮蒂没出现,太阳肯定是从西边出来的。崔妮蒂有时出现在学校,有时出现在我们家,有时会把她的车停在游泳馆外,等我女儿上完游泳课,她俩会去市区闲逛,看那边的男生。

还有我的牙医。每周六我都会在集市上遇到她,看到她和教会姐妹一起卖手工皂和蜡烛。要是我不去她们的摊位打个招呼,她就会写张便条塞进我家邮箱,而且鉴于她非常斤斤计较,我也很清楚这会让她多难受。便条会这么写:"亲爱的艾米,我很担心你,告诉我,你和孩子们还好吗?上帝爱你,米莉亚姆。"

还有些人,你压根儿就别指望能遇见,比如《古战场传奇》里的杰米。我也见过和他容貌相近的硬汉,但从没邂逅过他本人,无论在市场、学校还是我儿子参加的"头脑奥林匹克"比赛上。

又比如奥普拉。我很想偶遇奥普拉，我觉得跟她聊聊书应该挺有意思的。

再比如我丈夫。

可他现在就在那边。跟我结婚十八年的丈夫，我上次见他还是三年前。当时我女儿十二岁，儿子八岁，他掏出一只拉杆箱，找出我为他熨好的衬衫和领带、一套换洗西装、几件运动服、剃须用品、六种抗焦虑的药，往箱子里一塞，就拖着去了中国香港出差，然后再也没回来。

可现在他却回来了。

我没认错，他就站在我家附近那个药店的创口贴货架旁，皮笑肉不笑地盯着我。多年以来，我始终抗拒这一刻，在这个痛苦的瞬间，我一下明白了他此时出现在这儿的原因。

该来的还是来了。他想讨回原本属于他的人生。

正如任何一个成功、有能力、实现了自我价值的成年女性那样，我毫不犹豫地躲到了棉棒货架后。

可这样的逃避毫无意义。约翰离我估摸只有三米，并且他绝对看到我了。他只是怯懦地朝我笑了笑。这个笑容我非常熟悉，我知道接下来他还会微微耸肩，仿佛在说："抱歉，我忘了买牛奶回来，不过我今天真是累坏了，又这么晚了，孩子们明早只吃麦片也能凑合吧？"我的学生们也会对我露出相似的笑容，仿佛在说："我都这么努力了，能不能赏我一个'A'啊？"

可问题在于，约翰的错不是"忘了买牛奶回来"这种程度的，他连"回来"都忘了。他忘了回家，忘了养孩子和付账，忘了在过去三年里对他的老婆效忠。甭管怎么说,他既然有胆子干出这种事,总不该是用这副嘴脸面对我,只是笑笑过不了关。我宁愿他露出被前妻抄起钝器砸脑袋和肩膀时的表情,我还会更开心一点。

我蹲在写着"急救用品"货架的一侧,四处找钝器。

可我只看到附近有几个荧光粉色的呼啦圈。用这种装饰闪亮的塑料呼啦圈揍一个男的,只能算挠痒痒。不过在一个漫长却愉快的思考瞬间,我的确动了心想尝试一下。

"艾米?"约翰问,"是你吗?"

他知道我是谁,我也知道他是谁,烧成灰我都认得。他离家出走近一年后,我开车去市区时,依然会怀疑其他车上的某人是他。我的心跳会条件反射地一停,心脏紧缩;而当我意识到认错人时,心又会猛地一沉。这些看似微小的虚假警报让我陷入无尽的疲惫。他离家出走几周后的某天,一辆贴着"共享"标签的汽车拐进我家门前的小街。我觉得这车后座上的男人身形像极了约翰,那种万分肯定的确认感让我全身的血液激动得横冲直撞。我觉得自己就像个困在大峡谷、断水断粮许多天的旅人,现在终于有人带着绳梯来救我了。我停下车,等着那车从后面开过来,驶入我家的车道。接下来,我却从后视镜里看到它丝毫没有减速,径直从我家门前开了过去。我艰难地消化着这个事实,整整二十分钟都没法继续开车。

但今天不一样。不再像过去那样,只是一场演习。他真的回来了。而我宁愿渴死,也不打算接住他丢过来的绳子。

"约翰?"我故作茫然,假装才看到他。我从货架后绕出来,走到他那边的过道。那里的架子上摆着成排的冰袋、纱布和抗菌软膏——这几年,多亏了各种新奇的儿童玩具和有抗抑郁功效的大瓶装维生素D,我才把他留在孩子们和我心中的阴影赶走,但可惜这些急救用品不会变成能把他本人打跑的武器。

"我简直不敢相信,居然能在这儿遇到你。"他说。我无语地盯着他。他凭什么觉得不会在这儿遇到我?我们在这个镇上生活了近二十年。在这里,我们的孩子学会了说话和走路,这会儿正等着我和他们一起回家。我低头看看手里的购物篮,已经完全想不起自己到底是来干什么的了,篮子里为什么装着微波爆米花、卫生棉条和祛痘霜?"我本来以为只能去家里见你,但我担心那样你会反应过度,也不知道怎样才能避开孩子们,单独找到你。所以,能在这儿碰面更好,对吧?我也不想入侵你的私人空间。"他又说。

我继续盯着他。我想尖叫,想哭,想变成那种可以在这种情况下毫不犹豫地亮出指甲、挠花对方脸的勇者。可惜我不是那种人,而且这里是药店,所以我只能盯着他。

"艾米?"他说,"艾米,你还好吧?"

"你走。"我听到自己说,"我不知道你为什么在这儿,但我们不需要你。你走,现在就走。"我放下购物篮,它突然变得死沉死沉。我轻轻地对约翰"嘘"了一声,仿佛他是公园里的鸟,恰巧落在了我附近。

"对不起,"他说,"我很抱歉,可我不会走。"

我突然灵光一闪:这个药店卖拐杖,可以用拐杖给他造成实质伤害,尤其是那些底部带保持平衡的三角支架的拐杖,杀伤力一定很大。

"艾米？"他又问。我好像在笑？是不是还咧开了嘴？难道我终于要发疯了吗？不知怎么，我突然很想放声大笑。"你要坐吗？"约翰问，然后他做了一件非常不要脸、极其过分的事，以至于我差点无视周围窃窃私语的旁观者，扯开嗓门尖叫起来。

他伸出手，抓住了我的胳膊。

我甩开他，说："不。"我的理智一下子恢复正常，不再像刚才那样幻想揍他、尖叫和躲藏。三年了，我终于在这一刻回归现实。我深吸了一口气，对他说："我不知道你打算干什么，约翰，我只知道你已经三年没露面了。三年前，你还跟我和我的孩子们一起生活，我们在一张床上睡觉，一张桌上吃饭，每天待在一个屋檐下。整整三年，一千多天。你不能就这么无所谓地跑回来，在我家附近的药店闲逛，买我常买的创口贴，拉我的胳膊，好像我是个残疾人。三年了，一家人的房贷水电费还有该死的看牙费都是我一个人负担。你不能这样，绝对不行。"

约翰看上去很愧疚，脸上的怯笑消失了，露出跟我现在差不多的痛苦表情。我意识到，他现在也困在大峡谷里，而且认为我是那个带着绳子来救他的人。

他摇摇脑袋，开始说话，可说来说去无非是几年前他刚抛弃我们，我的整个世界崩溃后，我梦见他告诉我的那些陈词滥调。唯一的区别是，它们现在听起来更像一阵让人头疼的耳鸣。

"你说得对，"他说，"我做得很过分，非常非常抱歉。可我来这儿不是为了再次伤害你们，我是来弥补的。"

"我不知道你能不能做到。"我实话实说。

"你不用担心,"他说,他这话很有迷惑性,让我无言以对,"那是我的事,也是我来这里的原因。我想演好我的角色,成为孩子们真正的爸爸,这是他们应得的。"他提起我扔在地上的购物篮,"我要纠正自己的错误。"

"他想干吗?"

我女儿科莉、我儿子约瑟夫、我最好的朋友莉娜齐聚我家——我们家的客厅。我家是一座漂亮的方形小楼,离我工作的乡村日间学校仅有几步之遥。跟大多数漂亮东西一样,这房子特别难伺候,保养费不菲,因此我手里永远没有余钱。要是哪天我的房子发现我从牙缝里省出来一百美元,打算带孩子们去国家公园玩上一周,家里准会有东西坏掉。我觉得这房子八成有被遗弃妄想症。

约翰住这儿的时候,这还不是什么大问题。他手很巧,也喜欢在家里修修补补,打开修东西的视频,他能看上一天。此外,就算有什么东西被他修坏了,需要打电话请工人来补救,作为大型食品公司的法律顾问,他也有充足的薪水付账。

当然,这房子一开始就是个碎钞机。我们搬来的时候,它就已经有一百年历史了。好在所有东西都能修能换,而且完全不急,因为每次只要解决一个问题,比如按照建筑标准更换老化的管线,挖出壁板后烂掉的地方,重封地下室,用更气派的建材替代木质壁板……诸如此类,反正约翰长大的阿米什乡村地区连"家得宝"都没有,因此他十分擅长用自己的双手修理一切。

不过,我猜,这个"一切"并不包括他自己。为了"纠正"自己的错误,他采取的是双管齐下的办法:第一,完美隐藏个人情绪，这样谁也看不出哪里不对；第二，逃离妻子和家人。

"他想……"我搜肠刮肚地组织词句。漫长而孤独的三年里，我始终在维护他的名誉——为了保护孩子们的美好回忆。要是让孩子们知道他们的爸是个混蛋，这是我的失职。"他想和你们在一起，他一直都很爱你们。没能陪伴你们长大，他觉得非常后悔。"

科莉不屑地"哼"了一声，打原始人那时候起，十多岁的小孩就会发出这种轻蔑的声音，表示："放屁，我觉得你在胡说／别矫情了／得了吧，老太婆。"当你趁她打喷嚏时胳肢她，也会听到类似的哼哧声。但生过两个孩子后，我就不再敢这么哼哧着冷笑了，因为笑完后肯定会漏出一点儿尿。

"咱们得听听他想说什么，"我说，"开个小小的家庭会议，让他把话说明白。"接着，仿佛这个提议还不够让我恶心似的，我又把他在创口贴货架前对我说的话（当时的我已经平静下来，终于听明白他说了什么）告诉了他们，"暑假快到了，他希望放假后的第一周可以陪陪你们。"

"什么？"科莉说，"不，绝对不行，没门儿。"

他第一次问我时，我也是这么想的，绝对不行。

"我明白你的感受。"我说，但随即意识到自己说错了话。

"你不明白！你爸又没在你刚满十二岁时抛弃你。"

"没错。"我说，神啊，我是不是对这孩子太有耐心了？"可我丈夫虽然给我留下了两个好孩子和一座值钱的漂亮房子，却没给我解决工作和钱的问题，所以我差不多跟你们一样惨。"

她翻了个白眼："他又不是回来找你的。"

这就是十几岁女孩的秘密武器，虽是无心之言，杀伤力却极大。我有没有幻想过他是回来找我的？比如听到他叫我名字的那一刻？当我们刚在药店分别，他试图拥抱我时？当他用貌似渴望的眼神看着我时？

我怎么可能没想过？

我收了收下巴："咱们还是别讨论这些捕风捉影的东西了，他又不会绑架你们。咱们一起做个决定吧，咱们四个。"

"我已经决定了，不行。"

有其母必有其女。约翰提出想陪孩子们一周的时候，我也是这么说的。一周弥补三年的缺席，不行，远远不够。

"做出决定前，我们得先举行家庭会议。"我假装客观地说，"没错，他是给你们造成过伤害，但我想看看你们能从他那儿学到什么。"

"首先，"我的学霸儿子说，"他不能参加家庭会议，家庭会议仅限于家庭成员参加。"

科莉夸张地点头，抱起胳膊，附和道："仅限于家庭成员！"我忍不住笑出声来。这对姐弟小时候整天吵个不停，烦得我脑袋嗡嗡作响，所以有时我会威胁他们："你爸再过两小时就回来了。"他们一听就会立刻休战，突然变成最好的朋友。即使到了现在，哪怕只提到约翰的名字，他俩也会马上结成一致对外的钢铁同盟。

"其次，"乔继续说，"从我爸身上，我没什么可学的，除非你想让我学怎么发神经跑到中国香港，牺牲整个家庭，利用愚蠢的年轻女孩重建他的自尊。"

我又收了收下巴，能让才十二岁的小孩如此老练地表达心声，我是该埋怨还是感谢乔的心理医生呢？

"我可以发言吗？"莉娜说，我们全都点头。莉娜以一种怪异的方式成了我们家的一员，或者说，至少在过去的三年里，她是我们的家人。约翰离开后，假如没有这个最好的朋友挺身而出，帮我照顾孩子，为我们做饭，在我哭的时候拉着我的手安慰我，我还能活下来吗？我想都不敢想。

"我认为，要是我们打算利用你们父亲熟知的那套法律规则判他出局，就得想一下，在法庭上要提供什么证据才能跟他永远断绝关系。根据我研究《傲骨贤妻》总结出的经验，我们应该证明他的离开对你们造成了真实且无法弥补的损害。"莉娜掷地有声地说。

作为律政剧铁粉，科莉听得入神。乔虽然沉迷逻辑，但他对电视节目（尤其是剧集）不感兴趣，所以他只是耐心地等莉娜说完。

"他对你们造成了真实且无法弥补的损害吗？"莉娜问，"我觉得不尽然。因为你们妈妈非常了不起，她能在三十秒内从带孩子的全职妈妈变身为学校图书管理员。你们爸爸离开后，她让你们留在贵得要死的私立学校读书，没缺过一天课。虽然你们爸爸一分抚养费都没出，可她想方设法筹到了钱，不仅够还房贷，还能给你们买华夫饼和乐高积木，哦，还有速比涛游泳装备。就生活质量而言，自他离开后，你们根本没受过什么苦。"

我看着她。她的用意是善良的，不过透过这番话，人人都能看出真正受了损害的是我。我就像新闻里那种长期遭虐待的儿童，假如某个广告商想制作一段描述苦难的三十秒宣传片，完全可以找我拍个延时视频：我会穿上我那条有松紧腰带的三色教师制服裤，清晨五点起来铲走两米深的积雪，好确保孩子们能准时到校；紧接着我会给两百五十个富二代小孩连讲十小时的课，以免他们无所事事，打电脑游戏；下班后，我会瘫在沙发上看《古战场传奇》；因为累成了狗，一天结束的时候，我连按摩棒都懒得找出来，更不用说按下开关了。

毋庸置疑，这段视频必然凄凉，节目效果拉满。

莉娜继续说："再从无形的角度看，比如精神方面，我们固然能证明自己的感情受了伤，因为他的离开肯定让人痛苦，但这是无法补救的吗？他现在试图回答的正是这个问题，他想知道自己能不能弥补失去的时间。"

"谁在乎他想要什么？"科莉插嘴，"我们想要什么才是重点！"

"好吧，"莉娜说，"你们想要什么？怎么选对你们最好？原谅他，跟他一起享受生活？还是恨他一辈子？换句话说，惩罚他对你们而言是最好的选择吗？"

"莉娜，你的意思是，恨他一辈子不太明智？"科莉不满地叫道。

"恨谁一辈子都不明智。"我说，这话主要是说给我自己听的，"莉娜这次说得依然很对。"

"我还能怎么说？"她耸耸肩，得意地冲我笑笑。

"我对你们爸爸很不满意。"我告诉孩子们，"老实说，他的离开给我造成了很大的伤害。"假如再实诚一点儿，我会说，今天重见他时，我觉得心脏像是被他狠狠地捣了一拳。

"那还用说。"科莉说。

"不过，虽然'惩罚他'这个念头一开始听上去很棒，但我还是会提醒自己，不能忘了生活中最重要的东西，我最想要的是让你们幸福。好吧,"我紧接着补充道,"其实我最希望的是你们俩顺利读完大学,别进班房,然后才是幸福什么的。我认为,和爸爸生活一阵子,试着原谅他,可以让你们更开心,而不是更不开心。"

我自己相信这套说辞吗?我觉得宽恕有用吗?我能原谅约翰吗?我能忘掉他做的事,允许他回到我的生活,就像整件事从未发生过一样?

很可能做不到。既然如此,我又怎么能指望我的孩子们做到?

"好了,你们要明白,爸爸不会无缘无故离开我们,哪怕他当时确实让我们这么觉得。他离开是因为他相信没有他我们会过得更好。因为他伤心难过,觉得自己对你们不好,认为一走了之能改变这一切,并且期待在将来的某一天能回来纠正自己的错误。"我强迫自己说出这些违心的话,无论他怎么发誓,说他离开家不是因为我,可面对你爱的男人用离家出走这种极端方式追求幸福的事实,你很难不觉得是自己的错,"你们也明白,他始终想着你们,那些可笑的小卡片……"我提醒他们,约翰习惯在孩子生日和节假日(甚至劳动节)时寄来煞风景的大额支票和贺卡,"它们至少说明,虽然他的做法略蠢,但他确实想要努力做点什么。"

乔若有所思,莉娜、科莉和我凝视着他。无论他接下来怎么说,都会影响全家人的意见,因为乔是个通情达理的孩子,凡事讲究客观公平。与他相比,我的性格就比较圣母,科莉喜欢小题大做,约翰则总是有些自私。乔代表了光明——宽宏大量,机智敏锐,乐观向上,此外最重要的是,他还非常聪明,虽然这导致我在很多方面无法理解他,但我却因此更加爱他。

"莉娜阿姨,"他开口道,我知道一个哲学问题要来了,因为成为乡村日间学校的老师前,莉娜是个修女,"你认为宽容是后天习得的还是天生就有的品质?我们是在诸如下棋这种实践活动中领悟出了宽恕之道,还是天生就会原谅别人?就像有的人生下来就很会唱歌那样?"

"没错,"莉娜以她特有的方式回答,"有些人即使练习无数次,也没法自然地原谅别人。虽然他能够感受到宽容带来的愉悦,但他要么经过深思熟虑才会原谅别人,要么完全不会谅解,心怀怨恨一直到死。为什么我会知道这点?因为不注意的话,我就很可能会变成这样的人。"她又朝我点点头,"还有一些人,比如你妈,总是在毫无察觉的情况下就原谅了别人。这种人往往会吃两遍苦,因为他们太宽宏大量,且喜欢得过且过,感受力也没那么强。"

我撇了撇嘴。我不确定自己是不是同意她的话,但我感激莉娜在我的孩子们面前为我营造了一个远比实际要酷的形象。

科莉叹了口气。"我现在还是很生崔妮蒂的气,因为她买的口红色号跟我的一样,我本来还打算拿这颜色当自己的招牌来着。"她说。听到这里,我急忙咬住自己的舌头,免得不小心说了崔妮蒂的坏话。科莉的朋友里,崔妮蒂并非我最喜欢的那个。"我爸做的事比她糟多了,要让我彻底对他消气,至少也得再等两年,这不过分吧?"

"当然不过分,"我说,"但我觉得最后你会忘了这点事儿。你是怎么想的,乔?"

"无论如何,我跟科莉的意见一致。"乔用他特有的既聪明又公正的语气说道,"要是她不想和他在一起,甚至一周都不行,那我们就不理他,一周都不行。"

莉娜微笑着靠回椅子上,看来她早就料到会出现这种结果,甚至比我还早。

科莉叹了口气。"好吧,混蛋。"她对乔说,"一周,不能超过一周。"

乔面露喜色,但他以为我们什么都没看到。莉娜和我暗中交换了个眼色,我们也以为孩子们什么都没看到。

"夏天开始后的那一周。"我说,就一周,"看来大家都没意见了,有意见可以找我提,"我承诺,"我来解决。"

那一刻,我几乎想不到,这场即将到来的冒险结束后,我自己会成为那个"问题"。

## 第二章

亲爱的妈妈：

我明白，你大概要夏天结束才会看到这篇所谓的阅读日记，但我还是想在这里正式提出以下投诉：

1. 我为什么学期还没结束就要急着参加什么"暑假读书"活动？

2. 既然"放假"的意义在于"不用读书"，我为什么还要参加"暑假读书"活动？

3. 那些不是图书管理员的家长也会这么做吗？真的吗？问问你自己。整个暑假里，牙医的孩子必须每天三次用牙线剔牙吗？军人的孩子呢？他们每天都得打靶吗？顺便说一句：比起读书，我宁愿天天剔牙和打靶。

4. 还有关于选书：比如这本，《深夜小狗神秘事件》，读完后我只能看出，书里那个住英国、养老鼠的自闭小男孩跟我一点儿关系都没有。

我看到作业表上写着，我还要读到一百年前的人，反抗纳粹的人，现世未来的人，以及来自根据迪士尼电影虚构的王国的人。

妈妈，你知道约翰·格林和斯蒂芬妮·梅尔吗？我能在《饥饿游戏》里活下来吗？生在这样一个崇拜读书、人人都是天才的家庭，这是不是对我的一种惩罚啊？

这似乎不公平，因为，呃，就是不公平。

我希望你下辈子的每个夏天都必须和崔妮蒂在一个游泳池里度过。

爱你。

你最蠢的孩子，科莉

一周。夏天的第一周。直到第二天去了学校，我才猛然意识到，在这整整一周里，我见不到孩子们，也不用工作，不会有任何重要的东西出现在我的生活中。

站在图书馆里，我听到一个学生告诉她的朋友，她暑假要参加合唱夏令营。我看看日历，发现夏天已不再是个遥不可及的抽象概念，一如商业太空旅行和比基尼脱毛那样。再过不到三周，它就来了。三周内，我丈夫——好吧，我前夫会来接走我的孩子们。他们将远离我这个最专业的家长，只有我才知道那些不为人知的秘密：乔为什么不吃烩蛤蜊，怎样才能防止泳池里的氯把科莉的头发变绿。约翰离开时，两个孩子还很小，现在他们长成了更加危险的生物。他知道怎么教育青少年吗？他有勇气拒绝他们吗？他会一味纵容他们的每个意愿吗？要知道，上次跟约翰在一起时，他们的个子比现在矮了足足三十厘米，而且更信任自己的父亲。他会再次伤害他们吗？他们会让他靠近吗？他们会感到安全吗？

这周的第三次，我趁着备课躲进教师休息室，给约翰打电话。

"你好，艾米，"他平静地说，语气中听不出厌烦，这不奇怪。

"要是乔被蜜蜂蜇了，你怎么办？"我没寒暄，上来就问。

他顿了顿："这算什么问题？乔又不对蜜蜂过敏。"

我皱了皱眉，因为我希望听到错误的回答。"被蜇了还是会疼的。"我暴躁地说。

"好吧，"约翰说，"我会用小苏打软膏涂伤口，然后冰敷。"

我点点头。"嗯。"我沉吟道，想着什么问题能难住他。科莉的社保号码？我好像也不知道，里面是不是有很多该死的"7"来着？

"不会有事的，艾米，无论他们给我出什么难题，我都准备好了。"约翰说。

"他们很生你的气，"我说，*我也很生你的气*，我想，"他们可能会疯狂搞事。"

"没错，"约翰说，"过去我确实担心这点，但既然隔阂是我造成的，那就只有我才能消除它。"

我摇了摇头："你可能消除不了。"

"我有义务试试，谁知道呢。"他说，"这或许对大家都好。"

上课铃声响起，我的胃翻搅起来，我飞快嘟囔了句"再见"，赶着去上下一节课。到了教室里，我发现自己竟然紧张得出了一身汗。这充分说明了我不对劲，因为在学校里根本不可能出这么多汗，这儿的空调温度通常开得很低，我怀疑这是为了把青少年冻成冰棍，防止过多的青春期荷尔蒙决堤而出。跟学生们打过招呼，布置完课堂任务后，我做了一件我自以为所有图书管理员在焦虑时都会做的事：列一份清单。

我的清单里写的是孩子们跟着他们那位不负责也不值得信任的父亲生活时可能会遇到的危险：

- 他们会迅速学会吃喝嫖赌。
- 科莉会怀孕，乔会得性病。
- 约翰会给他们仨搞上一套同款文身，至于什么类型，暂时想不出来。
- 他们的脖子上也会有文身。
- 约翰会在电影《长大》里那种老掉牙、吓死人的狂欢节上把两个孩子都弄丢，他们俩会沦落得跟流浪猫一起睡纸板箱，直到我把他们俩捡回来。

以及，在所有可能性中，最糟的一个：他们没事，我有事。

尽管莉娜说（需要指出，她没小孩）这是个"绝妙的机会"，我还是不愿意离开孩子们这么长时间。哪怕我能省出钱来去欧洲坐火车玩一周，或者学水彩画、玩陶艺，发掘我身上水彩画家和陶艺家的细胞，我也不愿意趁机去做这些事。与每位美国母亲一样，我很累，可以一睡好几天。但睡醒之后呢？看看电视，狂吃海喝？连点三天比萨外卖？边吃比萨边喝塔吉特百货的盒装葡萄酒？去开市客闲逛（但不买东西）？

我试图想象家里没孩子是什么样，结果行程表空空如也，放松和孤独互相交织的感觉令人作呕。我想起去年那个我休了三天的周末，我父母带孩子们去了华盛顿，参观那儿的博物馆和历史建筑，留在家里的我又做了什么呢？第一天：上网看《吉尔莫女孩》，洗了大约二十堆衣服，打扫了家里的每个角落和台面，组装了一个宜家书柜，听了五小时图书管理员主题的播客，织了一顶婴儿帽。第二天：在冰箱前面哭。第三天：提前一天跑到巴尔的摩水族馆，给我父母和孩子们"一个惊喜"。不过，跟我引以为傲的那些精彩时刻相比，这些还是差太远了。

这一周，我的生活我做主，我暗忖，是时候把厨房粉刷一遍了。

我看了一眼监视器里的学生们。我正在做教学规划，他们也捧着平板电脑各忙各的。我决定给朋友发发消息，为乡村日间学校的某大型项目做一下调查。这个项目是为了提高孩子们的积极性，帮他们顺利度过春假至暑假间漫长的忙碌期——指导将升入高年级的学生选一门"大学专业"，让他们每早抽半小时学这门专业，并根据大学课程指南制作合适他们自己的课程表，研究论文专题，从事社会实践。例如，要是有人选了"医学预科"，首先他必须弄懂医学院的资金如何运转，还要在不影响主修的前提下掌握选修课，知道自己要进入怎样的实验室，买书得花多少钱，该加入哪些学术团体，然后再写一篇小论文（至少十页纸），借此熟悉医学院的入学考试。最终，假如一切顺利，在夏季前的最后一周，他们会在自己选择的领域里获得一封有分量的推荐信。老师将依据推荐信、学生拟定的学习计划、财务计划以及上交的小论文，进行评分。打分的老师是那些不嫌考评期末考试麻烦的人，比如我。我既是辅导员，又是专题讲师和教练，甚至还是保姆，多项全能。

教室里的孩子们正在忙的就是这些事,而我会给其中部分人打分。我希望他们都得"A"。为了给他们加油,我动作夸张地慢慢走到白板前,白板上写着项目剩余天数。当我把上面的"15"改成"14"时,整间教室瞬间被一阵焦虑的寂静笼罩。然后,我意味深长地在倒计时的数字下写上:

学习计划?

财务计划?

论文?

推荐信?

我什么都没说,而是让事项清单和倒计时自己说话。我一只眼瞄着学生们的电脑屏幕,拿出我自己的平板电脑,给莉娜发消息。

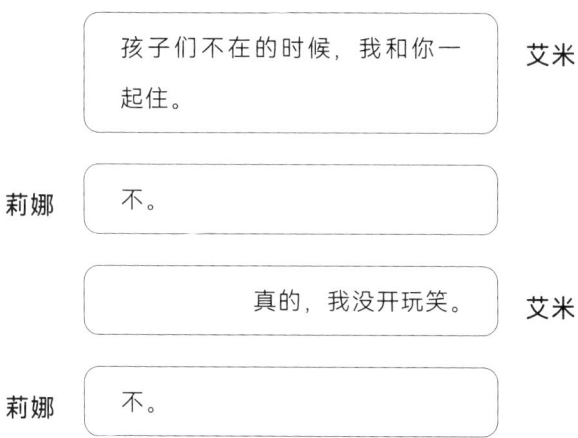

| | | |
|---|---|---|
| | 会很有趣的，我做晚饭，再来个丹尼尔·克雷格电影专场。 | 艾米 |
| 莉娜 | 咱们每周六都这样。 | |
| | 那干吗要推翻传统？ | 艾米 |
| 莉娜 | 你得有自己的生活。 | |
| | 修女不该善解人意吗？ | 艾米 |
| 莉娜 | 不知道你是从哪儿听来的这种说法。 | |

好吧，所以那周我不能去找莉娜。我打算去佛罗里达看我爸妈，在坦帕的大太阳底下度过七天，思考一些重要问题，比如：为什么一个人出生时被人抱错，竟然会长得越来越像自己的养父母？为什么一个只看福克斯新闻的人，会把新闻的音量调到介于《手提钻》[1]和《永久性脑损伤》[2]之间？

那一周肯定会有我要独自做的事，不算洗衣服，这事必须有意义。自从孩子们出生，我连一周假都没休过，肯定对过去十五

---

1. 美国2004年上映的恐怖电影。
2. 摇滚音乐专辑。

年里想做却没做的事充满渴望，我应该为自己负责，实现那些延迟而未能实现的目标，比如继续进修什么的。

啊哈！我觉得我想好了。乡村日间学校希望教职工每年都能参加进修，赚取学分，那一周，我可以抽时间学用新软件，研究新学期的课程设置，这样等孩子们回家，我就能监控科莉的手机使用情况，督促乔在暑假里每天进行户外活动了。

我打开美国图书馆教育工作者协会的网站，查找学术会议和进修教育方面的信息。这个网站页面是以图书管理员的特有方式分类的，绿色网页是"专业"，蓝色网页是"书籍"。但我不止一次希望这两大类能合并，两种颜色也能混合，这样所有网页都会变成浅绿色。

"课程介绍"页面加载得很慢，我一边等一边暗自盘算：也许我可以开车去斯克兰顿上课，当天回来，或者还是待在家里，边喝汤边上网课，穿着睡衣学习，但愿网上还有我没学过的东西……

纽约州纽约市

六月一日至四日

哥伦比亚大学主办

未来的学校图书馆：了解国内思想最具前瞻性的公私立学校如何利用新资源，学习承前启后的课程设置新方式。未来十年，什么会是学生们的"新常态"？用多屏幕平板电脑？还是具备投影功能的手表？折叠式手机？今年六月，来纽约，看未来！进修名额仅剩十个！

哈！纽约。

是的！纽约。假如约翰带孩子时捅出了什么娄子，纽约离得足够近，这样我可以及时去处理；纽约离我家又足够远，去那里才像真正度假；并且自从认识了约翰，我就再没去过纽约。我爱过那个地方，我的大学室友塔莉亚和我曾经一有机会就跳上去纽约的火车，在小破旅馆的沙发上消磨时光。有一次，我们出去跳舞跳到凌晨四点，跟圣瑞吉斯酒店值夜班的前台服务员撒了个谎，在酒店大堂的双人天鹅绒躺椅上睡了一夜。

噢，我们在纽约做的那些事！其中大部分我对约翰都没说过，更不要说和孩子们分享那段黑历史了。无论如何，自从约翰和我决定要孩子，自从我怀上了科莉，自从我开始渴望稳定的家庭生活——像现在这样，住在有漂亮厨房的大房子里，我已经有十五年没想起过那座城市了。当然，丈夫一连消失三年、不付抚养费这种情况绝非我所要的。但不管怎么说，目前的生活状态或多或少的确是我所期望的。

但是，那个特殊时期除外。

那是一段喧闹欢乐的好时光，只是已过去了很多很多年，现在的我和那时的我判若两人。

我再次打开平板电脑的消息窗口，大约自约翰离开一年后，我就再也没给塔莉亚发过消息，那时在杂志社工作的她刚刚升职。不管怎么说，我们已经很长时间没联系了，长得令人尴尬。

但我知道，她会理解。只要我们再次出现在同一个房间，时间就会回到从前，仿佛一直以来只有我们两个。我突然非常想见到她，看看没有孩子和丈夫、所有衣服都来自塔吉特百货、此外衣柜里只有牙膏和卫生巾的人的生活是什么样的。我给她发了消息：

> 嘿，姐妹！六月第一周我要去纽约，一起喝个咖啡怎么样？或者来点儿酒？

没有回应。然后对话框里出现了一个省略号，接着又是一阵沉默。我有点儿紧张，这么久没联系，她会不会生我的气？她还存着我的号码吗？于是我补充道：

> 我是艾米，艾米·拜勒。

对话框里又是省略号。好吧，无论如何，她看到了我的消息。

**塔莉亚** 艾米……艾米！

这似乎是个好兆头。

**塔莉亚** 艾米·拜勒！这些年你干什么去了！

我歉疚地打字，说这些年我忙得很，疲于应付一团乱麻的生活，在不知不觉中跟她失去了联系……

> **塔莉亚**　你来找我吧，住我这。

我删掉了刚才敲的道歉的话。

> 真的？？？你确定家里有房间？　**艾米**

> **塔莉亚**　现在说话不方便，我在开会，等会儿打给你。

我惊喜地凝视着电脑屏幕。哈哈！我现在不用花两百美元一晚的住宿费，跟爱达荷来的陌生图书管理员挤旅馆了，要是乡村日间学校给我发差旅补贴，我可以拿来买吃的，或者……买饮料。

> 太棒了！谢谢你！我会给你打电话的。　**艾米**

> **塔莉亚**　等会儿再烦我，上班呢。

> 对不起，我太激动啦。　**艾米**

她没回复，没有省略号，没有表情包，什么都没有，对话完毕。我放下平板电脑，兴奋得有些发抖。怎么会这么容易？我现在的生活竟然可以和多年前的生活无缝对接？这么多年以后，我还能去大城市投奔读书时的好姐妹，无拘无束地跟老朋友叙旧？而且一切费用都在我的预算之内？这是真的还是宇宙设下的诡异陷阱？

平板电脑冲我眨了眨眼。我按亮屏幕，看着新收到的消息，是塔莉亚。我打开发来的链接，是个地址，布鲁克林一个小巷子特别多的社区，她就住在那儿。地图上点缀着不少标记：酒吧、我在杂志上看到过的几家餐馆、商店、一家专卖手工熏制动物下水的熟食店。我的天，塔莉亚还是那么酷。

平板电脑又闪了闪，我又点开消息，塔莉亚以她一贯的简洁风格发来酷得不能再酷的四个字：

> 狂欢开始。

无论这是不是命运安排的大礼包，我终究还是没忘了自己是谁，所以我坚持让约翰在孩子们放学后过来，和我们吃一顿便饭，开个家庭会议，为即将到来的那一周做准备。而且，既然我还是我，家庭会议就得有个议程。

"家庭会议"议程，五月九日，周二，下午五点半

上次会议备忘录：无。
夏季第一周计划：
讨论日程安排样本、当周义务
表现期望：乔

表现期望：科莉

育儿期望：约翰

基本原则

日常沟通计划

指南：在意外摄入花生的情况下使用肾上腺素自动注射器

需要搞清楚的问题：

约翰为什么要离开艾米？

约翰为什么突然回来？

约翰仍然爱着艾米吗？

艾米什么时候才能再有性生活？

不用说，我完全不打算跟与会者分享这份议程。

约翰早到了十五分钟，这出人意料，我还没来得及稳定一下情绪，可他已经来了，站在门口，期待地看着我。我等了一会儿才转过脸去看他。他还是那么帅，身材魁梧，沉着自信。那个瞬间，一切仿佛都回来了：爸爸在家庭聚餐时插科打诨，孩子们兴高采烈地抓神奇宝贝，我想起约翰曾经假装乔是足球，让刚学会走路的科莉"玩球"，他还非常擅长模仿达菲鸭……

"孩子们呢？"他问，当然，他并没用达菲鸭的语气。

"再过半小时就回家了。"我说，"科莉需要整理她的论文，乔在参加辩论赛。科莉打算留在学校做功课，等乔的比赛结束再跟他一起回来。"

"我以为孩子们会在家里。"他说。

"怎么可能？"我说，"两个孩子都很忙。"

"当然。"他说，然后又补充说，"我今天提前下班了，我想早点儿见到他们。"

"好几年了你都不急，今天抽哪门子风？"我说。

他什么也没说，不过看上去被刺激了。我试图把火气吞进肚子，但一看到他在那儿，又在这座房子里，我就浑身烦躁，仿佛将变成超新星的恒星，随时可能爆发。"过来帮个忙吧，"我尽量用正常的语气说，"餐桌改成临时书桌了，得把它变回餐桌。"

没有课后项目的日子，科莉和乔放学后会直接回家写作业，在我家的六人座餐桌旁相对而坐。因为科莉太擅长把代数难题变成美术涂鸦，乔往往会被她吸引得走神，所以我们用科学竞赛的展示板在桌子中间搭了一道隔离墙。乔坐在写有"土豆导电吗？"的那一面，他在展示板上贴了一张愿望清单，记录着他取得过的好分数、他希望进入的大学和感兴趣的职业。你或许会觉得这也没什么了不起，但是别忘了，这个可怜的孩子才十二岁。

在展示板"测量颜色的温度"那一面，科莉贴上了《绿箭侠》男主角的照片和本尼迪克特·康伯巴奇的照片——我们都叫他"巴奇"。

对于这番布置，我并不怎么介意，因为每天这时候我都在厨房里，一抬眼就能看见科莉贴着帅哥照片的那一面。

约翰扬起眉毛打量着这一切。"我真心希望科莉是坐在这一面的。"他指着没穿上衣的斯蒂芬·阿梅尔[1]说。尽管乔迷恋过一个下国际象棋比他厉害、年龄比他略大、名叫梅西·费泽斯的女孩，

---

[1] 斯蒂芬·阿梅尔，加拿大男演员，电影《绿箭侠》男主角的扮演者。

但约翰的思想狭隘程度还是让我很想吐槽。

"哦？你担心我把你儿子变成基佬？"我反唇相讥，"如果他真是同性恋，你会再次抛弃他吗？"

像往常一样，他脸红了："对不起。你说得对，我不在乎他的性取向，我就是太紧张了。"

"你当然该紧张，"我说，"你做了可怕的事，而我们，"我指了指立着科学竞赛展示板的餐桌，就好像巴奇是我们家的一员，"我们是这件事的受害者。"

约翰叹了口气。虽然后来我们慢慢适应了，但他抛弃我们的头几个月，我会定时给他的语音信箱留言，告诉约翰他是个多么自私的王八蛋，无情地把他比喻为"断成了几截的蚯蚓"，或者试着用我从电视剧里学来的脏话骂他。无论如何，我的怒火对他来说并非完全陌生。

"虽然已经过去了三年，但我觉得你就像被时间冻住了一样，一点儿都没变。"他说。

"我没有，"我满怀戒备、愤愤不平地说，"我更可能是被冻在了这个地方。整整三年，我一直在工作，照顾两个孩子，为了让他们上个好学校，吃好住好，我牺牲了我需要和想要的一切。我学会了怎么用一个老师的微薄工资养活一家人，怎么自己修马桶好省下找水管工的钱，怎么用慈善商店买来的旧衣服给孩子做伊丽莎白一世时代的戏服，我还学会了怎么喝咖啡最不容易犯困，怎么买打折的冷冻食品最划算。三年了，我每天都忙得停不下来！"我厉声说，语气有点狂躁，"我怎么可能被时间冻住？"我更加平静地补充道，但我已经意识到自己的抗议有点儿过火了。

约翰看上去既愧疚又烦恼，他的表情似乎在说他的心情已经非常糟糕，我不该火上浇油，而这张脸总会让我感到懊悔。"那么我能做什么？"他疲倦地说，"我已经说了十几遍'对不起'了。"

我无法提供有用的建议。"你能回到过去吗？你能别在我们最无助的时候一走了之吗？你觉得这个方案怎么样？"我问。或许还要回到更早的时候，我想，比如你离家出走前两年。无论遇到什么事，都不能给我掉链子。

约翰叹了一口气，他特别擅长无耻地摆出一副"我才是受害者"的样子，今天也不例外。

"我现在就在这儿，艾米。孩子们还没回家，我们能不能别把气氛搞这么紧张？"他说。

我没接话。"请把桌子清理一下。"我说。

他开始清理桌子，我做饭。五分钟不到，我们已经变回了某种意义上的夫妻——虽然关系紧张，但还能在一张桌上吃饭，履行家庭义务。这一切让我感到非常熟悉又非常伤心。毕竟我失去约翰的时候，也失去了这些。我花了三年时间说服自己我不需要它们。

我心不在焉地切着做香蒜沙司需要的罗勒和大蒜，还得用红酒醋调配一大份沙拉。尽管这些并非什么高级美食，但平时每周一我们都吃蔬菜炒饭和速食锅贴，比今天的饭菜要简单多了。我眼角余光瞥见约翰在摆桌子，他毫不费力地从杂物堆里找出了需要的东西。一切都保持着他离开时的样子，包括我。

我凭什么要用好吃好喝的来讨好约翰？我默默地想，这有什么意义？

煮意面的水开始冒泡，香蒜沙司在搅拌机里呼呼作响的时候，我才想起要趁孩子们没回家，提醒约翰一些事，比如跟他在一起的那周，孩子们有哪些事不能做。我们得商定一些规矩和参照法则之类的。"约翰，"我朝饭厅里喊道，"也许现在是个好机会，我们讨论一下孩子们该服从哪些规则吧。"

然而约翰没在饭厅里，我四下张望也没看到他。我关掉搅拌机，走到房子的前半部分，发现他坐在那张旧帆布沙发上，两手捂着眼睛，身边放着一本孩子们去年圣诞为我制作的相册，封面上写着"别再叫我们青春期小屁孩了"，里面是孩子们一年来的各种生活照：跳水，演讲，过万圣节，戴着傻气的无檐帽，为大家做墨西哥卷饼充当周日早餐……

我愣住了。自从我们结婚，我只见约翰哭过三四次，毕竟他是在一个特别强调"男人要像男人，女人要像女人"这种简单二分法的家庭长大的。他告诉我，他从来没见过他父亲哭。两个孩子出生时，约翰分别哭过一次，后来他跑到中国香港，哭着给我打电话，告诉我他再也不回来了，我们当时都哭得很厉害，说不出完整的句子。"对不起，"他只知道一遍又一遍地重复，"对不起，我必须这么做，我像是快要死了一样。"

在这种怪异的氛围中，我的大脑成功地被危机感冻结，自动跳出了那些它能处理的信息，比如约翰说的"快要死了"。那个瞬间，我的第一反应是：噢，好吧，既然他都快要死了，那就可以理解了。他并不打算离开我，他只是快要死了。感谢上帝，我还以为他想离开我呢。

紧接着，我的大脑又理所应当地解冻了，于是它产生了一个正常的推断：他怎么会死？那个王八蛋。"你快要死了？跟我在一起，你觉得活不下去了？"我记得当时自己是这么问的。他说："什么？"他一连问了三遍，因为我在不停地吸鼻涕，他没听清我说什么。这让我更加愤怒，于是我把怒火变成了刀子，一遍又一遍地朝他扔过去，根本停不下来："你是个可怕的家伙，这件事很可怕，你在做一件非常非常可怕的事。"他跟家里断联后，一连好几个月，我都在重复这些指责，像唱歌一样说给所有愿意听我说的朋友，还有我的父母和他的父母，除了两个人——科莉和乔。

我深深地吸了一口气，坐在他旁边的沙发上。"约翰。"我轻声说，一只手搭在他背上，这个动作完全出自十分久远的肌肉记忆，绝非我的本意，所以一碰到他我就后悔不迭。"这些又不是不能挽回。"我说，我指的是他和孩子们的关系。但与此同时，我又想起自己的结婚戒指还放在二楼的珠宝盒里。我永远都狠不下心来把它扔掉，还安慰自己说这是未雨绸缪，等需要的时候可以拿它换钱。

他抬头看着我，说："我不在的这几年，乔的童年已经过去了四分之一。"

我点点头。痛苦会扭曲你对时间的感受，长期的疲劳运转让我觉得这几年像半辈子那么久。"不过他们不恨你，只是对你有敌意，大概会给你出很多难题，但他们也非常希望你能弥补过去的遗憾。"我说。当然，我是站在孩子们的立场说这些的，不是为了自己，至少我这么觉得。

他挫败地摇了摇头。他总是很容易就不知所措，总是那么快就放弃，我又想发火了。

"别懒，约翰。如果你不愿意努力，那一秒钟都别在这儿多待，马上给我滚出去。"我说，"要是你又让他们失望，我也会让你滚。"或者让我失望。

他摇摇头："我没懒，我只是……被吓到了。"

"你当然会怕，我也怕，可那两个孩子比我们俩都聪明。要是我们装样子，他们很容易就能看出来。如果你的打算只是和他们待一周，然后再消失三年，他们也会看出来。他们会折磨你，看你会不会屈服。还会故意把你推开，看看你会不会信守承诺。所以，假如你不愿意，就别浪费我们的时间。"

"我当然不会食言，我比任何人都希望履行承诺。"他说，"我没想吓你们，但我想跟孩子们有真正的互动。我现在是副总裁了，整个夏天都可以远程办公，如果有急事要处理，从这儿坐飞机很快就能回芝加哥。九月份我才会回中国香港。这次升职后的许多年里，我会有越来越多可自由支配的时间。跟孩子们待一周只是个开始……假如你同意我和他们相处的话。"

我大吃一惊，脸都白了，身体里的每一个母亲细胞都恐惧得颤抖起来。他是想争取监护权吗？他是想偷走我的孩子吗？

"好吧，话又说回来，"看到我面露恐慌，他说，"你问过我是不是打算跟孩子们建立长期联系，我会说'是'。但我没有恶意，你没必要请律师对付我，也不用把我们的故事写成剧本，卖给女性电视频道。"

我深吸一口气，然后点头，因为他说得对。只是这人已经好几年没跟我过日子了，怎么还是比任何人都了解我呢？正确答案听起来怎么总这么恐怖呢?

"他们必须跟我过。"为了让自己安心,我再次强调。

"他们跟你过,你是他们的母亲,我只是想……做个好点的父亲。"约翰点点头。

我扬起眉毛。

"我只想做他们的父亲。"约翰纠正道。

"要是这样,我帮你。"我说。尽管一切都让人感到非常不公平,我还是决定帮他修复他给孩子们造成的创伤,哪怕他也给我造成了创伤。"但我其实不是为了帮你,"我澄清道,"我帮的是他们。"

与此同时,我心里那个更狡猾、更一厢情愿,也更愚蠢的部分却悄悄地自言自语:"或许也是帮我自己。"

## 第三章

亲爱的妈妈：

好吧，我已经猜到你会说什么了，我不会把整篇日记都用来抱怨那些书的，我知道。我应该把那一周的读后感都写下来，最好是以手写的方式记录在一个漂亮的大笔记本上，这样我就能体会过去那些生活在汽车不会飞、恐龙在地球上乱叫的时代的人的感受了。

可是瞧见没有？你现在知道当你在纸上写下一个笑话，但没人回你"哈哈哈"，这感觉多奇怪了吧？因为有人回应，所以发信息是一种更自然的交流方式，等你明白你就懂了。而得不到任何回应的所谓"手写读后感"非常不自然，还有手写日记，都像对着虚空喊话。你会读我写的这篇东西吗？什么时候读？你会笑吗？你会飞快地略读一遍就放下吗？你有什么想对我说的吗？

我爱你，妈妈，真的，但我认为你根本不理解作为一个"年轻成人"的苦衷。我就是一个这样的人。我做人的历史只有十五年，虽然已经开始了解这个世界，但还没被它搞得狼狈不堪。在你跟我谈智慧、讲经验之前，我要告诉你，我知道你和我爸去过巴黎度蜜月，但是从那以后，你还有过类似的经历吗？去过别的地方吗？哪怕只是为了开心地玩玩？我只看到你不停地工作，要么就是唠叨我和乔。

嗯，怎么说呢，我知道你现在过得一点儿都不开心，但这不是你的选择，是我爸的选择。我认为，你之所以过着除了工作就是做家务的日子，全是我爸的错。要是他没走，你本来可以再去一次巴黎的，我敢打赌。

要是他没走，我们都会去巴黎的吧？

写了这么多，我想说的是，经过深思熟虑，我决定不再读《深夜小狗神秘事件》了。这书可能"非常重要"，但绝不是"非常有趣"。我打算读读丹妮尔·斯蒂尔的《巴黎五日》，我觉得这书一开始就很吸引人，书里有个参议员，他妻子爱上了另一个有钱人，你懂的。

哇哦，你没法跟我吵！因为我在写日记，没跟你发消息。

哇哦！

嗯，谢谢你教我写日记这个好办法。

爱你。

你的文盲女儿，科莉

第二天放学铃声响起时，我昂首阔步走进了莉娜的办公室。

"莉娜！"我低声说，"莉娜，放下手头的事，跟我出去喝杯咖啡吧。"

"不行，"她趴在电脑前说，"RealSteal在大减价。"做过修女的莉娜现在是"价值观与伦理道德"这门课的老师，也是我和孩子们的精神领袖，还是打折重度成瘾者。"我要买这个包。"

我拖出她桌旁的椅子坐下，凝视着电脑屏幕。"你知道，承认自己有问题是戒断的第一步。"

"我不这么觉得。第一步应该是相信自己有问题吧？然后才能承认是不是？要是不相信就承认，这有什么用？"

"你有问题，"我宣布，"你就相信吧。"

"我有的是激情，"她纠正我，"你看这个。"她把屏幕朝我这边一歪。莉娜看中的那个包很漂亮，但完全不是她的风格：珑骧牌，稳重、古板、经典，过于中规中矩。"十分钟内，价格会降百分之十，我得不停刷新购买页面，以免别人抢走它。"

"我觉得你浪费的时间都远比折扣值钱。"我说。

"我觉得放学后的第一个十分钟一文不值。如果你这时候走出校门，你会看到漫山遍野的学生，无论咖啡店、停车场、公园还是冰激凌店，甚至电池专卖店里都有他们的身影。因为每天下午三点一刻过后，要是连这些地方都不能去，他们就只能继续回教室待着。你是想找我聊天？那你先关门，舒服地坐一会儿，等我刷新网页，因为这里是全县唯一没被学生窃听的地方。"莉娜辩解道。

我耸了耸肩。莉娜的椅子确实很舒服，虽然是她从马路边捡回来的，但她自己重换了椅面，靠钉枪把一块花卉图案的鲜艳软垫钉在上面。她认为，当人坐在柔软的椅子上时，会不由自主告诉别人更多。也许正是出于这个原因，她自己没有选舒服的椅子，而是坐在一张从"欧迪办公"买来的标准教师椅上。

"约翰昨晚过来了。"屁股一沾到柔软的椅面，我就迫不及待地告诉她。

自从我走进莉娜的办公室,这还是她第一次从电脑前抬起头来。"呦呵!"她扬起眉毛,疑惑地看着我。

"他哭了。"我说。

"活该。"她继续望回屏幕,"他还干了啥?"

"赞美我的厨艺和教育水平,还有孩子们的成绩和餐桌礼仪,总之拍了很多马屁,烦死了。"

"你究竟是觉得烦死了还是挺舒服?"

"都有点儿。"我回答,莉娜真了解我。

"孩子们呢?"她问。

"我像老鹰一样盯着他们,昨晚和今早,寻找压力过大和心情不好的迹象,可他们似乎……挺好的,反正比我好。"

"孩子们的适应能力非常惊人。"莉娜说。

"我知道,我也是这么告诉自己的。但他走了以后,有很长一段时间,我们非常脆弱。"我想起乔和科莉昨晚跨进家门时看着约翰的样子,他们对约翰的态度非常强硬,至少一开始是这样。约翰一上来就跟他们道歉,临走时还在道歉。

我重重地往莉娜的"招供椅"上一靠:"三年,莉娜。当你在你孩子的人生中缺席了三年,你应该怎么道歉?"

莉娜想了一会儿,说:"怎么道歉都不够,只能用行动证明歉意。约翰有什么计划吗?"

我顿了顿。昨晚我们讨论过很多计划,让我满意的却没有几个。"我给你讲讲他昨晚表演的绝活吧。"我说。

莉娜点了一下鼠标,盯着屏幕,向后靠到椅子上:"说吧。"

"起先的半小时,气氛一度非常尴尬,乔和科莉像看外星入侵者一样盯着约翰。我小心翼翼地看着孩子们,就像看着我那套需要小心轻放的玻璃动物摆件。约翰手足无措,似乎随时都能跳起踢踏舞。科莉叫嚣说,她要去崔妮蒂家待一周。乔不断往椅子里缩,仿佛椅子上的木纹是他的保护色。就在我准备站出来做和事佬的时候,约翰从衣袋里掏出了一小瓶薰衣草油。"

"薰衣草油?"莉娜问。

"怪物喷雾,"我说,"乔小时候怕壁橱里有怪物。你还记得吗?他四五岁时,约翰和科莉做了个写着'怪物退散'字样的标签,用亮光胶水贴在一瓶薰衣草油喷雾上,骗乔这玩意儿能当场杀死他看到的怪物。昨晚约翰掏出来的那个瓶子,就是多年以前的那瓶喷雾。约翰把它交给科莉,说假如他们真的希望他滚蛋,就拿怪物喷雾喷他,他就走。他还说,他爱他们胜过自己的生命,虽然他很想留在这儿,可假如这伤害到了他们,他们只要说一声就可以。"

"噢,演技真好。"莉娜说。

"我知道,"我说,"可他的招数非常管用。科莉看着那个瓶子,打开它,闻了闻,薰衣草的气味飘得到处都是。自从乔长大以后,我还是第一次闻到这个味道,你知道气味的威力有多大了吧?"我问,莉娜点点头,"所有记忆都回来了。我想起当年全家人举着薰衣草喷雾满屋跑,把每个黑暗的小角落和每件家具底下喷个遍,我们笑着闹着,仿佛能看到怪物们灰飞烟灭的样子。'这儿还有一只!你刚才漏掉它了!'然后大家躺在乔的床上傻笑,抱怨要花很长时间才能清理掉那些看不见的怪物尸体。"

"真是勇敢的一家人。"莉娜不冷不热地说。

我点头:"科莉把瓶子放在乔旁边,他举起瓶子,对着约翰瞄了一下,那个瞬间,我们都屏住了呼吸。可接着他放下了瓶子,摆在自己的盘子旁,说:'妈,我饿了,有吃的吗?'"

"哇,太神奇啦。"莉娜说。

我想了想:没错,确实神奇,只要你忘了约翰的背叛给我带来的心理阴影和难以自拔的困惑。假如撇开我的感受不谈,单从所谓"母爱"的角度来看,尽管过程小心翼翼,但孩子们和阔别三年的父亲重聚的场面确实神奇。

"这就是你刚才说的'绝活'?"莉娜问。

我从遐想中回过神来:"噢,不,绝活还在后面。我们互相传递香蒜酱,吃着意面,气氛越来越放松。我敢打赌,约翰像只鹰一样盯着我的酒杯,似乎随时准备把它添满,难道我会傻到当着他的面喝醉吗?无论如何,开始有了点其乐融融的意思,整个过程顺利得令人讨厌。孩子们太像他了,你知道吧,很多方面都像。"

"是吗?"莉娜问。她和约翰只是点头之交,表面上彬彬有礼,但从来不曾走得太近。

我点点头:"乔也会像他那样露出若有所思的表情,无论遇到什么危险都会本能地逃避,一溜烟消失得无影无踪,而不是面对并解决问题,他俩都像是……"

"巫师,而不是狼人?"莉娜说。

"没错,像巫师,而不是狼人,"我赞同地说,"科莉是……她只能算半个大人,就像一只没成气候的小老虎。"

"虎人!"莉娜补充。

"没有虎人这种东西。"我说。

"她哪里像约翰了?"莉娜无视了我的纠正。

"幽默感。我猜,就算约翰去了中国香港,他们父女俩也会不约而同地选择看一样的电视节目。他俩很明显都受过吉米·法伦的影响,就好像吉米本人偷偷在我家住过一段时间,又神不知鬼不觉地溜走了一样。他们甚至还会听同一批乐队的歌。从某种意义上说,这有点像第一次约会。'噢,你也喜欢这个乐队?我爱死他们了!我还去现场看他们演出了呢。他们唱了《臭鼬麦吉》!''哇哦,他们以前从来没唱过《臭鼬麦吉》!'"

"《臭鼬麦吉》是什么?"莉娜打断我。

"有支嘻哈乐队唱过类似这样名字的歌。"我说。

"你对这些真是一窍不通。"她又按了一下刷新键。

"没错,"我承认,"你也知道,想编一个听起来很酷的名字却失败了的行为是非常不酷的。"

"耍酷不是你的强项。"

"还是说正经的吧。重点在于,他们仨越聊越兴奋,越聊越期待他们即将度过的那一周,然后话题从他们的精彩计划转移到不用带孩子的我有什么精彩计划。虽然我大半天没说话,但最后还是承认我可能会去纽约旅游,他们一下子就炸锅了。"

"你要去纽约旅游?"莉娜打断我,几乎喊了起来,"真是太棒啦!"

我把视线撇向一边。"也许吧。"我说。我已经提交了在图书管理员大会上发言的申请,为了让乡村日间学校报销参会费用,我至少得做一份PPT,急中生智的我决定拿今年春季学期的读书项目计划充数，把这套东西转化为提案交了上去。"哥伦比亚大学有个图书管理员会议，"我说，"我认为挺值得去的，还能顺便赚点儿进修学分。"

"我还以为你要去纽约参加派对，跟人上床呢。"莉娜皱起眉头，显然失去了兴趣。

"噢，没错，这就是我的风格，"我挖苦她说，"说不定我去了还会弄个文身呢。"

"在后腰上文一个无穷大的符号？"她问。

"120.125。"我反唇相讥。

莉娜疑惑地看着我。

"用杜威十进制分类法表示无穷大，"我解释道，"当然，现在不这么用了，120.125 其实并非无穷大。"

"太深奥了，"莉娜说，"哈！搞定了！"

"搞定什么了？"我问，心里依然在想杜威分类法里的第一百二十个大类"认识论"，即关于知识的知识，这是我最喜欢的科目之一。

"这个包！看！"她让我看电脑屏幕。她还打开了珑骧的官网，同样的包在那里贵了足足一千美元。

"厉害！我的老天爷，你打算拿这个一千一百美元的包怎么办？"我问。

"在易贝网上卖掉，"她坦率地回答，"加价五百。"

"开玩笑吧？谁会花那么多钱买个二手包？"

"我都卖过好几次了，说不定他们还会再加九百，转手卖给别人，谁知道呢？"莉娜耸了耸肩。

"好吧，当我没说，"我说，"你这十分钟花得值。"

"那还用说！"她笑着点点头。

"你打算怎么花赚到的五百块？"我问。我从不知道莉娜经常这样赚外快，我以为她那些包是用做老师的收入买的。

"我准备买个麦克风架子和一只全新的无线麦克风。"

我疑惑地看着她。

"买给家救会夏令营的，我们要搞个才艺晚会。"她说。"家救会"指的是"遭受家暴青少年救助协会"，莉娜在那儿做志愿者。

"噢，莉娜，"我说，"我爱你。"

"我还要给自己买这个，"说着她点开另一个链接，一只可爱轻便的帆布随身行李袋跳了出来，售价加上运费总共不过三十五美元。

"这个更像你的风格。"我说。

"你喜欢可以随时跟我借，"她说，"比如拎去纽约。"

"如果我去纽约的话。"

"求你去纽约吧，"莉娜说，"千万别忘了在那儿找点乐子。"

"约翰也是这么说的，不过态度很勉强，而且是当着孩子们的面，就好像把我推进眼下这种人生悲剧的不是他一样。"

"他说你应该找点乐子？这有什么不对？"

"他想把他的信用卡给我。"我脱口而出。

"什么情况？"莉娜从桌边弹了起来，惊讶地抬头看着我。

"霸占孩子们的时候，他希望给我点补偿，他原话就是这么说的，我听了只觉得恶心。"我说。

"一个男的愿意悉心照顾你的孩子一段时间，还给了你一张空白支票,让你在他'霸占'孩子们的时候随便花?这会让你……恶心?"莉娜问。

"我能照顾自己,也不想被人收买。"我冲她翻了个白眼。

"你要这样想我也没办法。"

"我不会拿他的钱,莉娜。抛家弃子赚的钱不干净,更何况他当年撇下我们,让我受了那么多苦。当时我们已经习惯了他的收入,我是全职妈妈,已经近十二年没用我的法律学位找工作了,要不是我在关键时刻遇到了现在这个职位,要不是学校减免了学费……孩子们的生活会一落千丈。那个时期简直比地狱还可怕。用图书管理员的可怜工资养活我自己和两个孩子,一点都不酷。"

"没错,你说得对。面对困难,你做得很棒。但让约翰补偿你一周零花钱并不会抹杀你的功劳。"

"可感觉就像在抹杀。"我抿着嘴摇了摇头。

"所以你拒绝了?"

"是的,我说:'谢谢你,但我不要。'然后孩子们开始劝我,说我应该收下他的信用卡。"

"我就猜他们会劝你!他们是站在你这边的,跟我一样。"

我不想再听这些,于是继续说:"他们其实就是想花别人的钱。科莉给我推荐了她在电视节目里看到的那些纽约餐馆,乔一直赞美纽约自然历史博物馆的辉煌历史,还有交通博物馆和……房屋博物馆?唉,那孩子,求老天别让他把才华浪费在历史专业上。"

"你现在又不希望乔学历史了?"莉娜笑道。

"我希望他能学一个'让乔一辈子都开心'的专业。"我说,"我猜应该让他选法学预科。"

"其实我觉得这两个专业刚好是对立的,可我又懂什么呢?我不过是个教伦理学的老师。"

我对她笑笑,摇了摇头:"我知道这不是我自己选的未来,但我们可以按自己的想法为孩子们营造快乐的人生,有点儿像……放牧那样,把他们往那个方向赶。乔的心地很善良,我担心他会去做一份不被我们的社会重视的工作,比如当社工或者去公立学校教书,他脆弱的小心灵会崩溃的。"

"我明白你的意思,我只能想象放任自己的孩子犯错是什么感觉。"莉娜说。她的话提醒了我,在做母亲和教育这两个方面,"允许孩子犯错"大概是我们唯一能掌握的重要技能,不过这很难:首先你得预见孩子们将来会犯什么错,然后在他们真的犯错时拉着他们的手,共同面对现实——除非他们将犯的错可能招致极大危险,你才可以提前出手阻止。

"我知道。我觉得乔的问题在于,他总会做出非常正确的选择,我没有任何机会让他练习犯错。"我说。

莉娜朝我笑笑:"那么等时机成熟,他也会做出正确的职业选择——届时对他而言正确的选择。"

我点了点头,再次展现出自己高超的无缝跳转能力:"我认为不接受约翰的信用卡是正确的,但是从孩子们的表现看,我好像才是那种喜欢在派对上煞风景的人。约翰一直坚持让我收下他的卡,甚至唠叨个没完,直到我终于同意暂时留下,以防出现紧急情况和'偶然事件',所以我现在自豪地拥有了前夫的美国运通卡。还有更糟的,你想知道吗?"

"当然,说吧。"莉娜点头。

"在餐桌上，为了表明我的立场，我说：'其实我根本没必要收你的卡，因为上面印的是个男人的名字，假如我真的用了它，肯定会招来别人的鄙视，对吧？'你知道他怎么说的吗？他说：'我已经向公司申请了一张印着你名字的卡，过两天就寄到。'我说：'什么？他们会给你印着你前妻名字的卡？'当着孩子的面，他说：'嗯，反正你还不是我前妻，对吧？'"

莉娜一惊，在椅子里转了个圈："这怎么回事？"

"孩子们也是这么问我的！"

"你现在和约翰还是夫妻？我以为你们好几年前就离了。"

"可我早就提交了离婚申请，这难道还不算'事实离婚'？"

"根本没有'事实离婚'这说法！"莉娜说，"你自己也清楚，别跟我装傻。"

"他在中国香港，请律师太贵，办离婚手续一上来就是个相当痛苦的过程，而且越走你越觉得没必要。"我耸耸肩。

"哦，怎么没必要？至少可以让法院判他出抚养费吧？"

我叹了口气。"就算没法院判决，他也该出钱，"我说，"不用我跟在他屁股后面要。就算没法院判决，他也该留在这儿，照顾他自己的孩子。"

"所以你宁愿自我牺牲，也不想跟约翰打官司？"莉娜的眉毛挑到了天花板。

"我这是脚踏实地。"我纠正她，"而且也许这样更好。我们的大部分共同财产都在房子里，他二话没说就把房子转给了我，而且……"我犹豫着要不要把接下来的话告诉莉娜，因为连我本人都觉得这样的想法过于自私。

"什么?"莉娜问。

"我有孩子。"我说。我没承认我有多怕离婚,因为担心他可能会争夺孩子们的监护权。从法律角度看,我只有百分之五十的胜率,哪怕他只分走一半的监护权,也意味着我没法全程陪伴孩子成长。他的一走了之已让我心碎,在这么痛苦的时候,要是再和孩子们分开,我不知道自己还能不能承受。

"你还是已婚状态?"莉娜难以置信地摇着头说。

"我还是已婚状态,"我说,"和约翰。"

"都分开三年了。"

"我不知道该怎么跟你说,我一直想告诉你来着,这事一直在我的待办列表里。"

"这列表一定很要命。"

我试图换一种方式跟她解释,于是说:"在当时那种情况下,离婚对于痛苦不堪的我来说只是很小的事。那时困扰我的这类小事不计其数,为了活下去,我必须学会忽略它们,就好比一年不理发,我也可以把离婚这事暂时搁置。然后有一天,等我平静下来,我意识到自己该理发了,就去理个发,没什么大不了的。"

"所以现在你意识到自己想离婚了,"莉娜替我补充,"就去离个婚,也没什么大不了的?"

我眨眨眼,好像是这个理。"我觉得是。"我说。

但我心里不这么认为,我突然意识到自己其实根本不打算离婚,因为我觉得现在不是掀桌子的时候。可我没法告诉莉娜这么多,老实说,我自己也不愿意想太多。

"约翰也许是个王八蛋,"我画蛇添足地说,"但他是个讲理的王八蛋。离婚无非是在纸上签个字，就像理发，没什么大不了的，随时都可以做。"

莉娜露出怀疑的表情，我假装没注意到。

一周后，我在卧室整理行李。我还有一周才要去纽约，现在就收拾行李似乎有点可笑，但接下来五天，因为到了期末，科莉会很忙，我也一样，除了要做PPT，还得看论文、安排期末考、批卷子、录成绩，而且难得最近崔妮蒂没出现——既然我希望十五岁的女儿帮我挑选去纽约的行头，就得好好利用现在这个机会，她可是我们家的时尚权威。

宽敞的卧室里，科莉庄严地坐在床脚凳的软垫上，脚尖在我的一堆鞋子里拨来拨去，试图挑出几样不会惹怒她的东西。自打科莉八岁开始，她每天都至少要躺到这张凳子上一次，对我讲她的秘密或者朋友的趣事。我也曾不止一次感谢守护自己的星星，约翰离开后，虽然生活变得无比艰难，但我们不曾被迫从这座房子里搬走。

我们欠下了巨额房贷，我想这要归功于约翰，他坚持认为我们该付近三分之一的首付，从而压低每月还款量，并且要尽快还清。约翰对贷款的看法总是很搞笑。他走之后，我把十五年的房贷延期到了三十年，却一点没觉得可悲，毕竟这样一来，我每个月的支出可以变少，还能降低我们在这座可爱又充满回忆的大房子里生活的成本，甚至比出去租房还划算。

这确实是座可爱的房子。孩子们有各自的房间，储物空间充足，放得下堆积如山的乐高积木、换装娃娃、漫画书（乔的）和商场特价毛衣（科莉的）。我女儿把商场特价处理的毛衣全都买回来了，很多都是同款不同色的。每次我带她去商场，她都肯定会挑一件毛衣回家。她喜欢跟人炫耀这些衣服经历过两次清仓大甩卖，或者是用她的常客折扣买的。她告诉我，它们的价格低得离谱，有的只卖六块八毛八，但她囤这类衣服的速度让我畏惧，而且往往只穿一次就丢到一边，让它们在地板上度过余生。

她看起来总是漂亮极了，不仅因为年轻，还由于她拥有我们这代人所不具备的对色彩和造型的审美直觉。我从商店买的每样东西，都要经过她的审查才能剪标签。很多时候，她只是打量着袋子里的衣服，眉毛挑得比天还高，说"爱一个永远学不会的人，真是太累了"或者"你买这些丑衣服，是为了表达什么观点吗"。

我今天又买了一大袋这样的衣服。出于捡便宜的心理，我带着一百美元去了塔吉特百货，从卖场中间的货架上挑走一大堆衬衫和裤子——当然，不是那种老气又寒酸的"工作装"，选这类衣服时，我通常会目不斜视地径直穿过孕妇装所在的货架和试衣间，也不是商场前三分之一陈列的那些适合青少年的奇装异服。我的购物袋里有件衬衫，配色很时髦，还有暧昧的低领口、带花边和刺绣的华丽飘带，我甚至还买了一条及膝短裙。不过说实话，我不是很清楚该怎么穿短裙。现在是五月底，穿这玩意儿需要搭配靴子和连裤袜吗？我觉得我没法露腿，有没有约定俗成的露腿年龄限制呢？

我还买了两条剪裁风格大相径庭的深色牛仔裤，我只知道其中至少有一条选得非常糟，相信科莉会告诉我是哪条。我现在对裤装一窍不通——这是常见的老年病，你再也不能以权威的口气断言你的裤子哪些是时髦的，哪些是普通的老妈裤。所以，假如没有帮手，我就完全无法购物。

我把它们全都从袋子里拿出来，摆在床上，科莉目光敏锐地打量着这一切。"我是这么想的，"我谨慎地说，"这些上衣适合配这条裤子，其他上衣可以搭短裙，这样我就不用带很多行李了。"

"鞋呢？"她只说了这两个字。

"噢，对。我打算穿这几双，我确定。"

她叹了口气："听着，在纽约，假如你要参加会议，跟别人见面、吃饭和约会的话，鞋应该占你行李重量的大约一半。"

我冲她眨眨眼："这是经过研究得出的结论吗？要不你给我列一份这方面的文献，我自己查查资料？还有，谁说要约会了？"

"妈，别傻了，你肯定会约会的。"

我想说我不会，但我欲言又止。老实说，约会可能是件好事，尽管我不知道约会对象能从哪里来。"这些衣服……有适合约会的吗？"我问。

她仔细看了一下。"嗯……也许可以这样。"她从床上的牛仔裤堆里拖出那件低领上衣，丢到短裙那边，在上面搭了条叮当作响的长项链，然后把短裙向上卷，齐着腰线对折两次，让它明显短了许多，再跟那件上衣搁在一起。她又伸出一根手指，朝我挥了挥，意思是"等会儿"，接着她钻进她的房间。过了好多个"一会儿"，她才钻出来，手里拿着一双风格夸张的露跟鞋。假如早知道她有这样的鞋，我肯定会批评她。她把这双鞋摆到刚才的上衣和短裙下，说："约会三件套，虽然算不上精致，但比较符合你的风格。"

我看着被她改造成妓女行头的大号保守妈妈服："科莉，我不会穿这个的。"

"嗯，你不想穿也没关系，对吧？毕竟谁也没提过约会的事。"她挤眉弄眼地对我说。

我放任自己在"去纽约约会"的想法中沉浸了片刻。"这双鞋确实漂亮。"我拿起其中一只露跟鞋，惊叹自己竟然有幸生出这么一个跟我穿同码鞋的时尚女儿。鞋子的足尖部分有黑金相间的几何印花，有点二十世纪八十年代的风格，三十年前，这算得上非常"有个性"的设计。鞋跟上方有条黑色的皮革带子，从脚后跟一路环绕到脚踝。鞋带上有只很小的金扣，兼具女性气质与毋庸置疑的威严，低调而性感。这是我见过的最令人心动的鞋，我想成为穿这种鞋的人。

"你真的愿意借给我穿？"我问。

"当然，妈妈，反正我不会穿这双鞋在我爸眼前晃悠。如果他真有当爹的样儿，肯定也不会让我穿这种鞋。这鞋虽然鞋跟低，但是非常性感，对吧？"

"你说得对，我们不会让你穿这种鞋的。"我说。

科莉只是嘲弄地冲我笑笑。"无所谓，反正这鞋免费。"她说，然后开始给我讲她是怎么先弄到梅西百货的十五美元优惠券，又在那儿以六折惊爆价买下这双鞋。其间我走神了好几次，歪着脑袋想象我穿着短裙、露跟鞋和露肩上衣走在早春的曼哈顿街头会是什么感觉。我认为，那肯定，妙极了。

"你把这双鞋卖给我吧，"科莉的故事讲到一半时，我说，"我再给你买一双不那么……成熟的鞋。"

科莉面露喜色。"成交！你瞧。"她把她的智能手机给我看，原来她已经在网上选好了一双造型夸张的蓝绿色系带角斗士鞋，标价二十美元。"就用这双来和我换吧。"她说。

我盯着鞋子的图片看了一会儿。这双是平跟的。平跟。

"这是平跟鞋。"我大声说，"这么说……你选了布莱恩当男朋友？"

科莉深深叹了口气，脑袋歪向一边："是布莱恩，他很矮。"

"但他很可爱。"我说，"你比他高吗？"

"我们一样高，你觉得他对自己的身高自卑吗？"

"他还在长个子呢，科莉，而且你不能靠身高判断一个人。"

"可拿破仑呢？"她问我。

"渴望权力的疯子高矮胖瘦都有，"我说，"不用担心布莱恩的身高，我们只要弄清楚他适不适合你。"

科莉又开始长吁短叹。"我不知道该怎么弄清楚。"她说。

"慢慢观察。"我说，"观察他时，记得穿好你的衬衣。"

科莉朝我挑起一边的眉毛。

"还得穿好你的裤子。"

"我没问题。"她说。听到她这样说，满怀母亲喜悦的我身体里的每根骨头都唱起了歌。"如果想弄清一个人适不适合我，我该观察哪些方面？"她问。

"你最喜欢有什么优点的人？包括你自己。"我说。

她想了一会儿，说："我喜欢那些内心非常善良的人、实话实说的人、不会爽约的人。噢，还有不觉得自己特别高贵的人。"

我点点头："所以，你要从很多方面观察布莱恩。我能从你身上看到你说的所有这些好品质，只有具备这一切优点，甚至更加优秀的人才配得上你。"

科莉咬着嘴唇，努了努下巴。

"你想说什么？"我问。

"有时候我会故意表现得自己很高贵，你知道吧，男生喜欢自信的女生。"

我笑了："也许这不是故意的，毕竟，我觉得你是我知道的最优秀的女孩。"

"你是我妈，当然会这么想。"

我摇了摇头："不是这样，你确实很棒。可你要记住，你周围也处处有很棒的人，当你发现自己开始骄傲时，不要忘了这点。"

"假如你能做到，那我也能。"她说。

"做到什么？"我反问她。

"不觉得自己高贵，你并没有优秀到所有男人都配不上你。"

"什么？你为什么会这么想？"

"要不是这样……你为什么整整三年都没和别人约会过？"

我茫然地对她眨了眨眼。我该怎么回答？因为我相信约翰是觉得我讨人嫌才离开了我？因为我是个身材走样的四十岁图书管理员？因为我爱穿洞洞鞋、不知道怎么搭裤子、相貌平平，并非那种戴着眼镜、挽着发髻的色情文学女主角？因为我平时遇到的男人要么是我学生的家长，要么是我孩子的老师？因为不知怎么，我竟然一直没和丈夫离婚？

"妈？你在听我说吗？"科莉把手举到我面前挥了挥，"塔台呼叫妈妈少校。"

"对不起,我走神了,我在想……"我的视线在屋子里乱扫,最后落在时钟上,"我得去接你弟弟了。我今晚该买点橘子回来,家里还有橘子吗?去学校接他前我先去趟超市,你想要什么吗?"

化解危机就是这么简单,我女儿爱死超市的寿司专柜了。"寿司!"她欣喜若狂地叫道,就这样,所有关于约会的话题都被她抛在了脑后。

"好,寿司。"我说,"我一个半小时内回来。我出门时,你帮我把那些你觉得难看的衣服和搭配好的套装分别收起来吧。"

"呃……妈妈,"她说,"那剩下的一小时二十九分钟,你打算让我干什么?"

我低头看着她:"写一篇申请大学的论文怎么样?题目就叫《符合航空行李限重规定的鞋类打包艺术》?"

"我马上就写。"她讽刺地说。

"要么和布莱恩发发消息?"一只脚已经跨出门槛的我补充道,这样她就没法假装不感兴趣了,"就是个建议咯!"

终于到了出发的日子,我觉得自己仿佛变成了小孩,而我的孩子们在送我出门参加夏令营。约翰、莉娜,还有我的邻居杰琪(她愿意帮我看家,假如孩子们需要,还可以投奔她)组成了欢送我的主力。我真切地感受到,自己是被他们硬推出门的。不知不觉中,我接受了他们的洗脑,相信一切都没问题:他们会给我打很多视频电话,杰琪会照看我家的院子和信箱,莉娜会打理其他一切。道别时,约翰貌似非常……游刃有余。他向我展示过他租的公寓的许多照片,房子看起来完美无瑕、设施精良,他甚至租了一辆沃尔沃。我不禁暗想：还不错，他们能行。与此同时，我受母性控制的那些脑细胞却在尖叫：不！你在干什么？别离开你的孩子！

因为不祥的预感实在过于强烈，以至于我半路上假装想起有东西忘了拿，指挥出租车司机掉头折回去查看。当我们接近家门时，我看到门口台阶上有三个人：孩子们分别坐在约翰两侧，正低头翻看什么东西。约翰的膝盖上平摊着他带来的那本关于远足的书，书页里夹着一张展开的地图。他的神态从容放松，身体后倾，手搭在两个孩子背上。科莉和乔的脑袋朝向约翰歪着，他俩都在笑。

科莉今早是怎么对我说的？"你在家的活儿已经干完了，妈妈。"想到这儿我笑出了声。我在家的活儿永远都干不完，但今天是我出门的日子。我告诉司机别管什么忘带的东西了，于是我们拐了个弯，继续驶向车站。一种奇妙的感觉袭上肩头，我已经有五年未曾体会到这种感觉了——也许更久。

那是肩膀放松的感觉。

我感到重担从肩头滑落，从脖颈一直舒缓到耳根。我已经缩着肩膀过了多久了？我想，为什么我要一直缩着肩膀呢？

记得我宅在家里没出门的那个圣诞节，我给孩子们买了一台游戏主机，机器的使用条款相当严格，第一条要求就是，家长必须先把给孩子玩的每款游戏都玩一遍。所以就算《使命召唤17》发售了，它也不能绕过我雷达般的审查，神不知鬼不觉地溜进我们家。当时乔想玩一款用方向盘手柄操控的模拟驾驶游戏，他存了很久的钱，终于买到了想要的手柄和游戏。当把这些东西拿回家时,他心里很清楚,踏进家门那一刻,他就必须马上把它们交给我过目。

我和他一起打开包装,乔让我看游戏说明:控制载具方向,不要撞车,尝试收集赛道上飘浮的硬币,使用涡轮增压奖励点。表面上看,除了画质更好、配乐非常棒之外,这个游戏几乎跟我高中时在我的男性朋友家里玩的驾驶游戏并无二致。我觉得它应该没什么难度,然而上手玩的时候,我才意识到自己多么菜。我没法在控制方向的同时使用涡轮增压,还不停地撞上各种障碍,就像喝醉了一样。最终,乔抓住了我的肩膀(为了把车开出水坑,我正在向右侧身)说:"妈,用手柄控制,不是你的身体。"

现在,坐在坚硬的木质长凳上等候开往纽约的特快列车时,我才意识到自己始终在用身体控制我的生活,试图把我的忧虑、悲伤和不安全感全都扛在肩上——把约翰离开带来的伤害与恐惧卷成一团,塞进背包,带着它们上路……直到现在,我才发现这是一种多么痛苦的活法。

我有意识地深吸一口气,把思绪集中到浑身上下那些可怜的肌肉、筋骨和血管上,对自己说:融化吧。我的孩子正安全地跟他们的父亲在一起,受到杰琪的监督,而莉娜又监督着杰琪……想到这里,我又对自己说:融化吧。塔莉亚的客房正在她花哨的公寓里等着我,我即将去哥伦比亚大学上课,在纽约的小酒馆享用午餐,品尝新鲜丰盛的沙拉和清爽的白葡萄酒。我只觉得,自有记忆以来,我第一次体会到了融化的感觉。

真是妙极了。

我的火车来了,冒险开始了。

# 第四章

亲爱的妈妈：

　　你去了纽约！过上了属于你自己的小日子！妈，我简直太为你骄傲了。你就是我们所有人的奇迹和灵感……当然，这话是讽刺。但无论如何，我真的为你骄傲，你终于能放个假了，哪怕不是真的度假，还得不停忙管理图书的工作。但为了让你迈出这一步，我们只能牺牲自己宝贵的一周时间，让我把话说清楚：跟我爸待一周其实不是我们的首选。不过无论如何，我们还是凑到了一起。我爸就像个快活的拉拉队长，出于负罪感，他什么都愿意给我们买，假如我不趁机要一辆新车，还真是对不起我和我的国家。至少得要一辆新车。乔打算参加航天夏令营。你知道吗？我非常为他骄傲。我不知道他还有这个志向。而你只需要傻傻地在纽约待上一周。我猜，你八成会在扬克斯的"速8"酒店里整晚躺着看书。

　　你应该带我一块儿去的，让我告诉你什么叫度假。我们会去水疗中心（不是人均消费十二块钱的美甲沙龙，而是摇滚明星喜欢的豪华温泉）给你改头换面，然后去巴尔萨泽餐厅吃饭，接着去看《汉密尔顿》。我们得去尝尝那种卷起来吃的比萨，还要逛美术馆，你必须得让我喝白葡萄酒。

想知道我在干什么吗？跟你在家时没啥两样：因为**某人**给了我爸一份暑假教育计划，所以我现在被禁足了。他顿顿都给我们吃沙拉。还有，我们第一次走进他的公寓时，发现到处都是健怡可乐，我可太开心了。然后，等我从浴室洗完头出来，那些健怡可乐突然都不见了。你是不是给我爸发过消息，不让他给我们喝健怡可乐？你为什么讨厌健怡可乐呢，妈妈？健怡可乐可是美国的根本！你为什么这么讨厌这个国家？

我爸说，我可以每天中午之前喝一罐健怡可乐，但必须先参加训练，同时还得喝一杯小麦草汁。我说："这小麦草汁是从哪儿来的？雄鹿县公共泳池的小卖部吗？是不是就在思乐冰的机器旁边？"你知道他怎么回答吗？他说："你们队是不是没有榨汁机？"我没开玩笑，妈妈。（我原本打算说"我没在胡扯"，但我正在学习暑期救生员礼貌用语，所以我只能说"我没在开玩笑"。）我跟我爸说："嘿，你怕不是个傻子吧？哪个星球上的社区日间学校会给运动队配备榨汁机？"他就打开《哈佛商业评论》的链接（他平时常看这些东西），给我看了个故事，说是一家果汁吧公司让美国橄榄球联盟双日训练的成效有了巨大提升，然后又打开他的亚马逊应用（我没在胡扯）给我们队买了一台小麦草榨汁机。

他绝对是从另一个星球来的，妈妈。土豪星。不过这也不坏，因为现在我们队有了榨汁机。我订了一份《哈佛商业评论》。我敢肯定，刚才我说的"成效有了巨大提升"这个短句用词非常恰当。所以这是个三赢的结果！我爸买到了我们的爱，我增加了词汇量，我们队有了榨汁机。我猜你是唯一的输家——我必须提醒你这点，因为这是我从自己看过的所有青少年电影里总结出来的经验。

为了让你感觉好一点儿，我要说，每次你给我发消息，告诉我该读下一本书时，我都觉得你就好像还在家里一样，还是那么让我心烦。松开你的丁字裤吧，我会永远支持你的。要是你能碰上参议员的老婆和她的土豪已婚男友那样的艳遇，一定要讲给我听啊。

接下来，按你的指示，我该读《偷书贼》了。我读了第一章。告诉你吧，感觉太压抑了。给你点专家提示：妈妈，放暑假的时候，千万别让孩子读旁白角色其实是死神化身的书。不管什么杂志的夏日海滩休闲读物推荐里，都不会出现死神当主角的书。要是有，麻烦你告诉我。读完《偷书贼》第一章之后，我立刻又读了一遍《暮光之城》，因为假如我命中注定要成为暗黑系女孩，至少得走性感路线。

你还想说什么？至少我是在读书呢。

爱你。

**你不缺维生素的女儿，科莉**

纽约和我上次离开时完全一样——又似乎截然不同。中央车站一如既往是个集肮脏与光鲜于一身的矛盾体，生蚝餐厅丝毫没变，拥挤吵闹，一切如常。但人们的衣饰跟过去不同，周围店铺看起来也很陌生，一种强烈的似曾相识却又找不到路的感觉笼罩着我。

我穿过回声喧嚣的走廊，故作镇定地寻找通往地铁的楼梯，然后我的随身行李箱就被旋转栅门卡住了，打破了我冷静的外表。哈，纽约，又到了你把新来的乡巴佬嚼碎再吐出来的时候了！

上周，我含蓄地向塔莉亚表示自己将前往纽约。她说，她的公寓离"哥大"很远，还试图劝我不去参加会议，留在她的公寓里"懒洋洋地喝酒闲荡"。可在只喝酒却吃不饱饭的情况下，我绝不会看起来"懒洋洋"的，所以我坚持执行自己的计划，哪怕每天都要坐两小时地铁往返"哥大"，因为我相信还有远比这更糟的事。再说我可以在车上读书打发时间，心情会变得平和。

然而现在是高峰时段，因为刚才已经开过去两趟人满为患的地铁（车厢里太挤，连我的手提箱都容不下，更别说我的身体了），我只能硬着头皮上了第三趟，并奋力挤进本地人之间。车厢里的状况一点儿都没法让人平和：一大群人紧紧贴在一起，不用拉扶手都能站住，我行李箱的轮子虽然能在机场大厅以飞快的转速协助我赶飞机（顺便一说，我没干过这种事），到了地铁上却成了凶器。每次停站（路上约有四百多站），我的箱子都会演示一遍"运动中的物体倾向于保持运动状态"这个原理，撞向我旁边乘客的小腿。我试图把箱子拽回来，可我后面那个刚健完身的健身狂魔一直用力把我往前挤。他背了个大健身包，每次向前移动几厘米，这个包就会撞到我的后腰。于是就有了这样的连锁反应：我的行李箱专门伤人小腿，他的健身包又来报复我的后腰。离我不远的地方，八个穿西装的中年男人舒服地坐在长椅上，两条腿跟劈叉似的大大分开，仿佛每个人的屁股底下都有一张宽大的皮沙发。他们一只手里是整齐四折过的报纸，另一只手则下意识紧握着手机。由此可见,在此时的地铁上找到座位,不啻于一个小小的奇迹。正当我因为做不到这件小事而倍感痛苦的时候,一个肚子足有小型中子星那么大的孕妇上车了,车厢中的人性瞬间觉醒。孕妇满头大汗、肥胖臃肿,跟健美壮硕的生育女神毫无相似之处,但一连有三个西装男站起来给她让座。他们的态度与其说是殷勤,更像是惊慌失措,每个人嘴里都喊着:"女士,你想坐下吗?"于是她坐下了,其中一个不幸没能让出座位的男人收起了手机,把她巨大的 BBBY 家居店的包接过来,放在大腿上,直到旅程结束。

噢,我的心被暖到了,这样的小插曲几乎每天都会重演上千次。纽约,你真是个不会永远霸占座位的城市。

列车抵达布鲁克林高地,门一开,我就像香槟瓶上的软木塞那样弹出车厢。在好几条歪七扭八、纵横交错的街道上,我有好几次都走反了方向,只能举着手机,跟随导航蹒跚地探路。幸好这里是纽约,不存在任何值得路人注意的人或事物——我当然也不例外,所以并没有人在旁边笑我。

最后,我找到了塔莉亚的公寓楼,可它完全不是我想象的样子。我记忆中的塔莉亚可是个非常张扬高调的耀眼人物,这一点也能从她在个人主页上更新的内容看出来,但这座建筑却毫不起眼,红砖结构,绝不是什么高楼大厦,反而很像老掉牙的机构办公楼。没有富人区常见的褐砂石墙,没有可爱的锻铁大门,也没有闪亮通透、配了一横排电梯、直入云霄的玻璃走廊。它看起来约有十层,设计风格实用,大门紧闭,似乎并不欢迎我的进入。

即便如此,我还是抓住门把手,用力一拉。

门是锁着的。

我歪歪脑袋，再次拉动门把手。不行，肯定是锁着的。我两手拢住脸，趴在玻璃门上往里看，发现玻璃门后面又有一排门，旁边是门厅，摆了一张桌子，像是门卫的服务台。按理说，这样的服务台后面都会有人值班，假如看到我拖着行李艰难地和锁着的大门较劲，这个人应该过来放我进去。

然而桌子后面没人，门厅的其他地方也没人。没有任何迹象表明这里曾经有人，也无从判断这座建筑究竟是一栋公寓楼还是个废弃的制衣厂。这儿似乎也没有信箱，反正我没看到门厅里有。这儿既然有门卫，为什么不在门厅里设置信箱呢？

可我为什么要假设这是一座有门卫的建筑？我为什么要给塔莉亚强行加上有求必应的人设？几周前，我问她家里有没有给我住的空房间，她回答我了吗？没有。然而在当时的我看来，不回答似乎就代表着肯定。假如她的公寓只有一个单间，我必须得睡沙发怎么办？好吧，我想我会在沙发上凑合一下，但沮丧与失望在所难免，因为我本以为自己至少可以睡在一张床上的。

好吧，作为一名老大不小的成年女性，在离厨房一米多远的沙发上窝一周虽然并不舒服，但总比付一千美元的酒店账单好多了。另外，塔莉亚是个有趣的人，她总是住在一些非常好玩的社区，想想我过来的一路上看到的无数或时髦或可爱的地方吧：一家手作糖果店，出售自制的士力架和奶油薄荷糖；一家法式蛋糕店，显眼的位置摆了个婚礼蛋糕，完全由柠檬黄色的马卡龙制作而成；一间酒吧，看起来想走复古路线，但灯光太亮，暴露了它年轻的本质；一块黑板招牌，上面用老式字体潦草地手写着"无论远近，我们都喝布拉茨啤酒"；招牌旁有家不起眼的棉质运动服商店，店里卖的却是紧身衣和美国制造的廉价 T 恤，而且尺码很怪，恐怕只有身高一米二的儿童穿起来才合适。

由此可见，我不需要床就能在年轻又美丽的布鲁克林度过一周，这丝毫不妨碍我和朋友享受美好时光。于是我给塔莉亚发消息：怎么才能进你的公寓？

她没有马上回复。好吧，等待回复时，我可以去享用一杯由环保方式种植、手工烘焙、毛刺研磨的有机咖啡豆制作的手冲咖啡。幸好我只带了一个非常小的行李箱，逛起街来真是太方便了。

两杯价值七美元五十美分的咖啡下肚，塔莉亚的消息还是没来。喝咖啡时，为了打发时间，我还给许多人发了消息，其中几个也没回复我。我知道，孩子们没回复是因为科莉要参加跳水比赛，看到我的消息，约翰倒是给我发了"赞"和"游泳"的表情，就好像他也要下水似的。莉娜什么都没给我发，因为她完全没理由终日捧着手机等待取悦她孤独、暂时无家可归的朋友。当我问起"你们那边怎么样"时，我的邻居杰琪倒是回复了，但她说的是："一切都很好。希望你玩得开心！"这似乎不是个愿意继续聊的信号。

我带了电子阅读器。喝咖啡的间隙，我已经打开又关了好几本青少年题材的作品。我总是在寻找我认为无懈可击、能吸引那些比我还狡猾的小读者的书。我已经查看了好几百遍塔莉亚上次发给我的地址，还有近期的天气预报、图书管理员大会的主页以及我能想到的任何能用来打发时间的东西。现在大会正在进行日间议程，两小时后会举行一个鸡尾酒会兼欢迎会，而赶过去需要整整一个小时……想到这里，我开始紧张了。

我再次给塔莉亚发消息，把她发给我的地址粘贴给她，然后写道：

> 你给我的地址对吗？我可能没弄清关键信息，我以为你住的地方有门卫。

等了五分钟后，我给她打电话，无人应答。我用最冷静的语气给她的语音信箱留了言。挂掉电话后，我不由自主地大声说："啊，糟糕。"

但这里是纽约，没人会多看你一眼。

我收拾东西，回到刚才那座建筑前面，依然没看到门卫的影子，也没发现信箱、门铃和没上锁的侧门之类的东西。

我更仔细地四下寻觅门铃，也做好了找邻居问一下的准备。这儿可能根本没有门铃。什么样的公寓楼会没有门卫也没有门铃？我又把塔莉亚给我的地址和公寓楼的门牌号码对照了三遍，完全正确。一个人会把自己家的地址弄错吗？她会写错街道名称吗？

谁会这么干呢？

我已经是第十次重看塔莉亚和我的聊天记录了。她说让我来纽约之前给她发消息，我发了。她让我直接到公寓来，她会"让楼下的人招呼"我，我猜这个人应该是指门卫，除此之外，还会有谁是"楼下的人"呢？也许是房东或者管理员？可这座楼似乎没有地下室，找不到管理员的办公处所，也看不到后门，只有一扇锁住的侧门，门上没窗，我猜这是用来清运垃圾的。

彻底陷入困境的我走到街对面，抬头往楼上看。因为这是个令人惊叹的大城市，几点上班的人都有，所以肯定有一部分人现在待在家里。

然而楼上的窗户都是黑的，只把城市的倒影反射给我。在这个晴朗的日子，我看不出哪间屋子里有人，甚至连屋子里住没住人都无从判断，更不知道里面到底发生了什么。

我又给塔莉亚打电话。这次的语音留言略带恐慌。挂断时，我意识到是时候放弃这座公寓楼，启动备用计划了。

可备用计划到底是什么？

约翰离开后，有那么一瞬间，我短暂而真切地觉得，自己就要死了。

是钱在作祟。钱、断掉的牙和尿床。

乔那时只有八岁，方方面面都很晚熟，跟科莉截然不同——在祖母家的农场，科莉能跟来自没有室内厕所的邻近农场的大孩子们玩上一天，然后问他们，为什么要顺着"那个月亮形状的小洞"钻进"那座奇怪的小房子"。人们说（我认为解释得非常清楚），婴儿只能在自己的尿布里给家长制造麻烦。而自从科莉学会了在便盆里撒尿，为免麻烦，我就只能把便盆放在门外，并在底下垫一张防水布，但我不确定到了冬天该怎么办。几周后，她学会了爬到真正的马桶上便便，每次拉完都会跟我要一块饼干，这显然是如厕训练的后遗症。

乔就差远了。为了培养他的如厕习惯，我尝试了所有人类文明认可的方法，比如让他光着屁股在家里闲荡，结果他学会了在厕所外的每个房间里撒尿。通过用玩具火车贿赂他的办法，我取得过一些不错的成就，然而到了晚上就必须给他穿上拉拉裤。这个习惯被迫保持了一年，超过了许多妈妈的容忍限度，尤其是我妈，她已经到了谈尿布色变的程度，我记得她每次过来看我们时都会哭。尽管得到了如此多的宽容，当乔终于穿上"大男孩穿的内裤"，能在白天完美地约束自己时，假如生病、做噩梦或者睡前喝了太多水，他还是会尿床，直到快五岁时才有所改观。

三年后，他爸失踪了，乔再次把愤怒发泄在了他的床垫上。

我已经累了。那一阵子，科莉整天发脾气，骂我丑，说这就是她爸离开的原因；她还觉得自己丑，认为这也是她爸跑路的理由。她说希望他死在外面。哪怕遇到任何一点儿正常的小挫折，比如鞋子找不到了、考试有点儿难，她都会哭个不停，哭上二十分钟之后，她才会允许我抱她。每天凌晨四点左右，乔会偷偷溜到我的床上睡觉，在睡梦中不停翻身，对我又踢又打，我只好去睡他的双层床，或者蜷缩在沙发上等太阳出来。我们用光了钱，但我不想卖房子。我拿日间学校发的工资偿还旧账单，用三张借贷利率低的信用卡支付新账单。当时我还没想明白该如何做一个单身职场母亲。我深陷混乱与痛苦之中，又绝不肯屈服于现状，过于执着地相信一切都只是暂时的，认为约翰迟早会重新出现在我们的生活里。

所以我们还活着，但也仅仅是活着而已。

后来有一次，我感冒了。虽然只是普通的感冒，可足以破坏家里宝贵的平衡。上了一天班的我没力气做饭，只能点比萨外卖，由此产生了更多账单，一张信用卡被我刷爆了。在感冒药的作用下，我整天浑身僵硬、迷迷糊糊，结果在工作中受到了批评，被科莉发现我在车里哭。接着我发现科莉偷了商店的口红。乔开始尿床，我每天晚上又要少睡半小时，为他换床单，哄他继续睡，然后一连几小时睁着眼，忧心忡忡地回想自己这一天。后来我带乔去看儿童心理医生治疗尿床，费用高得我负担不起。同一天，科莉从朋友的长滑板上摔下来，一颗门牙断成两半。那个朋友的妈妈蠢到了家，她打了911却没打给我，导致我不得不支付天价救护车出车费，而这件事本来开车十分钟去个牙科诊所就能解决，根本没必要出动救护车。

值得庆幸的是，我在科莉被收进急诊科住院前成功地赶到了医院，力挽狂澜。我拽着科莉转了好几个圈，检查她身上还有没有其他伤，又拿了一本介绍脑震荡症状的小册子，在他们抢走我的信用卡前带着科莉逃出了医院。就这样，科莉的牙修复了，儿童心理医生对乔的治疗也颇见成效，我成功避开了差点儿砸到头上的巨额急诊账单。危机解除。然而，次日凌晨两点左右，我还是经历了惊恐发作，这是我之前从未体验过的。

那一刻，我知道自己就要死了，非常肯定。我知道，假如我再往生活这个泥潭里跨上一步，下一秒就会没顶。我必须叫停一切。我坐在床上大口喘息，整个房间变得漆黑一片，而我置身于一条光明的通道。空气不再涌入鼻腔。我在呼吸，但气流无法抵达我的肺。我用力抽动鼻翼，却只感觉到光。我想我要死了，可我并不害怕——既然每天都在担惊受怕，不如一了百了。在惊恐发作的过程中，为了摆脱折磨，所有能够想到的打算争先恐后地从我脑子里冒出来：我要卖掉房子，让我妈过来照顾孩子们，直到约翰回来……也许我该鼓起勇气自杀，换取保险金——深不见底的恐慌竟然让这样的念头看起来像是最好的计划——抑或是丢下这一切，尽可能逃得远远的，孤独地过完余生，再也无法感受到真正的快乐。

那一刻，我相信自杀和逃跑是仅存的两个选项。感谢上帝，那天晚上我极度缺乏睡眠，终于疲惫地昏睡过去（为了确保自己入睡，我还加大了安眠药的服用量），战胜了致命的惊恐发作。

第二天一早，我打电话给莉娜。我没把每件事都告诉她——那时已没这个必要，我只是说："太难了，我承受不了。"

她没说："你能承受。"更妙的是，她也没说："可是你必须承受。"她只说："我十分钟后到。"她没食言。来到我家，她给我吃了半片苯海拉明，让我睡觉，告诉我能睡多久就睡多久。当时我正在大声对孩子们下命令。她帮我盖好被子，坚定地说："够了。"我累极了，她一关灯我就睡着了。

所以当选项变成睡觉或者去死，我选择了睡觉。两天后，我醒了。孩子们得到的解释是"妈妈很累"，莉娜给他们安排了全新的家务分担模式，把他们视为三口之家中地位平等的两名成员，分给他们的活既没有未成年人那么少，也不像成年人那么多。在老师讲课用的那种记事板上，莉娜列出了普通家庭需要完成的所有家务的清单，让乔和科莉在自己能做的每一项后面打钩。最前面两项是"赚钱"和"开车"。孩子们很快意识到，既然他们无法完成这两项至关重要的任务，剩余的大量琐事最好还是由他们承担。尽管他们需要被人督促，且收到指令后不到时间截止前的最后两小时绝对不会开始做事，但从那时起，他们就尽到了自己的本分。莉娜拿伪造的低收入工资单帮我申请到了营养补助（食品券），还给我上了一堂"何为自尊"的哲学课。州里开始每个月给我寄将近三百五十美元的生活用品购置费。我还清了账单，把车库租给一个想在冬天找地方放船的人，取消了我们订阅的流媒体服务，卖掉闲置物品，收拾了我的烂摊子，用愤怒战术迫使保险公司为乔付了医疗费，按部就班地解决每个问题，直到危机真正解除——那一天，我告诫自己，再也不能像我依赖约翰那样依赖任何人了。

我永远都不会这样了。

既然如此，我最好考虑一下今天该在纽约的什么地方过夜。

事实证明，备用计划是忘记如何回地铁站。

我再次拖着行李，跟着手机导航穿过了六个街区，尝试原路折回。当我抵达车站，终于能收起手机、重新找回自信时，我觉得自己对这个变得友善和温柔了一点儿的纽约略感失望：刚才竟然没有一个人试图打劫我这个移动缓慢的白痴乡巴佬。然后我开始等地铁……十分钟……十五分钟……二十分钟后，终于，又一趟开往曼哈顿的满员地铁停在了站台上。然而就在此刻，我意识到自己搞错了站台。更糟的是，车站似乎也不对。"哥大"应该在反方向。反正最后我是推着手提箱、穿着弹力裤走进会场的。一路上，我想不出要在哪里换上参加鸡尾酒会的衣服。虽然可以进星巴克点杯咖啡，趁机借用他们的厕所，但在那儿没法安全地换衣服，脱鞋时会踩到地上的病菌甚至蟑螂。

我可以搜索塔莉亚办公室的位置，去那边找她，但没有迹象表明她在那里（甚至看不出她是不是还活着），而且她供职的杂志社是某个跨国多媒体集团的一部分，位于曼哈顿中城，门卫是不会让我一个人穿过前厅的。

但后来我想起了我和塔莉亚在圣瑞吉斯酒店玩过的小花招，我是不是可以把当年的经验运用在某个酒店的服务员身上呢？

我想，只有一种方式能够验证这个想法。

约翰和我唯一一起来纽约的那次，我们住在上西区的一家可爱的三星级精品酒店，酒店恰好在我前往"哥大"的路上。那儿有个漂亮的法国小酒馆，是我去过的最漂亮、最干净、阳光最充足的餐厅，用一大排玻璃门代替墙壁。每逢温暖的下午，玻璃门会悉数敞开，将就餐区延伸到人行道，盛满白葡萄酒的高脚杯在日光下熠熠生辉。

那里每晚的房费是一笔不小的开销——可能是我以前住过的最好的酒店的两倍。如今作为单身母亲，我更是无法负担这笔费用，但我不需要真的付钱就能达到目的，这是我大学期间从塔莉亚那儿学到的技巧。

前往上西区的地铁上，我一直在给自己打气，鼓励自己勇于尝试，绝不能露怯。为了确保成功，在换过两趟地铁后，我终于找到了一个座位，得以坐下来仔细地在行李箱里翻找口红、睫毛膏和约翰在科莉出生后给我买的一条十分昂贵的金项链。一通打扮之后，我终于有了自信。我穿上了科莉的黑色露跟鞋，把我的邓肯牌洞洞鞋塞进包里，收好我的黑色尼龙旅行袋，拿出我的王牌行头——莉娜为这次旅行专门送我的一只货真价实的思琳牌手袋：美丽华贵的黑色皮革包身、小羊皮衬里、金色链条和标志性的折叠侧面，正面加盖徽标。如果我成功了，一定是因为这个包。

我从第七十九街的地铁口钻出来。尽管这儿的高层建筑多于布鲁克林高地，街道更密集，导致投射到地表的光线更少，但外面依然阳光明媚。我戴上我的塔吉特墨镜，希望别人没那么容易看出它是从"小塔百货"买的。我感觉那家酒店应该就在两个街区之外，但愿我多年前的记忆不会有错。

它果然就在那里，小酒馆也还在，看上去没有变化。门是开着的，几个早到的食客坐在摆在人行道上的餐桌旁享受傍晚的天光。这里回荡着一种令人愉快的嗡嗡声。进出酒店的人络绎不绝，正合我意。我开始实施计划。

我深吸一口气，努力模仿电影《一条名叫旺达的鱼》里面的杰米·李·柯蒂斯（女骗子的精神偶像）。我推开店门，迅速扫了一眼大堂的情况。

嗯，很好，前台只有一个服务员，一群人正在那边排队办理入住。情况比我预想的简单。我来到队尾，假装也要办入住，然后看了看表——其实我根本没戴表。我大声叹了口气，环顾四周，发现一个行李员已经在看我，我决定抓住机会。

"对不起，"我用葡萄牙语说，"你能帮个忙吗？"

他飞快地说了一句什么，我没听清楚。他显然上了我的当，以为我是个懂英语的外国游客，我可以顺水推舟。

我温柔地微笑着说："我在等办理入住，但是排队的人太多了。我已经和我丈夫约好，再过五分钟去酒吧跟他碰面。你能帮我先寄存一下行李吗？我随后再办入住？"

"当然，女士。"他用英语回答，"您贵姓？"

担心他可能根据姓名信息查找预订的房号，我连忙岔开话题："老实说，我想先去卫生间补个妆，很快就好，然后把行李交给你，你能为我指个路吗？"

这个乐于助人的伙计给我指了路。我冲进女厕所，那儿当然干净漂亮，还有各种可爱的盥洗用品。在没法淋浴的情况下，我尽量把自己捯饬得整洁体面，穿上了短裙和一件好看的包袖人造丝上衣，哪怕遭遇雪崩，这衣服也不会起皱，外面还套了件轻便的羊毛西装外套。我终于感觉自己像个人了，虽然再怎么看也还是个管理图书的人，不过总归是个人。今天早晨幸好没忘记剃腿毛，我真是太高兴了。

五分钟后，我走出厕所，找到那个乐于助人的家伙，把我的包给他，表现得非常着急——这很简单，因为我这时候确实非常着急。我给了他十美元小费，当他又问我姓什么时，我回头叫道："你就写'桑德拉'吧！谢谢！"然后便在他提出更多问题之前冲出门去。我对他自称"桑德拉"，是因为我觉得"桑德拉"是世界上最优雅的名字，任何叫这个名字的人，无论什么时候、到什么地方旅行，都会住在这样一个美丽的酒店。又一次沐浴在室外的阳光中，我在心里和自己击了个掌，对这座城市说："看见了吗，纽约？我现在依然能搞定你。小菜一碟。"

# 第五章

亲爱的妈妈：

既然你读到了这篇东西，那我有个问题要问你：你和我爸开心生活过吗？在我的记忆中，你们过得好像不是特别开心，但也没有特别悲伤。现在我爸似乎非常快乐，可我不确定他是不是装出来的——为了让我们觉得和他在一起是件开心事，或者为了表现他是个快乐的人。我想知道，离开我们前，他也这样吗？你们俩一起做饭时，会在厨房里跳舞吗？乔和我在公园里玩的时候，你们会不会在旁边偷偷牵手？对不起，我知道这些都是电影里的场景，但我没有多少现实生活中的恋爱和婚姻经验。崔妮蒂的妈妈又要离婚了，我告诉过你吗？每当想起我爸是个混蛋，我就会不由自主地望着她家的房子，心想："还有更糟糕的。"抱歉，崔妮蒂，可这就是 #真相#。

所以我的问题是：我爸让你开心过吗？恋爱使你快乐吗？你们两个相爱过吗？超级简单的问题。

布莱恩有点儿让我开心。我说过，他虽然个子没那么高，但是很可爱，经常夸我。我喜欢。此外我就弄不明白了：他给我发的消息比你给我发的还多，但内容很傻，比如在"怎么啦"后面加上个一坨屎的表情。我不想鼓励他发这些,所以就不回复,十分钟后,他会问我"你生气啦",然后再配个一坨屎的表情。

这样的表现足够让我给他上一堂"消息写作"课了,但我没这么干,因为我不是快四十岁的图书管理员,不像某些人。

我刚和布莱恩成为朋友时,他似乎很有意思。对于学校和我们的未来,他说过很多有趣的话。比如当我提到大学(哪些大学有奖学金、助学贷款多)时,他说,我们必须根据世界未来的形状塑造我们的梦想,而不是它过去的形状。然后他说,他爸是为了当报纸记者才读大学的,入学时还得到了一大笔助学贷款,可他毕业时已经没有报纸了,他现在讨厌自己的人生。所以,千万不能把我们的未来押在过去的东西上。

很有意思,对吧?又比如,就像你常说的,你爱你的工作。但我大学毕业时,世界上还会有图书馆吗?我们谈了好几个小时那些垂死的职业,比如作家、出租车司机、邮递员和商店老板。我们在帖子里读到过,未来的汽车全是无人驾驶的,当我们需要某些东西时,可以在3D打印机上打印出来。

好吧,这就是布莱恩。几周前,他还大谈特谈未来主义理论。我一同意跟他约会,他就只知道发大便表情了。今天我打算跟他讨论另一个有趣的话题,可他只想和我亲热,最后他说:"忘掉未来吧,我们必须活在当下!"所以我让他滚一边儿去了。

但是妈,我该怎么办?假如你在暑假前交了男朋友,那么整个夏天就必须和他粘在一起,一直坚持到九月,除非你想赖在朋友身边当两个月电灯泡。我知道这听起来很无情,但我对布莱恩寄予厚望,我不希望每晚独自待在家里,而其他人都有伴儿。崔妮蒂和丹恩最近如胶似漆,我们整天只能看见他俩的后脑勺儿。我猜,只有等他俩分了,我才能重新拥有一个单身的朋友,不用担心自己会成为社交阶层中的贱民。可假如他们不分手,我最好还是有个男朋友,反正我们在一起时也挺开心,哪怕他发的消息没营养。而且,布莱恩很会接吻。

有男朋友的额外好处:我爸绝对会恨他。

爱你。

**你无情的女儿,科莉**

哥伦比亚大学中心图书馆的大厅真是令人一见倾心。美国图书馆教育工作者协会经常在全国举办许多小型活动,但这次会议是他们的大型活动——以举办地有趣而著称。为了紧贴媒体趋势、追赶行业潮流,各地城乡教师纷纷参加,从攻读图书馆学硕士的年轻人,到已经领取退休金但无法放弃某种生活方式的资深人士,无一不被会议所吸引。而我正处于这两类人的中间状态——资历尚可,在某个舍得花钱的学校里拥有一份肥差,却并非学术翘楚,不像本行业的博士们那样是接到私人邀请前来参会的。

今晚的活动是由一家少儿早期阅读方面的出版商赞助的,因此大厅里摆放了很多公众熟悉的童书人物画片,不少小学老师正在摆姿势跟"纸片人斯坦利"合影。为了拍出适合摆在自己办公室里的照片，他们会先放下手中的塑料酒杯再照相。对于小学图书管理员来说，一张跟"纸片人斯坦利"的合影可以帮你轻松地被青少年接受和获得认同。

服务员端着分发食物的盘子走来走去，我故意站在靠门的位置：送餐的一进来，会首先走到我旁边。我一上来就吃了不少小块的乳蛋饼，这是为了避免空腹喝酒导致头晕。狼吞虎咽之际，我也没忘记重温大会议程表——它就夹在我进门登记时赞助商的公关递来的礼品袋里。从进来开始，我就不断地查看手机，可还是没有塔莉亚的消息。我开始幻想她可能上班时被出租车撞了，但又知道这样的担心荒唐可笑——塔莉亚是出了名的心不在焉，生活没有条理，很可能只是把手机放在某个地方，忘了去看而已……可我还是忍不住想，再过几个小时活动就结束了，假如那时还没收到她的消息，我该怎么办？给医院打电话？联系她在俄亥俄州的妈妈？我完全不清楚如何才能找到她。

就在我对着手机、会议手册和盘子里的两只（没错，两只）蟹肉饼一筹莫展时，一个女人走过来，大声告诉我："你搞错了。"

我猛然抬头，手册和手机先后掉到地上——因为我要竭尽全力保住蟹肉饼。

这个女人身材高大，气场十足，长了一张迪士尼电影中女坏蛋的脸，鼻子出奇地尖，以至于让我觉得受到了威胁。"我挡了你的路吗？"我问，因为我不知道还能说什么，而且有点儿被吓到了。

她笑出了声，弯腰为我捡起手机，眼神变得柔和了："你先把这个吃了——我帮你拿着。"

我听话地往嘴里塞了一只蟹肉饼，腾出一只手，接过她递来的手机。

"你应该先用大杯喝免费葡萄酒，然后再吃小块的食物，因为酒很快就没了。"陌生人说，她指了指自己的杯子，"而且你没必要总是盯着那本白痴小册子，里面根本没有重要信息。"

我朝她偏了偏头："什么是重要信息？"

"最重要的信息是，怎么样才能在少参加无聊讲座的同时修到继续教育的学分。举个例子，这个聚会上有两位嘉宾演讲者，所以，虽然只是个免费的自助餐酒会，但它的学分价值和明天一大早连听两场演讲相当，而且明天演讲时只供应淡咖啡和香蕉。"

我皱了皱眉。我明天上午会在这里演讲。"噢，我明白了。"我说，"怪不得今天来了这么多人呢。"

"别告诉我你是来听演讲的。"她说，语气既温和又调侃。

"好吧，因为交通问题，我错过了晚餐……所以我是来吃蟹肉饼的。"我说，"但是等我再多吃点儿东西，就会对演讲感兴趣了，没错。"

"你真是个模范公民。"她说，"说不定你只需要来点儿酒。我是凯瑟琳，芝加哥公立学校的，这里的人我一个都不认识，不过这些来开会的人多半还不如克利夫兰的下雨天有意思。你见过这么多的绣花马球衫吗？想喝白的还是红的？"

"红的，谢谢。"我说，"很高兴认识你。我是艾米·拜勒，宾夕法尼亚来的。"

"等我一会儿，艾米·拜勒。"

凯瑟琳去帮我拿葡萄酒了，我最后一次划开手机，给塔莉亚发了短信，又在她的主页上给她留了言。我决定今晚不再尝试联系她了。但假如活动结束时还收不到她的消息，我……要去哪里过夜呢？可能得找家戴斯酒店。即便是全美国最时髦的城市，也一定会有戴斯酒店，当然，房费大概相当于我一个月的食品预算，但我还能怎么办？也许等到回家之后，我可以向学校申请差旅补贴。

凯瑟琳回来了，我收起已经没有什么用的手机。"……孩子？"我端起她带回来的那杯酒时，她问。

"我在十二年制私立学校教书。"我说，"但我从事的是青少年——"

"不，我是问你有没有孩子。"她打断了我。

"噢。"我点点头，"有，两个孩子，都在上中学，一个女孩，一个男孩。女孩——"

"我有两个包尿布的孩子，"凯瑟琳再次打断我，"一个一岁，另一个快三岁了。两个男孩，双重地狱。自从怀了老大，每次我出门，总会有一个粘在我身上下不来。直到今天。告诉你吧，过去的三个小时里面，我产生的完整想法比过去三年的想法加起来还要多。你知道我擦过多少个来这里开会的人的屁股吗？"

"我——"

"零个。而且，接下来的三天，我仍然不用为任何人擦屁股。当然，我会为自己的屁股负责的。除非旅馆房间里用的是智能马桶！那样该有多棒啊！"

"我——"

"总而言之，这几天我只有一个屁股要擦，工作量减少了三分之二！这是我一生中最美好的周末。"

"我记得自己给别人擦屁股的那些日子。"我若有所思地说。

"现在你一定轻松多了吧？"她说，"你熬过来了，没被逼得开车冲下悬崖。"

我点点头。"真的，真的轻松多了。"我说，"至少我的孩子们在上厕所方面训练有素。"

她笑了。

"等你逐渐了解了他们的个性，就会真心喜欢上他们。"我继续说，"这需要一些时间，但绝对会发生。接着你的生活节奏就没那么紧张了。他们开始自己穿衣服、自己玩、自己吃饭，然后有一天，他们会去上驾驶课，吓你一大跳。"然后丢下你，跟还没和你离婚的丈夫一起玩，我在心里默默地加了一句。

"真高兴听到这些。"她说。

"你现在正处于最费力的阶段。"我说。

"现在费力的是我那个白痴丈夫了。"她说，"我告诉他，是你把孩子放进我肚子里的，我去大城市花天酒地、在旅馆看《黄金女郎》[1]、每天睡到九点才起时，也该轮到你一个人看孩子了，可别让他们死了。"

我笑了："你的计划很棒。"

"谢谢。你为什么在这儿？"

"什么意思？"我问。

"你也在逃避带孩子吗？"

---

1. 美国1985年开始播放的热门家庭情景喜剧。

"噢,不。嗯……不是。我是说……绝对不是。倒不如说是他们在逃避我。"我终于说出了自己的想法。

"什么意思?"

"好吧……"我灌了一大口酒,盘算着该对这个活泼、友善但外表绝对邪恶的女人吐露多少真相。"我前夫已经出国一段时间了,他现在回来跟孩子们待一周,所以我目前没有事做。"

"我的天啊,你是世界上最幸运的女人。"

我笑了:"我明白你为什么这么说。"

"这么说,你会在纽约独自待一周,不用看孩子?这简直是……我最狂野的梦想啊。你实现了我的梦想!你住哪里?"

我吸了一口气。"我不……不怎么确定……"我开口道,"活动结束后,我本来要去大学同学家住,不过今晚我一直没联系到她,所以我猜我得找个酒店。"

"你没预订酒店吗?"

我耸耸肩,表现出一点儿都不着急的样子。"这里是纽约,有很多酒店房间。"

"也有很多游客。"

我挤出一个自信的微笑:"会找到的。"

"这里的酒店太贵了。"

我喝了口酒。我已经开始非常害怕了。今夜我会蜷缩在公园长椅上,直到黎明吗?

"今晚第一位发言人几点讲?"我问这位令人恐惧的新朋友。

凯瑟琳抬起瘦削的手腕,看了看挂在上面的那只漂亮的金表。"再过半小时吧。发言人是不是那个写了《笨笨大傻脸》系列前二十本书的作者？哎呀，太可怕了。"

我没法不赞同。今晚是赞助商出版社展示他们王牌产品的专场，但这张"王牌"只会让每一位教读写的早教老师头疼。"至少她让许多孩子对看书产生了兴趣。"我大度地说。

"哼，"凯瑟琳说，"看书里的人放屁。"

我被酒呛得咳嗽起来。"还有挖鼻屎。"憋回咳嗽之后，我补充道，"今晚还有谁发言？"因为得知第一位演讲者是谁之后，我觉得有点儿弄不懂今晚的会议主旨了。

"去年的年度图书管理员。特别性感。"她快活地说。

"我怎么没听说图书馆界还有性感的管理员？"我说。

"你的意思是，你没听说还有比我们俩更性感的图书管理员，对吧？"凯瑟琳大笑着说，"不骗你，他可是个超级火辣的帅哥，在低收入地区的学校教书，思想超前……比如用 4K 大屏给孩子们介绍莎士比亚什么的。"

我点点头，因为我好像听说过："不是莎士比亚，是布拉德伯里，让六年级的学生读他的作品，这个老师每到期末都会指导孩子们读一些超纲的书，所以还挺令人惊讶的。"

她也点点头："而且他超级帅。你会看到的。噢！你单身吧？听起来你似乎单身。不知道这位年度管理员是不是也单身，我们怎么才能搞清楚呢？"

"也许他们介绍他时会说的。'我们的性感年度教育家毕业于加州理工学院，专攻英语文学教育，爱好沙滩漫步。'"我说。

"嘿！"凯瑟琳说，"完美。然后我们再看看你们俩的星盘相不相配，就齐活了。"

"凯瑟琳，"我缓缓说道，"等会儿笨笨女士演讲的时候，你介意帮我占个座位吗？我得先解决一下酒店的事。"

她殷勤地笑了笑。"我一点儿都不介意。毕竟在这里，你是我唯一的朋友。"她打趣说，面对这个长得特别像浪漫喜剧里的人渣老板，却让人感到如此亲切愉快的女人，我只能无言地报以笑声。

"假如一个人站得离蟹肉饼足够近，那她就是你的朋友。"我说，"我去打几个电话，演讲开始前回来找你。但愿我能快点儿找到房间。"

"就算你没那么快，也总能赶得上性感年度管理员那一场。"她朝我挥挥手，"我相信他会很乐意跟你分享观点的。"

我给曼哈顿上城的戴斯酒店打电话，又给附近的其他三个类似的低星级酒店打了电话，他们的房间全都被预订了，毕竟今天是周五。他们表示非常抱歉，因为附近在举办图书管理员大会。

我打给曼哈顿下城的经济型酒店，他们的房间也被订光了，因为那边在举办网络博主大会和护理人员大会，还有一个专门为会议策划者举办的会议。由此可见，在这夏天的第一个周末，全美国——不，应该说全世界的预算吃紧人士都来这个地球上最梦幻的城市开会了，还提前订了旅馆房间，害得我连自己负担得起的住处都找不到了。

我又在网上查找空闲房间，但没碰到运气——网站不允许访客在每天傍晚六点之后预订次日的房间。我打开列车时刻表，想看看今晚能不能坐车回家。不行，最后一趟火车四分钟前刚刚开走。我又给塔莉亚发消息。扮酷的幻想和不希望讨人嫌的高傲全都灰飞烟灭，我只简单地写了几个字："救命！无家可归！"然后盯着屏幕看了两分钟，期待她会像往常那样发来一个省略号，可根本没有省略号。我给她杂志社的几个办公室打电话，又把她的姓输入通讯录，直接点开她的语音信箱。最后，绝望之中，我拨通了普罗旺斯酒店的电话，毕竟我的行李已经在那里享受了几个小时的款待。或许只在那里待一个晚上也没什么大不了的，我可以去餐厅兼职赚回房钱，是时候学一点儿油炸方面的厨艺了。

工作人员接起电话，感谢我致电普罗旺斯酒店。"你好，"我不自然地说，"你们那边今晚有没有空房？"

"噢，是的，我们能为您找到空房，"听筒里传来友善的女声，"双人大床房还是特大床房？"

"我……"我心虚地说，两种我都负担不起，"有没有特价房？"

"特价，女士？"女声说，"恐怕目前没有特价。哦，好像有，您稍等。"

我边等边想象她会说出什么样的价格，如果低于一百美元，我就接受，因为我总得有地方睡觉。可要是高于一百美元呢？我想那也得接受，但是会肉疼。

她回来了。"好消息，女士，"她说，"我们有一间特大床房，可以做到最低价，比平时的正常价格低百分之三十。需要我帮您预订吗？"

"嗯，"我说，"多少钱？"

对面传来打字的声音。"扣除税金和各种费用……噢！每晚只要两百七十八美元。"

我的脑子停滞了，我听到自己呻吟了一声。假如我必须待在这里开三天会，就得出八百美元的酒店住宿费，这笔钱我来之前可没想到要付。这些钱够我和孩子们吃许多个晚上的比萨，去韦格曼斯玩好几次，带每个孩子去度假营地待一周……我可不希望把它花在愚蠢的纽约酒店房间上，我每天只能在里面待几个小时，而且大部分时间都是睡觉。我越想越生气。

"我要了。"我说。

"好的，您打算什么时候退房？"她礼貌地问，仿佛我刚才压根不曾像个色魔那样对着电话呻吟。

"明天，谢谢。"我说。

"好的，那就是一晚。您想用什么信用卡交订金呢？"

我灵光一现。信用卡，约翰的信用卡，用来救急的。"现在就是紧急情况。"我不由自主地大声说了出来。

"抱歉，女士，您说什么紧急情况？需要我帮您打电话吗？"

"不，没事，对不起，我只是……等一下，我去拿卡。"

我给她读了约翰的信用卡号码，她告诉我订金数目，我迟疑了一下，又自我安慰地想，这张卡的作用就是这个，对吧？应对紧急情况。约翰让我用的。我敢打赌，他想不到我会一下子刷走三百美元，但那又如何？去他的吧。他亏欠我的东西多不胜数，远远不止精神损失那么简单。

不过……他会生气吗？我回家后需要道歉吗？或者更糟——需要还钱吗？

但我无从知晓任何一个问题的答案，我只能把卡片信息报给对方，然后祈祷一切顺利。挂机之前，我告诉她，预订人的姓名是"桑德拉·索耶"，因为我寄存行李时留的名字就是桑德拉，如前所述，这是世界上最优雅的名字。

毕竟，艾米·拜勒不会住在普罗旺斯酒店，但桑德拉·索耶会，用她前夫的美国运通卡，甚至还会预订客房服务。

第二天早上醒来时，我已经脱离现实，成了桑德拉·索耶。这是桑德拉·索耶的人生。我躺在铺着美丽棉布床单的特大号豪华双人床上，枕着羽绒枕头，盖着散发淡淡薰衣草香的被子，大理石面的床头柜上摆了一瓶巴黎水。几分钟之内就会有人敲响我的房门，送来热气腾腾的早餐——啊，已经来啦！我抓起一件酒店提供的睡袍（让人欣喜的是，它和酒店提供的拖鞋、酒店提供的睡眠面膜是完美匹配的），套在我的旧T恤和旧睡裤外面，打开了门。

我感觉自己像童话里的公主：昨天还在为一个十几岁的女孩刷洗有霉点的泳帽，今天就有个面带微笑的小伙子给我送早餐。餐盘里有一只卡拉夫瓶——整整一卡拉夫瓶的咖啡！还有糕点、鲜榨果汁、原切培根、火候完美的去壳水煮蛋配芦笋。我想我肯定是死了，上了天堂。片刻之后，房间里又只剩我一个，可以独自享受这餐盛宴了，我简直不敢相信自己的好运气。我坐回床上，拉过餐盘，做了件会同时为我的两个孩子所不齿的事：打开电视，看着一个充满了抚慰人心的胡说八道的晨间网络节目吃起了早餐。

我不知道哪个更美味，食物、酒店房间，还是当下这份优哉游哉、什么都不必着急的心境。我每一口都可以细嚼慢咽，告诉自己的身体如何品尝滋味，如何在呼吸的交替之间进食。我把咖啡倒进小杯，加入完美分量的奶油，一杯接一杯地喝下肚，趁热。我不用开车送任何人，没有要找的东西，无需准备早饭，不会被评头论足。不用担心还没给孩子买齐需要带去学校的东西。不用为了挤出分别去做每一件事的时间而边撒尿边刷牙，因为我有时间分别去做每一件事。我上厕所的时候，不会有人在外面等着。这儿真是个甜蜜美好的小天堂。接下来的三个小时，我必须完成的唯一任务就是回"哥大"演讲，我给演讲起的题目是《为热情的下一代读者挑选电子图书》，题材不怎么时髦，但假如凯瑟琳昨晚说的是对的，我会吸引到一小群友好随和的观众，提出我构思的小概念。然后在这一天余下来的时间听别人介绍他们的小概念，学习如何更好地从事这份我喜欢的工作。至于午餐嘛，也许尝尝泰国菜？一个人吃，带上一本书。我的天！安逸得很！为什么早几年我没这么做呢？

当然是因为孩子们。可既然如此，我为什么要有孩子呢？

我一边嘲笑自己一边拿起手机，给还没喝空的咖啡杯拍了张照，发给科莉和乔："我在床上吃早餐！你们妈妈可以一辈子这样！"

"什么意思？不懂。"科莉秒回复。很好，现在才七点，她已经醒了，其他人肯定也醒了。

我给约翰发消息："都还好吗？"

他也是秒回复："跟昨晚十点一样，科莉十分钟后出门吃含氯早餐。""含氯早餐"是她的暑期游泳教练给在社区泳池进行的早间训练取的名字，"乔和我去看她游泳，然后吃真的早餐。"

"别忘了给他们吃水果。"我回复道。

"遵命，船长。水果糖算水果吗？ :P"

我发了个拇指朝下的"反对"表情，因为我知道自己是在唠叨，但我认为他没必要提醒我我在唠叨。唠叨是父母职责的重要组成部分，过去的几年，他要是在家的话，肯定能明白这个道理。这一次约翰的回复是直接给我打电话。

"对不起，我不该挖苦你。"我一接电话他就说，"你继续给我发这样的小提醒吧！我需要它们！"

嗯，这还差不多。我舒服地往床上一躺。

"你们玩得开心吗？"我问他。

"太开心了。昨晚我们每个人都挑了自己喜欢的电影，放给大家看。乔看得很入神，连爆米花都忘了吃。这是个很好的突破口，我感觉已经对他们了解更多了。当然，还有很长的路要走。"

我有点嫉妒，但扭头看看我的早餐和美丽的酒店房间，就又心理平衡了。*甜蜜的平静*，我提醒自己。不用做饭，不用赶时间，没有含氯早餐。

"孩子们选了什么？"我问，同时心里在默默猜测答案：乔会选《帝国反击战》，星战系列中他最爱这部。科莉……好吧，她的品味很差……《婚礼傲客》？《王牌播音员》？《伴娘》？

"乔选的是《夺宝奇兵》，我有点惊讶。纳粹的脸化掉的时候，他竟然在欢呼，想到他是个天真烂漫的孩子，这一幕还真是有点儿诡异。当然，这是电影里的高潮部分。但这部片子太成人化了。这再次提醒我，我还有很多功课要补。"约翰说。

嗯，好吧，我猜得也差不离。虽然导演并非乔治·卢卡斯，而是史蒂文·斯皮尔伯格，但主演、年份和类型都相同。"科莉选了什么？"我问。

"猜都不用猜，《恋恋笔记本》。我的天，是不是每一个小姑娘都会在某个时期喜欢上这部电影啊？"

"《恋恋笔记本》？"我疑惑地想。科莉和我一起看这部片子时，我们一直在吐槽，根本停不下来：为什么瑞恩·高斯林穿衬衣那么难看？难道不能通过几次理智的交流解决片子里的所有问题吗？他们为什么不能进屋去，找个干燥的地方亲嘴儿呢？

我们俩都喜欢的爱情片是《诺丁山》。"我只是个女孩……站在一个男孩面前……"母女俩的狂欢节，或者说我是这么想的。

"电影结尾时，她都捂着心口哭了，我很不理解。"

我咽下差点脱口而出的话，不愿承认这事对我来说是绝对的新闻。"你呢？"我问。也许是出于礼貌，也许是因为我想知道。

"噢，简单。《熟女占领曼哈顿》，很经典——你看过吗？"

"你在开玩笑？"

"我在开玩笑。我不会把最喜欢的电影告诉他们的，因为它是 R 级的，在没和你商量的情况下，不能给他们看。所以我昨天选的是《古灵侦探》，既好笑又白痴，而且很古老，他们不可能看过。"

"《古灵侦探》，选得好。你最喜欢的电影到底是什么……不，等等，我好像知道，对吧？"

"有年头了，你可能已经忘了。"

"《老无所依》。"我宣布。

"对，成年人的电影。有时候我觉得，我还没把这片子看懂就离开了你们。"

我放下叉子。听到他表现出悔意，我是该感到恼火还是高兴呢？无论哪样都会让我非常不舒服。"我还在吃早饭。"我说。

"对不起。重点在于我们都很好。你好好享受就行了，不用担心孩子们。"

"没错，因为我是有史以来第一个听到'不用担心孩子们'这句话的妈妈。"

"好吧，随你怎么担心都行，反正我们很好。"

我点点头。"是啊，"我酸溜溜地说，"听起来你们的确很好。"

挂掉电话，我低头看着餐盘，先前那种自鸣得意的劲儿消减了十之八九。不过是一顿早餐而已。在一周里的任何一天，我都能给自己准备一顿这样的饭，而且少花一大半的钱。我自己家的卧室也很不错，假如我很想在床上吃饭，可以趁我的好孩子们还在睡觉的时候，在我漂亮房子的漂亮卧室里享用丰盛的早餐。

当然，洗碗的也是我，还要洗掉滴到床单上的培根肥油。

无论如何，此后孩子们还是要跟着我生活，而不是和一个既像失散已久的好朋友又像彻头彻尾的陌生人的男人待在一起。

跟我结婚的那个约翰从来不会对他做过的任何事表现出悔意，他的字典里就没有"后悔"两个字。起初我以为这是自信，甚至有些为此心动，但他这种做派时间久了只能让我发疯。我发现，在他眼中，那些小小的挫折（比如工作不顺心、晚上偶尔没睡好觉）都是别人引起的，绝不是他的错；表面上的自信之下，涌动着一股微小却危险的优越感的暗流，使他觉得别人的付出都是理所应当的。我发现，当生活变得非常艰难——他离开前那两年，日子确实很难，几乎让人无法忍受——约翰完全不知道该怎么应付，当然也不知道如何寻求帮助，或者跟别人说"对不起"。

从中国香港回来的约翰虽然和过去一样无所作为，但至少学会了说"对不起"。

这让我纳闷，他是真的洗心革面、悔不当初了吗？为什么突然对养育子女产生了兴趣，还拿出了"应急"的信用卡？噢，坏了，信用卡！我忘记告诉他纽约的住宿费有多高了。另外，我还没收到塔莉亚的消息，所以可能还会继续支付天价房费。上帝啊，要是我一周都收不到她的消息呢？有那个可能吗？然后怎么办呢？我要夹着尾巴回家，承认自己根本没享受到任何假期吗？

就在我脑洞大开地胡思乱想之时，手机响了。我兴奋地跳了起来，也许是塔莉亚。

抑或是孩子们。

再不然就是约翰打来的，告诉我孩子们失踪了。

我看着屏幕。一串888开头的号码。糟糕，咖啡喝得太多了。我点了一下接听键，八成是类似药店里打来的那种自动语音电话。

"您——好，"一个性感的机器人女声懒洋洋地说，"这是反诈部门打来的提醒电话，您的——"暂停，"美国运通家庭卡出现了异常的使用情况，请等候客服代表与您联络。"

噢，当然。在新城市的昂贵酒店使用一张新卡，确实有点儿异常。我猜，他们希望我证明刷卡的确实是我本人。

一个女人上线了，声音低沉而友善。她说自己叫马琳，问我社会安全号码的后四位是多少，还有"秘密验证词"是什么，我说是"急板"，因为约翰一直用这个当验证词。然后她告诉我，由于出现了可疑的资金活动，我的账户被标记了。

"噢,"我爽快地说,"没有可疑活动,我只是准备在纽约待上一周而已。"

马琳打断了我:"实际上,女士,这张卡在多个地点都产生了扣费,所以我需要找您逐一核对,假如某一笔费用没有问题,请说'没问题'。"

"好的,"我有些困惑地说,难道这种电话不应该打给约翰吗?他肯定会在宾夕法尼亚刷卡消费什么的,但也许反诈部门的工作流程就是这样的。"开始吧。"

"第一笔费用产生在纽约第七十九街的普罗旺斯酒店,纽约?特大床房一间,292.40元。扣款时间是下午六点四十五分,昨天,东部时间。"

"嗯,没问题。"

"第二笔的扣费时间是昨天晚上十点四十四分,东部时间。中国香港中环威灵顿街二号二室,'狮身人面像'脱毛沙龙,金额是92.65美元。"

"呃……"怎么回事?昨天约翰绝对不会在中国香港脱毛,我很确定,否则孩子们会告诉我的。

"接下来又是普罗旺斯酒店的扣款,服务费26.00美元,今天上午七点零二分扣除。"

"这一笔绝对没问题。我不确定的是另外那笔,让我想想那是怎么回事……"

"还有最后一笔费用:'可爱礼物'官网,女装,482.96美元,这是一家线上商店,但是根据我们反诈部门掌握的信息,订购人的IP地址来自中国香港,这笔钱是您账户下的某位持卡人消费的吗？"

"不，不，绝对不是。好吧，等等，等一下。"我说。我试图想清楚这到底是什么情况：约翰现在肯定和我的孩子们待在宾夕法尼亚，我在纽约。约翰在中国香港网购了吗？我抓过旁边的笔记本电脑，打开"可爱礼物"的网站链接，页面上跳出来一大堆我见过的最精致、最有异国情调的女式内衣图片，码数小得我永远都穿不进去，图片里穿着这些内衣的都是些美丽动人的年轻模特。

"马琳？"我谨慎地问，"你知道这个账户关联了多少张卡吗？"

"是的，女士。"她说，"两张卡，一张在您丈夫名下，另一张在您名下。"

我的心一沉。

"你有那笔可疑网购的收货地址吗？"

"是的，女士。收货人是一位名叫玛丽卡·肖的女士。"

"那么，我猜……"我想告诉她，有几笔扣费是盗刷，卡应该取消，玛丽卡·肖应该自己支付昂贵的脱毛费。可我只是说："对不起，给你们造成了困扰，所有的扣费都没问题。"我叹了口气，"你们能不能在账户上做个备注，说明我们短期之内可能会在不同的地点刷卡呢？"我问她。

"当然，女士。这只是我们的规定，假如某个账户平时只在固定地点使用，后来突然在新的地点发生了扣费，就需要进行标记，比如纽约。现在我们已经核对清楚了，不会再打扰您了。"

"谢谢你，马琳。"我尽可能和蔼地说，因为这不是马琳的错，约翰还和他的——好吧，她现在得有三十三岁了——他那三十出头的小相好正忙着打蜡脱毛，等他回去呢。

我倒进床垫里，皱了皱脸，想把眼泪憋回去。玛丽卡·肖是约翰在我之后找的女人。当时我在网上跟踪了她一年，直到莉娜发现我在做什么，劝我收手，我才作罢。我只知道她在他的公司上班，住在中国香港，社交媒体主页里只有跟法国斗牛犬和约克夏有关的信息。

我曾经莫名其妙地得出一个结论：他们的关系早就完了。可是为什么？为什么我会假定他们两个分手了？也许因为我觉得这就是约翰回家的原因。

也许我觉得他想跟我复合。

我当然会这么想，因为我一直都是个白痴。

瞧瞧我吧。我和崇尚专业脱毛、选购高端内衣的人类女性之间，有着云泥之隔：一身赘肉、大妈身材，现在正身穿旧 T 恤躺在床上，一边疯狂摄入碳水化合物，一边看小说，把电视上的 CBS 节目当成背景音。无论哪个平行宇宙里的男人，都不会甩掉他美丽动人的情妇回来找我的。不，他只是来体验一下养儿育女的生活的，一周之后就回去该干吗干吗了。

我竟然还会因为拿了他的信用卡而感到内疚！与此同时，他却在给玛丽卡买价值五百美元的黑色连体内衣和性感绒毛拖鞋！

我捶了枕头一拳，掀开被子，走进浴室洗澡。床上早餐就这么彻底毁了。我要愤怒地冲澡、愤怒地穿衣服，旋风般冲向"哥大"，试着专注于今天的演讲，哪怕我对奸诈的两面派前夫怒火中烧。然后，我要——

手机又响了。我充满仇恨的心突然变得轻快了一点儿。一定是约翰打过来解释情况的。也许他跟玛丽卡分手了，但没敢拿回他的信用卡？抑或是她在他走的时候把卡偷了过去？又或许……

是塔莉亚。

"你还活着啊？"我生气地说，怒火四处蔓延。我觉得塔莉亚也应该被烧一烧。

"也就还剩一口气。我看到你的消息了。噢，天哪，我都快哭了，对不起。"她说，"我不敢相信，你昨晚无家可归？你找了个旅馆吧？告诉我，你找到了旅馆！"

"我找到了旅馆，用我前夫的信用卡付的钱。然后接到个电话，信用卡公司打来的，问我去没去中国香港做价值五百美元的打蜡脱毛、买高级内衣。某些人都三十三岁了，竟然还能穿B杯的内衣。我的天哪，他真是个杀千刀的杂碎！"

塔莉亚识趣地保持着沉默。

"他和我的孩子们在一起，那个杂碎和我的孩子们在一起。"

"嗯，"塔莉亚轻声打断我，"你有约翰的信用卡？"

我顿了顿，说："没错。"

"我的意思是，你从中看到了报仇的机会，对吧？"

我的愤怒很快被震惊所取代："我永远做不出报复的事。"

"没错，当然不会，你是个善良、友好、体贴、可敬的人。"

"好吧，"我说，她说的这几项我现在一样都体会不到，"我该说——谢谢你？"

"我可没有这么多美德，比不上你。"她说，"你得注意点儿，千万别不小心把他的信用卡落在我的公寓里。"

尽管心情低落，我还是笑出声来。"我绝对会的。还有，告诉你吧，我住在上西区一家特别漂亮的酒店，刚刚在床上吃完了早饭，也是刷他的卡。"我对她说，"所以我觉得并不全都是坏事。今晚我也许不会退房，我准备花他的钱点播一部电影，然后连看也不看。"

"你这个坏女人。"

"没错。好吧，我又不想那么干了，我今晚能和你一起住吗？"

"嗯……不行，因为我周日晚上才能回公寓。那边发生了一起谋杀案。"

"什么？"

"瞧见没有，我昨晚不是故意不理你的。"

"我开始理解你了！到底怎么回事？"

"说来话长。关键是，被杀的人我不认识，案子也没发生在我的公寓。"

"谢天谢地。"我说，这一刻我觉得自己特别像个小地方来的乡巴佬。

"可凶手……作案时，我把手机落在了公寓。案发后，警察不让住户进楼。我猜，走廊上可能有法医需要的证据。直到今早他们才放我回家拿手机，当时我开了个玩笑，说：'我得把谁杀了才能拿回手机？'你是没看到他们的表情，这句话一出，就像被大石头砸到一样，那些超级严肃的警察脸色都变了。"

我再次笑出声来，气又消了一点儿。"那你要在外面待多久？住在哪里？"

"噢，你知道吧，有个家伙愿意收留我。"

"是吗？这家伙是认真的？"

塔莉亚只是笑了笑："总之我想说，我很期待周日能回家。"

"这是否意味着,会议结束后我仍然可以去找你?"

"是的,我可以指着一摞我自己的杂志发誓,从周日开始,你就能住在我家。你准备待多久?两个月?"

我笑了:"一周吧。我还有孩子呢,记得吗?"

"他们不是还有个爹嘛,记得吗?"她反唇相讥,"哎呀——糟糕!美工讨论会要开始了,再见!"

"再见?"我说,但电话里已经传来了三声挂断音。这样也好,反正我的大脑二十分钟前刚刚发生过短路,我不知道接下来该干什么。

噢,糟了!演讲!我看了看表,发现只剩三十分钟洗澡、打扮、去"哥大"的时间了,要准时到达,除非发生小小的奇迹,或者叫个出租车。

幸好这张信用卡可以让我随心所欲地叫出租车。

# 第六章

亲爱的妈妈：

我爸给了我三百美元。

现金。他让我用这些钱买衣服，跟布莱恩约会。妈，他真是个坏人。

我打算用他的钱。

你不会介意吧？我也会买书的，我保证。

爱你。

你贪财的女儿，科莉

出租车真是个好东西，因为它们让你有时间在路上化妆。我没化太复杂的妆——费那个事干啥？无论怎么浓妆艳抹，我看起来也像个当妈的。所以我只用了口红、保湿霜和睫毛膏，我觉得这样已经算是精心打扮了。笔记本电脑里存着我的演示文稿，绝对是一篇好方案，我在里面投入了很多，目的是解决一个问题：我曾经教过一个班，在这个班里，教育工作者所谓的"不情愿读者"尤其多，并非每个学生（甚至并非每个聪明的学生）都会像口渴的骆驼来到绿洲那样扑向书本。一般来说，英语老师和图书管理员不会有"抗拒读书"的经历,因为假如我们真的不爱读书,就会去教社会研究课或者从事其他更赚钱的工作。所以,对于那些不喜欢做阅读作业的学生,我们无法感同身受,会在无意识中给他们过低的评分。

我为什么知道?因为我就被人指出过这样的错误,指出的人还偏偏是我自己的女儿。

科莉从来都不应该是我的学生,这个问题涉及原则:我是图书管理员,不是授课教师,所以,哪怕在我们这个小小的私立学校,我也没有给我的子女在任何一方面进行评分的责任。然而,科莉的七年级英语阅读课学得很差,而学校的这门课恰好是由我设计的。每天晚上,这门课的家庭作业是读一个章节的书,在日记里写写读后感。科莉每晚都会发牢骚、拖延、哭鼻子,只要不逼她读该读的那一章,她什么都愿意做。我想不明白这是为什么,她要读的那本书(《蝇王》)没什么难度。科莉被分在同龄人中要求最低的那个阅读小组,只要分数过得去,就能避免留级。课程指定的读物是根据七年级学生的阅读水平选择的,属于每个孩子都会读的经典,实际上,我的很多学生都非常喜欢这些作品。

我问科莉为什么如此抗拒,她说了一句话,仿佛一根冰碴子插进了全世界图书管理员的心脏:"对不起,妈,可我讨厌读书。"

那是黑暗的一天。

第二天早上,我觉得自己就像被鞭子抽了那样萎靡不振。那天我有一节高级阅读课:把根据测验成绩分进最低水平阅读小组的孩子们集中在一个自习室里,逼他们啃难读的经典名著,比如

《罗密欧与朱丽叶》。这些孩子清楚，隔壁教室里的同学们正在轻松地翻阅更难的《哈姆雷特》。从学生的眼睛里，我看到了图书管理员们的困境：虽然我们为其命名时已经尽量委婉，所谓的"低水平阅读小组"还是被打上了不该有的"低等"烙印，除此之外没有更好的因材施教、鼓励不同水平学生阅读的方法。当我浏览那些"新近发行"的书籍时，发现它们大多很容易读，通常会被认为"缺乏学术性"，甚至连那些被迫读《罗密欧与朱丽叶》的孩子，也不会通过读这些书获得文学方面的长进。不过，他们可能会喜欢它们，甚至手不释卷。难道这没有意义吗？

至于《哈姆雷特》的小读者，他们之中很可能只有四分之一觉得这类书有难度，但假如莎士比亚的描写没那么精彩，他们很可能也不爱读。学生们为什么会觉得一本书精彩？因为书里有青少年喜欢的主题，比如寻找自我、科幻与奇想、追求社会正义、叛逆。

其实，这些主题也正是我一直试图强调的课外读物选择标准。

然而想到科莉，我意识到，有些地方我搞错了。

我为此努力了好几周。那段时间，科莉克服困难，顺利读完了《蝇王》（叛逆与奇想主题），开始吃力地读《大地三部曲》（寻求自我与社会正义），但她并没有从中感受到任何乐趣，而且自认为是低水平阅读小组里最垫底的那个，说自己是"坏读者"，也很少拾起她平时读来自娱自乐的书——主题通常是沉闷的青少年恋情。我突然意识到，这就是结局，但也可能变成我最后的机会。

在灵感的鼓舞下，我恍然大悟，弄清了如何在不让学生觉得自己低等的基础上为阅读小组分类：让他们自己选进入哪个组。

因为我有一只完美的实验室小白鼠：我自己的女儿。

我点开下一张幻灯片。这是一张照片：科莉凝视着一台黑白电纸书的屏幕。刚才，我向一整个演讲厅——好吧，其实并没有坐满人，但现在才上午九点，来了这么多人已经很不错了——的图书管理科学专业人士介绍了我的"灵活分类学"。大家都在听，虽然手里紧握着咖啡杯，但听得很入神。

"因此，这个时候，我想到了对我的学生们而言最有意义的主题，挑出其中最流行的四个，再从每个主题下选出四本书。其中的一本低于本年级的选书要求，两本符合要求，还有一本超出要求。现在，你要为自己的班级选书，你希望书的难度符合学生的阅读水平，所以，假如一半的学生未达到或接近年级水平，可以选择两本低于或高于年级水平的书。"我看了看面前的挂钟，解释这套方案花费了我太多时间，只剩半小时展示成果和回答提问。我知道自己也有图书管理员的通病——讨厌公开演讲，可一旦开始讲了，我就很难停下来。

"好，现在你有十六本书，已经加载在全班的电子阅读器里。完美，对吧？你给学生布置某本书要读的章节，或者其中的十五页，抑或是根据特定的主题选择的内容……你得先在电子阅读器上解锁这些部分，他们读完后，如果还想继续往下看，必须等你解锁才行。每个学生选出自己最喜欢的作品，选了同一本书的人自动构成一组，共同研读这本书，不再按照阅读水平的高低进行分组。学生凭兴趣和能力选择最适合自己的读物，因为书或者主题都是自己选的，他们是愿意投入全力读完的。"

有人举起了手。"打扰一下。"没等我叫他，举手的男人就说话了，那一刻，我差点儿忘了听课的都是成年人，不是孩子，所以我不能让他先把手放下，等我叫他再发言。"这样一来，学生们会不会都去选简单的书呢？"

我耸耸肩："虽然我还不知道确切的机制是什么，但我校的学生没有这样。请看这张幻灯片。"我点开乔帮我做的那张蜘蛛网图，"去年我采用灵活分类法，把学生分成四个小组，这是他们选书的分布情况。可以看到，三个类型均匀分布着不同阅读水平的学生。第二组的二十九名学生中，只有三名选择了高难度主题。但接下来的测验表明，只有百分之十的同学阅读能力高于年级水平，所以自行选择阅读难度的方案至少在这个小样本中是行得通的。"

举手提问的人看起来很满意。我的下一张幻灯片是四个小组的阅读主题清单。"这是我选择的图书主题、选择每个主题的学生人数与标准化测试结果的对比情况。从中可以看出灵活分类法的第二个好处：不仅能让孩子努力读他们选中的书，教会他们如何选书，还可以获得哪些书会对哪一代的孩子产生何种影响的数据。"

第二个提问者举起了手。我看着他，对方是个四十来岁的方下巴男人，棕色皮肤，五官有亚裔特色。我猜他大概就是凯瑟琳口中的那位"性感的年度图书管理员"。

"你有什么问题或者建议吗？"我问他。

"有。"他说,"我很喜欢你的想法,可看到你列出的主题后我心里一沉。这也许对乡下地方的私立学校来说是个好主意,但我在纽约教书,我的学生多半是'不情愿读者',且不具备那么好的阅读条件。他们的水平往往比年级要求低两三档,社群环境中也没有好学的风气。你列的书单足有一英里长,还都是死掉的白人男性写的,仅仅是为了抒发一些被压抑的感情和政治理想。我的学生根本不会搭理这种狗屁。请原谅我的粗鲁。"

大家都笑了,我脸红了。我突然觉得自己前所未有地白得刺眼,也前所未有地愚蠢。然后我提醒自己,我也有过同样的担忧,也需要面对同样严峻的现实。

"现在我要总结的是灵活分类理论的主要缺点,"我说,"因为它只是某个乡下地方私立学校的图书管理员的突发奇想,"听到我引用他的话,提问者礼貌地向我点了点头,"并非接受全国教育协会百万美元资助的教学研究项目,所以我只能选公版书,可以免费下载的那种。这样的书不是很多,好在我的学生们多半经济条件不错,学校还给他们提供了电子阅读器。可即便如此,我也做不到每两个月给三十个读者买十六本新电子书,然后丢掉一半没读的书。无论私立还是公立学校,我们每次只能为每个学生提供一本版权书,这还是运气好的时候的预算。一年又一年,都是同一批书,很难实现品种的多样化和有效的增长。"

"不过话虽如此,"我补充说,"只要负担得起,书可以随便加。"

性感的图书管理员歪了歪头:"所以,你认为这套方案适用于任何书籍,但你需要大量的预算才能把各类图书包括在内,满足多样化学生群体的需要。"他总结道。

"中等预算也能做到，但你得找到非常宽容的出版商。"我苦涩地说。

"该死！"他说。

"可也许仍然值得一试？"我说。

"也许吧。"他无奈地说。

随着课程继续，我收到了很多非常热情的提问，甚至让我觉得"灵活分类法"可以在各种场景下奏效。但当我课后一对一回答别人的问题时，性感的图书管理员提出的担忧始终在我脑海中徘徊。可能因为这是图书管理员会议，大部分参会者是腼腆的，他直率的姿态就显得格外突出。

然后他又来了，那个性感的图书管理员。他比我高出一个头，正耐心地站在那里等待提问。我觉得有些紧张，也清楚他接下来的问题杀伤力会有多大，可他却说："嗨，我叫丹尼尔。"

"嗨，我叫艾米。"我说。

"我知道。"他说。我脸红了。

"我想给你买杯咖啡。"他对我说。

现在我真的脸红了。

"真正的咖啡，"他指了指招待桌上的那些空咖啡杯，"也许再来点儿甜的。"

我不知道说什么，所以只是尴尬地笑笑。

"你接下来准备做什么？"

"呃……"接下来有什么课？噢，对了，一本面向年轻读者的非虚构新书的讨论会。我们身后，参会者已经开始就座了，性感的图书管理员和我恰好站在讲台前，很快就要影响到大家上课了。

"我……"我开口道。

"我下午两点有空。今天,可以吗?"他问。

"我想……"

"我们还是别挡着人家了。"说着,他碰了碰我的胳膊。

我像一台同时运行着很多程序的旧台式机那样完全死机了。他在碰我。上一次我被男人像这样碰是什么时候来着?我站在一屋子人面前,还有人不断地从门外进来。他到底喜不喜欢我的演讲?我今天穿了什么?

"就两点吧,"我终于能说话了,"在外面的咖啡车那里?"

"棒极了。"性感的图书管理员丹尼尔说,"我们可以带着咖啡去那个小广场,像蜥蜴那样晒晒太阳。享受你的小组讨论吧。"说完他就走开了。我一个人困惑地站在那里,羞怯地啜嚅着,毕竟我只是一个腼腆的图书管理员。

约翰离家出走六个月后,我给科莉补了那颗差点拖累死我的断牙,又在了解到那句古老的格言"没能杀死你的只会让你变坚强"其实还有下半句"变成一头比原先刻薄两倍的老灰熊"之后,我发现了玛丽卡。

当然是在社交网站上发现的。差不多一年前,我在自己的主页上发了一张约翰的照片,又在旁边配了几张乔的学校的照片,玛丽卡给约翰的照片点了赞。这个人究竟是谁?我很快就从她发过的照片看出,她和我失踪的丈夫已经约会了至少好几个月了,而且她比我漂亮,比我年轻,没有孩子,还能让约翰感觉自己是上帝送给女人的礼物——反正我是不能再做到这点了。

去他的。这是我第一次用脏话骂他。请原谅我的粗鲁，当我看到那张明显美颜修图的合影——那个三十岁左右、穿比基尼的苗条女人，望着我痴肥多毛的丈夫，仿佛他是性感之神的化身——我只能找到这一种方式表达自己的感受。去他的吧。

就这样，我跨入了被抛弃者的"愤怒"阶段。这个阶段其实很爽。我给约翰发了很多臭骂他的短信，批判他的勃起质量。我把这家伙对我们做了什么全都告诉了他母亲，而不是像过去那样美其名曰"他需要寻找自我，专心工作"。喝下一大杯红酒之后，我在社交网络上给玛丽卡发私信，告诉她不用担心约翰会在她哺乳期后胸下垂时甩了她，因为他已经因为这个甩掉了我。

千万不要得罪女人。

我还开始和一个早就对我感兴趣并且一直（手段无耻，甚至会当着约翰的面）追求我的男人约会，就好像这样做会惩罚到远在中国香港的约翰似的。

这个猥琐男叫特里·布朗斯，约翰的大学校友，是个卖房子的，我们家房子就是托他买的，砍价砍得很成功。他追求我的"策略"就是偶尔给我们打电话，说要上门"重新评估房子的市场价值"，指导我们进行"房屋改善"，但主要是来我家吃饭喝酒。每次他都会发表些类似"你这么好的女孩怎么会看上约翰这种土人"之类的评论，每次我们也都会礼貌地一笑置之，直到约翰吃甜点时忍不住发火，特里才会道歉，给约翰倒一杯酒，等我们慢慢冷静。每到这时，特里都会厚着脸包揽刷碗的工作，因为他知道我不会坐在那里看他一个人干活，也知道约翰恰恰是能做出这种事的人。

所以厨房里就只有我和特里。他会谈起最近搞定了什么大买卖，嘲讽一下四百平方米豪宅交易中的丑恶人性，抱怨他自己的钱多得花不完，假惺惺地表示他宁愿成为那种"不会在汽车上多花一百块"的人，说自己买了条船有多么多么后悔。那个情景很像是只有一个男人参加的撒尿比赛，而他还自我感觉良好，认为应该给我留下了深刻印象。当然，他从来没给我留下过什么好印象。哦，不过，为了讨好我，他竟然甘愿进行如此自欺欺人的表演，我倒是有点儿受宠若惊。

生了玛丽卡一周的气之后，我打电话告诉特里，为了让我家的房子获得最大的投资回报率，希望他给我一些建议。我记得说出"我们的房子"时，我还想了一下它还是不是"我们的房子"。我当然没告诉特里发生了什么，就算我不觉得尴尬，也不希望给自己施压。

隔天晚上，孩子们去看高中篮球赛时，他来了。我穿了一件可爱但款式比较普通的翠绿色纯棉平纹针织连衣裙，衣服的剪裁很贴身，而且洗的次数不多，还没完全失去弹性。我准备了点儿吃的，比萨之类的。我记得我去开门时，他说："嗯，什么好吃的这么香？"然后凑过来嗅我的脖子，我说："冷静点儿，佩佩·勒皮尤[1]。"他笑得停不下来。

很久之后我才意识到，正因为特里的自嘲功力很强，在调情方面屡败屡战的功力也很强，我才会觉得请他过来似乎是个不错

---

1. 佩佩·勒皮尤，即"臭鼬佩佩"，华纳兄弟公司推出的系列动画角色之一，诞生于1945年，是一只来自法国的臭鼬。

的计划。我认为不需要给他任何东西，无论口头鼓励还是肉体回报，哪怕只是穿一件低胸衬衫，就能大幅度提升我的自尊，同时狠狠地羞辱约翰，这是我梦寐以求的。

然而我错了。

"约翰呢？"在建议我最好是把我家大门油漆成橙黄色之后，特里马上问。

我说："约翰和我……分开了。我们正在解决一些问题。"比如解决约翰假装我们的生活和两个孩子根本不存在这样的问题。

特里一下子变了脸色："什么？"

我只是耸了耸肩，我不想连着把谎言重复第二遍。

"那个土人欺负你了？"特里敏锐地问。

"你还不是和土人做了二十年朋友？"我反问。特里只是挑了挑眉毛。"没有，"我虚弱地回答，"我们只是走到了岔路口。"

特里皱了皱眉，说："很遗憾听到这个消息。"然后他深深地叹了口气："我猜这就是你打电话给我的原因。"

我的脸变成了粉红色，还以为他不会注意到我那点儿想要勾引他的小心思。可他只是说："那么，你打算卖掉房子吗？我能找到最适合你的买家。其实有三个这样的买家，要是你愿意——"

"不，"我摇摇头说，"我想试着留下房子。我只是……"我准备了好几种说法：我打算和他相处一阵子；我想跟一个不是我丈夫的男人过一夜；我想和他上床，然后出于报复，请他把这件事告诉约翰。但最后我说的是："我只想和你聊聊这座房子，看看什么样的选择比较合理，弄明白它值多少钱。"

特里点点头："聪明，聪明。我觉得，既然你是全职妈妈，离婚后你会留着这套房子吧?"

我暗忖,约翰在中国香港找了女人,所以跑回宾夕法尼亚抢房子的可能性不大。"我想是的。"我说。

"这样的话,我需要看一下你的化妆间。记得上次我提到过,装修化妆间的费用其实很低廉。我认识很好的工人,可以请他给你的化妆间贴上漂亮的壁纸,也许再做个镂空装饰?让你的房子轻松升值。买家也会喜欢的。"

特里的背影消失在门厅里。他一走,我差点儿如释重负地躺到地上。哪怕真的想报复约翰,我也不愿意和这个男人单独在房间里多待一秒钟。我愿意享受爱慕,但只想得到自己丈夫的爱慕。除了约翰,我不想跟任何人亲密,我无法想象那是什么样的感觉。尽管生气,但我还爱着约翰,这种感觉对我来说十分真切,如同截肢断面的瘙痒。那天晚上,我和特里一起吃了晚饭,这很容易,因为我单身了,而他又似乎失去了跟我调情的兴趣。后来我发誓,在我的孩子(至少其中之一)进入大学前,这是我最后一次尝试和别人约会。

但是今天我似乎开启了一个约会,而且对此并不感到恐惧。实际上,情况恰恰相反。

下午一点半,纽约。

今天,我已经和孩子们聊了两次;给众多同行上了一堂非常成功的展示课;午餐吃了鱿鱼沙拉,喝了杯白葡萄酒;逛了好几家商店,没买任何东西;赚到了六个连续学时;认真考虑要不要做个快速美甲,随后恢复了理智。

我围着咖啡车兜圈子，假装要到什么地方去，其实是在等候约会对象，就在这时，我遇到了昨晚在葡萄酒招待会上认识的凯瑟琳。她今天似乎变得温柔了一点儿——也许是因为睡了个好觉，抑或是由于我现在知道了她不会咬人——但她的态度和举止依然保持着我所熟悉的清醒与敏锐。

"啊哈！"她一见到我就说，"终于碰见你了，今天的红人！"

"嗯？"我问。

"我们得聊聊'灵活分类法'，我总是忍不住想起它。"她说，"我喜欢你的理论。"

"你听了我的演讲吗？"我问。我不记得在会场见过她。

"没有。我不是告诉过你，我打算开会时摸鱼睡觉吗？还记得吧，我有两个没脱尿布的孩子？老娘我是出来度假的！"

我点点头："记得，那你怎么……"

她打断我："我吃午饭时，同桌们一直在探讨你的理论，他们认为很有戏。我弄了一本讲义，从头到尾啃了一遍，我觉得它可能行不通。"

我的脸垮了："噢，好吧，我想——"

"不过，我一定得在自己的课堂上试试。"

"呃……"我不确定该怎么接话。

"你有没有想过募捐？"她问我。我领悟到，跟凯瑟琳聊天，最好的接话方式就是不回应，静静地等着。"小规模的。我打算撇开电子阅读器，试试募捐，请大家给我们捐各种各样的纸质书。我知道阅读器有它的优点，但你既然把它们发给学生了，就不能指望他们马上还回来。学校里一直说给学生配平板电脑，可也只是说说而已。说来也巧,你猜怎么着?我出来这几天,我家一岁的那个,遇到了他的成长里程碑!你敢信?我才把孩子们丢给丈夫三天!等我回到家,他就会说:'认知延迟?什么认知延迟?'"凯瑟琳学着小婴儿的声音说,"物质既不能被创造,也不能被破坏……"

我摇摇头:"电子阅读器很重要,它能隐藏阅读水平的等级划分。"

"可学生们还是要互相讨论,对吧?"

"要是他们愿意,可以等选好了书再讨论。"我说,"但只要你手里拿的不是纸质书,别人看不到封面,就不知道你读了什么。你选书的时候,也没法看到那些所谓的酷学生和聪明孩子都读什么书,更不会受到纸质书的封面传达的那些性别刻板印象的影响,不会对书的内容产生先入为主的看法,只需要根据实际的故事选择自己想读的书。我是说,如果可行的话。"

凯瑟琳叹了口气。"我不知道资金从哪里来,"她沉重地说,"我能为电子书募集到钱,或者找来纸书的捐助,但不能两者兼得。"

我点点头:"我也意识到,我为学校挑选的书并不足以代表多样化的学生群体。"

凯瑟琳深吸一口气。"你的方案并不是完全行不通,但也没法畅通无阻。我们得在公版书里找找多样性的作品。"她拿出手机,开始打字,"你有什么发现吗?"

"不多。我找到几位女作家,还有杜波依斯的书。"我说。

"是的,我看到了。"她说,"也许可以试试游记?"

我耸耸肩。她点点头:"你是对的,游记是个馊主意。还有什么？"

我开始绞尽脑汁地思索公版书里可能有哪些符合学生年龄和多样化阅读要求的作品。"《为奴十二年》？"我问。

凯瑟琳皱起眉头："如果我没记错，这本书难度不低。大学预科级别。"

"噢！"我叫道，"《我的枷锁与我的自由》！"

"没读过！难度合适吗？"

"我觉得可以！我来下载一本。"我说，"有年头了。"

当我在线更新我的古登堡电子书应用时，丹尼尔向我们走来。

"《我的枷锁与我的自由》。"看到他时，我脱口而出。

"你们俩也下午好，"他说，"多么热情的问候啊。令人困惑，但充满热情。"

我呼了一口气，对自己笑笑，还有他。他确实很帅。"弗雷德里克·道格拉斯的自传，为'灵活分类法'选的，是公版书。"我说。他的眼睛很漂亮。我开始胃疼。

"啊，"他赞同地说，"好主意。我也想过选择这本书。"

"太好了。"凯瑟琳说。刚才那一刻，我竟然暂时忘记了她的存在。"你想加入我们的计划委员会吗？委员会的席位目前有很多空缺。"她问他。

我笑了，然后又担心我的笑声听起来不自然。振作一点儿，艾米。"丹尼尔，这是凯瑟琳，来自芝加哥公立学校。"

丹尼尔微笑着伸出一只手。"真是远道而来啊。"他热情地说。他看起来既不紧张也不尴尬。我只需要冷静下来。

"我在躲避我的孩子们，"她神秘兮兮地说，"我不打算给他们换尿布了。"

丹尼尔点点头。"明白，我不会多问的。"他冲她挤挤眼。说真的，他确实有资格成为年度性感图书管理员。

"说起这个，"凯瑟琳意味深长地看了我一眼，朝丹尼尔歪歪脑袋，"我得回旅馆打个盹儿了。这是我今天打的第二个盹儿。两位，回头见。"

"睡个好觉！"丹尼尔用拉丁语叫道。"好好休息！"我也跟着喊道。随着凯瑟琳慢慢从视线中消失，我感到越来越轻松。我注意到丹尼尔举起了他听我演讲时做记录的那个本子，心情更愉快了。"我们可以开始了吗？"他问，"我有一些书需要征求你的建议。"

我点了点头。听到他要讨论书，我放心了，因为这在我的掌控范围之内。而假如这是某种约会的话……我心里还真是没有底。"当然可以。"我回答。

"太好了。不过，在我们你来我往地发表意见之前，也许应该先放松一下？这是个咖啡约会还是酒精约会？"他问。转瞬之间，我的平静被打乱了。

"这不是约会。"我大声说。

"没错。"丹尼尔低下了头，迅速地说，"当然，对不起。"

出于习惯，我也打算道歉，但转念一想：丹尼尔认为这或许是个约会，这个非常英俊的书呆子叫我出来约会，我现在几乎算是单身……所以，这是好事！不是坏事！我在干什么？

"我的意思是，这是约会吗？"我说，"可能是个约会吧？"

他只是笑了笑："要不喝咖啡吧？"

"没错！"我亢奋地表示赞同，"咱们去喝咖啡吧。"

"无咖啡因的行吗?"他微笑着问。

我们在咖啡车前排队。从我站着的地方看过去,丹尼尔的身材非常棒,可他竟然要了两份甜点,还给白己那杯咖啡配了黑白饼干。我点了加奶的无因咖啡,因为他说得对——假如此时再摄入一点儿咖啡因,我也许会当场中风。他把盛糕点的纸袋夹在胳膊底下,带我向西走,来到河边的一片美丽的绿地。我以前从来不知道有这么一块地方,当然,纽约的百分之九十我都不了解。我们边走边讨论各自的电子阅读器上保存的书。他涉猎广泛,但我发现他对奇幻小说有所偏好。

"噢,没错,"听到我提问,他坦率地承认道,"我女儿带我入的门,读这种后启示录风格的青少年读物,然后我就入迷了,就像从山上滑下来。"

"这个山坡真是又湿又滑啊,"我笑着说,"你有个女儿?"

"是的,她今年要读高三了,我们在长凳上坐坐吧,吃块烤饼。"

我们坐在那条非常干净的长凳上,面朝哈德逊河,两人之间只有一英尺的距离。他拿出一块烤饼:"柠檬罗勒?"

我把头向后一偏:"我记得你好像买了饼干。"

"黑白饼干,马上就来。"

他给我一块包裹着烘焙蜡纸的饼干。我展开包装纸,先咬了饼干黑色的那一半,又咬了白色的那一半,这样循环往复。我边吃边给他讲我过去的美好时光:跟塔莉亚一起来纽约,整夜跳舞,一直到早上四点,吃小商店买来的黑白饼干……我告诉他,我们在酒店大堂蹭沙发过夜,让陌生人给我们买早餐,身无分文地回家。之后有机会,我们又这么干。

"你们的父母真可怜。"

"是吧？我现在也有个十几岁的女儿了，"我嚼着饼干说，"我能感同身受。"

"啊，你的女儿也这么大？她现在爱你还是恨你？"

"唔……我看看'现在'是什么时间。"我说，瞥了一眼手腕上假想的表，"她其实是个完美孩子，就是情绪偶尔会像坐过山车。她并非学霸，喜欢跳水，她在学校似乎很受欢迎，但她不会孤立身材和自己不一样的女孩，经常有同学约她跳舞。"

"太好了，"他赞同地说，"我女儿其实也这样，但我觉得不会有人常约她跳舞。如果她让某个同学带她参加舞会，对方只会吓得乖乖服从。"

我笑了。"我觉得她很聪明。你就一个孩子？"我问。

他点点头："你呢？"

"我还有个儿子，十二岁，他是我睡不着时会担心的那个。"

"难管？"丹尼尔问。

"恰恰相反，他非常……善良。"为了说明这点，我不知不觉间把约翰回来时乔对父亲的反应告诉了丹尼尔，于是又得从头讲我和约翰的事……我敢肯定，这样的话题绝对不适合约会，所以我刻意把话题转回乔如何引导全家给约翰一个机会，并开始分析其中的情感风险："他要怎么在这个残酷的世界里生存下去呢？"

丹尼尔嚼了一会儿烤饼，吞了下去。"或许他可以改变这个残酷的世界。"

我笑了。"说得真是太好了。"我看了看正在凝望新泽西方向的丹尼尔。虽然他英俊的长相确实讨人喜欢，可他不怎么擅长称赞别人的孩子，那需要完全不同的技巧。我盯着他棱角分明的脸庞，隐约产生了一种熟悉的感觉——是什么呢？

哦，是的，情欲。我已经忘记了关于欲望的一切，但它始终都在那里，无论被我丢弃了多少年。

"你女儿呢？"我问他，拼命想找回理智，继续闲聊，"调皮鬼还是天使？介于两者之间？"

丹尼尔扭头看着我："啊，我当然觉得她是天使，因为我是她爸。但我能看出她的棱角，有点儿反抗权威，没有等待的耐心。当然，这样的锋芒有助于她申请大学。她高分通过了标准化考试，辅导员说，她明年可以顺利进入自己想去的大学。"

"哇！你在她这个年纪的时候也这么厉害吗？"

他微微皱起眉头："不完全是。虽然那个时候我就希望在学校里工作，不过当时我想做的是教练，因为我很迷足球。"

"足球？"

"是，"他说，"我妈来美国后，用了不到两年时间和我爸相识，结婚，有了我。她是韩国人，他是非裔美国人，所以我从小就觉得自己很特别。你知道我这种肤色的家伙擅长什么运动吗？"

我耸耸肩。职业体坛拥有各种肤色的运动员。"大部分运动都擅长，我觉得。"

他有点儿调侃地看着我："说得好。但那时候，在我的认知里，有些运动是白色的，有些运动是黑色的，没有运动适合韩国人，除了那个世界性的体育项目——"

"足球。"我接话道。

"足球，当时它就是我的呼吸和生命，与之相比，学习排第二，不，或许得排第三，因为还有一项应该排在它前面：女生。"

"太对了！"我叫道，"怎么才能让我们学校的学生也有和你当年一样的想法呢？"

他耸了耸肩："我认为你提出的'自行选择阅读内容'是个很好的处方。问题出在书上，不在理念上。"

我皱起眉头，说："但书本身就是一种理念。"

"你的选集里有新出的青少年读物吗？你知道，我指的不是那些价值为零的书，而是引人入胜、与最近二十五年的主流题材联系紧密的书。"

我摇了摇头："预算不允许我收录这样的书。"

丹尼尔咬了一下嘴唇："一定有变通的办法。"

我点点头："应该会有，但对于区区一个小镇上的小私立学校的图书管理员而言，仅凭单打独斗是摸索不出来的。"

丹尼尔也点了点头，我们俩都安静下来。我想着我的图书选集，想着晴天和饼干，想着在纽约的公园里这样约会有多么奇怪，或许我们只是看上去像在约会而已。一个痴迷于足球的体育生，后来竟然成了图书管理员，他的肤色……好吧，那是他特有的肤色。我发现，我希望以某种方式把我和他之间的空气封闭起来，这是一种隐秘、混乱而急切的愿望。

我甚至想象不出他可能在想什么。但是长久的沉默过后，丹尼尔一跃而起。"我们去巴诺书店吧。"他说。

我抬头看着他："什么？现在？"

"是的，现在。我们去联合广场的巴诺书店，根据你的'灵活分类法'，把符合我们的梦幻主题的书全都找出来，做一份超级清单。分别搭配几组适合各自学校学生的读物，看看是否有重合。稍微测试一下我们的设想，搞清推行这样的方案实际要花多少钱。"

我怀疑地看着他："这只是我在自己的学校里萌发出来的微不足道的小想法，仅仅是个草案，并非已经成型的主张。我可是一点儿都没有引发全球教育革命的野心。"

"为什么不试试看呢？今天上午听你演讲的那一大群人都认为，这不仅仅是个草案。反正我觉得它棒极了。当你有一个好主意，就应该找更大的样本测试它。况且我们只是去一下书店，书店总归是个好地方。来吧。"丹尼尔伸手把我拉起来。我低头看看咬了一半的饼干，依然是半黑半白。

"你可以把饼干带上地铁，"他说，"我觉得你还得花上半个小时才能吃完它。"

我刚才竟然啃了半个小时的饼干？"几点了？"我边走边问。

他拿出手机："三点一刻。今天下午你还有别的事吗？"

我眨眨眼。我还以为约会刚刚开始呢，这就过去一个多小时了？这个家伙挺能耗时间的啊。我的脑子也是。

"就这么干，"我突然说，"咱们列一个梦幻书单，然后找地方策划一场全球革命，我知道附近有个鸡尾酒吧。"

丹尼尔咧嘴笑了："我想不出比这更有趣的事了。"

我也想不出来。

## 第七章

亲爱的妈妈：

让我读狄更斯，你是认真的吗？作为图书管理员的女儿就得享受这样的"特权"吗？反正我是不会去读的。

我在读我下载的一本关于约会的书，写书的女孩是"美国未来超模"大赛冠军。这本书又傻又好玩，不像布莱恩，他只是傻。妈，我觉得我看走眼了，他根本不重视我的感受，也不明白我有多烦他。今天我爸才走开五六分钟，布莱恩就想跟我腻腻歪歪。我当时想，"小子，你不知道自己多么讨人嫌吗？"他凭什么认为我该回应他？白痴。他都没法连着打十个小时的《使命召唤》[1]，还找理由说什么"忙了一天太累"。坦白说，在我全力以赴得到跳水奖学金之前，我不会跟任何人整天粘在一起。就算获得了奖学金，我也永远不会把所有时间跟布莱恩耗在一起。

我希望你在纽约的运气更好。我知道你只在那儿待一周，但我一直在想，也许你会像我们说的那样出去约会，甚至会遇到一个很酷的人，我认为这是你应得的。我爸问过我你是不是

---

1. 一款 2003 年发售的第一人称射击游戏。

在和别人交往，但没问得这么直接，只是用一些蠢办法向我暗示，因为他不知道该怎么从四十岁以下的人那里获取信息。举个例子，当我说，我想一个人待着，他就说："你妈也经常一个人待着吗？"当我准备和跳水队的队友一起出门玩，他就问我有没有从你那儿拿口红、你是不是经常化妆。我就说"有时候吧"，这当然是假话，你从来不化妆，但我觉得你应该化。

我告诉我爸，你每隔一周左右出去吃一次饭，但我不知道和谁吃，因为他听了后表现得很慌张，所以我就讲出了我一直以来的困惑："我觉得她有时会晚上出去游泳，因为她回家前就洗过澡了。"他的脑袋就开始摇来晃去，像个拨浪鼓，特别滑稽。乔听不懂，就问："你在说什么，科莉？"我就说："也可能是我搞错了。"所以他根本不知道你的爱情生活究竟怎样。那本讲约会的书讲了三条让男人对你保持兴趣的原则，第二条是"永远让他猜不透你"，第一条是"用牙线"，第三条是"不上床"，所以我猜这本书肯定深受十几岁女孩的父母欢迎。

假如你依然把用牙线当成一项爱国义务来履行，不会动不动就和我爸上床，那么恭喜你，你掌握了让前夫对你保持兴趣的秘诀。看起来确实有效。

这让我想到了一个奇怪的问题，我或许不会在现实生活中提出，但日记并不全是现实生活，所以我的问题是：我爸这么关注你的感情生活，是不是说明他想和你重新在一起？

如果是的话，你呢？

如果你也想，你们会重新在一起吗？

那就太奇怪了。

我找不到能解释这种现象的约会书。

无论如何,为了以防万一,我希望你能在纽约放飞自我,能飞多高就飞多高。就这么简单。我的建议是不是很棒?或许我也该写一本约会的书。

爱你。

你的爱情导师,科莉

当你在一个自己料想不到的地方醒来时,那种瞬间袭来的迷茫与惶惑是难以描述的。

我在曼哈顿的那家美丽的精品酒店里醒来的时候,看着一缕城市的阳光穿过酒店厚重的窗帘射进室内,就产生了这样的感觉。我的第一个念头是"嘿,这不是我的卧室",然后才想起我在纽约,孩子们跟约翰在一起,今天的一切都与两天前有所不同,但是没关系。昨天我做了个演讲,跟一位性感的图书管理员喝了咖啡,然后去了巴诺书店,还有……

噢。

那位性感的图书管理员和我躺在一张床上。他在打呼噜。昨晚我似乎把性感的图书管理员带回来了。哈。

啊?

我像盒子里的杰克那样猛地跳起来,不,不是盒子里的杰克,是床上的荡妇。我下身只有内裤,上身……什么都没穿。我的衬衣呢?胸罩呢?我嘴里的味道像是嚼过松鼠的尾巴——城里的松鼠。房间里的电视开着,正在静静地播放体育节目,这一定是我们昨晚调过去的，因为丹尼尔想看大都会队比赛。没错，丹尼尔是棒球迷。我们做完第一次爱，过了大约四分钟，他害羞地问我，能不能看看体育台。

我们上床了！

还不止一次。

像《碟中谍》里的人物那样，我慢慢地贴着边溜下床，眼睛一直盯着丹尼尔，但他没动过一块肌肉，呼噜声也丝毫没停。脚尖一够到酒店的地毯，我就四处乱窜寻找浴袍，然后才想起昨天洗澡时我把它丢在了浴室门后。好，去浴室。那儿有一扇很响的推拉门，我轻手轻脚地慢慢把门拉上，尽量不发出声音，这才打开灯。对着被灯光映得纤毫毕现的酒店镜子，我发现了自己不当行为的惊人证据……脸颊上有睫毛膏……这个印子是咬出来的吗？我还既震惊又释然地看到了洗手台上的那个安全套的包装袋。我看见了浴袍，马上抓了过来。我看到了我的手机。

现在是早晨六点半。我收到了莉娜的新消息，她说："早上给我打电话，你这个野孩子。"

我想我昨晚一定是喝醉后给她发了消息。我打开对话记录。没错，我直播了自己斯文扫地的全过程，全在文字里。

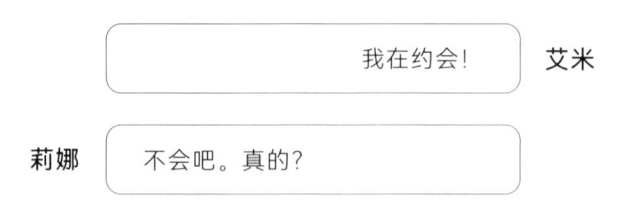

> 我在约会！　　艾米

莉娜　> 不会吧。真的？

| | | |
|---|---|---|
| | 真的！跟一个性感的图书管理员。我们在寿司餐厅。现在我来了洗手间！ | 艾米 |

| | | |
|---|---|---|
| 莉娜 | 好吧，快点滚出去，和性感的图书管理员调情！ | |

| | | |
|---|---|---|
| | 你说得对！再见。 | 艾米 |

一个半小时后。

| | | |
|---|---|---|
| | 我又来洗手间了！ | 艾米 |

| | | |
|---|---|---|
| 莉娜 | 呃…… | |

| | | |
|---|---|---|
| | 和性感的图书管理员一起！ | 艾米 |

| | | |
|---|---|---|
| 莉娜 | 他和你一起在洗手间？ | |

| | | |
|---|---|---|
| | 不！我们在喝餐后酒。我觉得他很想和我睡觉。他讲的拉丁语双关梗特别冷。 | 艾米 |

| | | |
|---|---|---|
| 莉娜 | 太棒了！我不是一语双关。 | |

| | | |
|---|---|---|
| | 我害怕！ | 艾米 |
| 莉娜 | 你真傻。大胆去浪吧！ | |
| | 可以吗？ | 艾米 |
| 莉娜 | 值得鼓励。 | |
| | 再见！ | 艾米 |

这就是全部。显然，喝了三杯高级鸡尾酒后，我不需要多少鼓励就能和陌生人一起脱光光。要不要给莉娜打电话？我觉得或许可以。浴室的隔音很好，我听不到呼噜声，也听不到电视的声音。

"丹尼尔？"我轻声叫道。什么动静也没有。

"丹尼尔？"我提高了一点儿嗓门。很久都没人回应。

"丹尼尔，酒店着火了！"我又喊了一声。

他并没有从床上冲下来，于是我给莉娜打电话。

"我说的'早上'，可不是六点半这么早。"她一上来就抗议。

"昨晚我和一个陌生人上床了！"我低声说。

"嘿，嘿！"她带着起床气叫道，"太好了。"

"什么？不，一点儿都不好。他现在就在我的酒店房间，在我的床上睡觉！"

"你在哪儿?"

"反锁在浴室里。"

"好吧。难怪你声音这么小。"

"莉娜!我被困在没有咖啡的酒店浴室里!还有个陌生人在我床上!"

"那不是一部电影的名字吗?"她问。

"去死。"

"好吧,慢慢说,告诉我,你想怎么样?"

"我不知道。我想怎么样?我已经三年没滚床单了,需要打狂犬疫苗吗?"

"他是人和浣熊的混血吗?"莉娜问,"如果不是就不用打。戴套了没?"

我环顾浴室,快速清点了一下。"很明显,我们用了三个。连着用的。"

"哎呀,哎呀!"她说,"干得好,艾米!你终于翻盘啦!"

"莉娜,我连他姓什么都不知道。"我说。这是真的,他的韩文名字里面有个"成"字,他说自己姓"成",他母亲是第一代韩国移民,他父亲……我不记得了。我知道他告诉过我,但当时我很可能只顾着惊叹他有多帅了,而且聊天时话题转换得也很快,不可能围绕一个问题聊很久。

"你是在酒吧和他勾搭上的?"她问。

"不!"我几乎咆哮起来,"天哪,你觉得我那么放荡?"

"一点都不,"她愉快地说,"两个单身成人你情我愿的安全性行为怎么能叫放荡?"她顿了顿,又补充说,"他单身,对吧?"

"是！或者……我是说，他说他是单身。但他也可能撒谎。也许我该上网搜搜他。你旁边有电脑吗？帮我'人肉'他一下？"

"啊哈！这么说，你知道他姓什么咯？我猜也是。"

"我刚想起来，姓成。"

"绳？"

"成，丹尼尔·成，纽约公立学校的图书资源管理员。"

"稍等。"

我在盖着盖子的马桶上静静地坐了片刻，随后脱口而出："他带我去书店，又把我灌醉了。"

莉娜在电话里"哼"了一声："演技不错，性感的图书管理员。噢！我想这一定是他，丹尼尔·成。我的天，他可真是个性感的图书管理员。"

"照片里有他老婆吗？"

"没有。这个可能是他女儿，大约十几岁，长得像女孩版的他。"

"那就对了，他有个上高三的女儿。她显然很聪明，布朗士科学高中的尖子生。"

"妙极了，我想不出还有比这家伙更好的开荤菜了。"莉娜说，"你三年没滚床单，是真的吗？"

"这有什么好拿出来炫耀的，"我说，"无论如何，我都觉得很奇怪。"

"你是说，床单滚得不满意？"

"不。我的意思是，因为太生疏，所以感觉一切都很奇怪。而且现在我觉得更不对劲了，我是说，我孩子的父亲正不辞辛劳地天天照顾他们，我却在外面干这个，这样合适吗？是不是有点儿不分主次了呢？"

莉娜嗤笑道："等等，你是在问，'给自己的前夫戴绿帽子'合不合适吗？"

"不是前夫，还记得吗，我们没真的离婚。"我叹了口气，"多数情况下，我都是因为太忙了而顾不上考虑性生活或者约会，不是我自己刻意要憋着。不过，没错，我潜意识里的某个地方还是觉得应该忠于约翰。"说到这里，我想起了约翰信用卡上的扣费，高级内衣、脱毛，我的脸开始变热了。

"拜托，艾米，别傻了。那个男人抛弃了家人，跑到地球的另一面跟一个女大学生同居，他配不上你的忠诚。"

我皱了皱眉："那我的孩子们呢？"

"你觉得你的孩子会在乎你是否独身吗？恐怕根本没兴趣。"

我什么也没说，她显然是对的。

"可是，"我说，"就算我想找人上床，那也得先和对方约会几次，对吧？这人至少要有跟我一起共度未来的可能，而不该是度假时随机出现的陌生人。"

"你到底是从哪儿听来的这些规矩？我的看法是，单身成年女性该摆脱一切枷锁，不要有先入为主的罪恶感和羞耻感——假如对你来说这意味着度假时找人上床，这有什么不可以的呢？"

"我不是那种人。"

"你是！这是一件大好事，因为做'那种人'比做别样的人有意思多了。"

我沉默了片刻。最后，我听到自己说："确实有意思。"

"啊哈！"莉娜得胜般地说，"那当然！有意思极了！"

"他很可爱，友好又随和，真心在乎自己的孩子、学生和教学工作。我们……的时候……他的嘴贴着我的脖子……你懂的。"

"哇！哇！我喜欢。"莉娜赞赏地说，"那么现在怎么办？"

"什么意思？"

"你要和他一起休个假吗？然后回家？"

"什么？噢，不，不不不。我只想知道怎么从酒店房间出去，又不吵醒他，这样我就再也不用见到他了。我今晚要去塔莉亚那里住。我们不过是一夜情而已。"

"所以他不过是一道开荤菜而已。"

"没错。从现在开始，假如我愿意的话，可以再过三年没有性生活的日子。"

莉娜笑了："问题是，你现在已经重新开过荤了，真的还想吃素吗？"

其实，在我的心底深处，已经有了一个呼之欲出的确切答案。然而我还没来得及开口，浴室的推拉门滑到一边，开荤菜本菜出现在我面前。

无需赘言，他啥都没穿。

"早上好。"

丹尼尔的身材相当健美，我记得昨晚我已经注意到这点，并且也兴奋地点评过了。今早他挺拔瘦削的身体非但失去了性感，而且令人生畏。我的身材既不健美也不瘦削，我只能拿浴袍裹紧自己的胖肚子，那儿曾经孕育过两个健康的生命，显而易见。

"呃……莉娜？我得挂了，待会儿再聊。"

"等等，我要偷听你们说话！"我只听她说了这一句就飞快地挂了电话，然后看向丹尼尔，努力不去看他平坦的腹部。

"早上好？"我听到自己在问。我也不太清楚这为什么会是个问句。

他朝我咧嘴一笑。我觉得他可能又打算勾引我，于是羞愧地蜷缩在马桶盖上，眼妆凌乱，发丝纠结，紧抓着手机。

"你能过来一下吗？"

我迟疑地站起来，缓缓朝他走了几步。

丹尼尔靠过来，用他过于强壮的手臂一把搂住我，给了我一个混杂着欲望和没刷牙的口气的吻。我发现他这一招非常人性化，非常具有安抚功效。他松开我时，我抬起头，微笑着说："我觉得有点儿害羞，这可不是我平时的风格。"

"我也是。"他把挂在我下巴上的几丝头发拨到一边，"哦，我倒不是害羞，但这也不是我平时的风格。说话莫名其妙地夹杂拉丁语才是我平时的风格。可这样很有趣，对吧？"

我点点头："确实有趣。"

"连锁反应。"他说。

"没错。"

"但是连锁反应的方向有偏差。"他伸出一只手，缓缓探进我的浴袍边缘。我没觉得享受，反而担心起我的乳房可能会比他摸过的其他女人的更下垂。我移开他的手，拉高浴袍领子。

他看起来很失望，但是嘴上说："你是对的，我最好还是走吧。"随即转头去找他的裤子，它就在昨晚被他扔下的地方。"我想顺路给女儿带点吃的，巴尼-格林格拉斯餐厅的。她喜欢那儿的白鱼沙拉，每次路过我都给她买。"他套上内裤和长裤，开始系扣子,"你一起来吗?想不想尝尝世界上最好吃的熏鱼?"

我的胃动了动:"我觉得……我还是……"

丹尼尔又吻了我。"来吧,"他说,"我知道这是一夜情,但我现在还不想说再见。"

我眨眨眼。一夜情,好吧,我想。他明白,这很好,对吧?但我的感觉却不怎么好。

"对不起,丹尼尔。我不能去,昨晚没睡好。我今天至少还要听三场演讲才能在会议结束前攒够学时。"

他点点头:"当然,我明白。然后回宾夕法尼亚?"

我抿起嘴巴。我只能在这里再待几天,在这段时间里,我会希望再次见到他吗?绝对会。可是瞧瞧他,再瞧瞧我。我可不想眼看着他的帅气笑容逐渐消失。"回宾夕法尼亚,是的。"

他挤出一个笑:"太糟了。"

我叹了口气,望向别处。这就是我想要的假期吗?酒店里的一夜情,尴尬的分别,鸡尾酒、欢愉和愧疚、向往与羞耻,都融合在一起了吗?

去他的吧。我低下头,抚摸着浴袍上的绳结。他已经看过我的裸体,却依然想和我睡觉。今天早上看到我时,他也没有尖叫。我还有什么好遮遮掩掩的?我到底在怕什么?

"丹尼尔?"我抬起头,他已经在系鞋带了。

我应该让他走的。我应该为这次小小的冒险而高兴,然后记住,还有五天我就要回归现实生活了。

"嗯?"他直起身,疑惑地问。

"昨晚真是棒极了。"我说。然后我踮起脚尖,在他的嘴唇上种下一个我能够召唤出来的最火热、最自信、最成熟的吻。

"嗯。"他又说,语气却大不相同。

"无论你去了哪里,都会联系我的,对吧?"我抽身时问他。

他看着我,试图读懂我的表情,大概想知道我到底有什么打算——其实连我自己都不知道,所以只能祝他好运了。片刻之后,他开始系衬衣扣子。"绝对会,你也要联系我。"他已经穿戴整齐。很快就结束了,我即将恢复自由。

我点点头:"好好享用你的熏鱼。"

他扬起眉毛,对我微微一笑。"每次我都很享受,"他轻声说,然后压低了一点儿声音,说,"再见,艾米。谢谢你给我的美好夜晚。"他吻了我,推开沉重的酒店房门,走了出去。就这样,他离开了。


"哎哟哟,瞧瞧你,"那天晚上,塔莉亚敞开公寓门,看着我说,"你终于来啦。"

会议结束了。我有点儿悲伤地从酒店退了房,回"哥大"又参加了几个座谈会,然后在塔莉亚的公寓楼周围徘徊了几个小时,拖着手提箱。离我们约定见面的时间还有十分钟时,她发来消息说,她没法准时过来,但一个钟头之后会在家里等我。我拖着行李去了一家爱尔兰酒吧,喝了啤酒。

最后,她终于发消息告诉我她马上到家了,于是我径直去了她家。其实,上次我一直尝试进去的同一条街上的那座建筑并非她的家,有人(我不会说这人是谁)在之前发的消息里弄反了自己家的门牌号码。

"你终于来了。"我对她说,"瞧瞧你自己!"

她接过我手里的包,放在门边的桌子上,然后转了一小圈,向我展示她的打扮:白衬衫,奶油色长裤,棕色皮带,橙色头巾。"周日穿这身不错吧?过来抱一个。"

我照做了。塔莉亚跟过去一样,除了皮就是骨头。我经常想,她是因为从事时尚行业才这么瘦,还是因为瘦才从事时尚行业。无论怎样,她都有个衣架子般的好身材,一张并不盛气凌人的漂亮脸蛋,虽然不如女明星那么美,但有一种比长相还要强大的东西。

"你的头发很卷,非常漂亮。"

"谢谢。今年秋天有色女性流行自然美,你知道吗?这个潮流救了我,让我每周省略掉很多做头发的时间。假如潮流再变回去,我就没时间看电视了。"

"你想过按自己的喜好梳头吗?不管什么流行趋势?"

她看着我,翻了个白眼:"你想过买一件合身的胸罩吗?"

我低下头:"有那么糟吗?"

"敢问您的胸罩高寿了?"

我想了一秒钟:"跟我的孩子们差不多大吧。"

"胸罩就不该活到青春期,赶紧换了吧。提上行程表。"

"还有行程表吗?"

"小 A 同学[1],"塔莉亚突然说,"给马特发消息。"

"你想对马特说什么?"一个操着浓重澳大利亚口音的男声问。

"和爱丽丝预约明天的胸罩试戴。"

---

1. 小 A 同学,指亚马逊公司开发的语音助手系统 Alexa。

"搞定了。"男声说。

"你的小A同学是澳大利亚人?"

"听上去就像是鳄鱼邓迪在给我当仆人。"她说,"你好,主人!"

我哈哈大笑,又突然憋了回去。"这个行程表是怎么回事?"我严肃地问。

"你这周没事干了,对吧?"她问,"你说你们的书呆子大会今天结束了。"

"你是说图书管理员大会?没错,已经结束了。"

"所以我帮你想了一些好玩的事,在我上班的时候你可以试试。其实,是我和莉娜一起想的。"

"莉娜?宾州的莉娜?"

"对,她突然在我的主页上联系我。她特别可爱——对于一个修女来说。她说,接下来的五天,你可能会一直窝在我的公寓里读书、看综艺节目。我俩一致认为,不能让你这样。"

当我想到电子阅读器里那六本我为接下来的几天精心挑选的新书时,心沉了下去。"为什么?"

"因为这是你的母亲假。"

"有这么一种假吗?"

"好吧,没有。也可以说是你的……"她思考着该怎么说,"你的奴隶放风期?"

"什么?"我说。

"因为你放完风就要继续当奴隶了。你的孩子们也可以趁现在疯玩一阵子,然后就得乖乖回去上学。你是给他们当奴隶的那个,你知道这是什么意思。"

我睁大眼睛看着塔莉亚。"我不是奴隶。"我说,"这也不是什么放风,我是自己决定来纽约玩的,不过是出来散散心而已,我原来的生活也没有你形容的那么与世隔绝。"

塔莉亚举起双手,耸了耸肩:"随你怎么说……"

我"哼"了一声,不屑地摇了摇头。

"无论如何,你都不能看书。你是来生活的,你要去做自从那个不要脸的王八蛋离开你后你一直想做却没法做的事,除了两个孩子和一个装满大号女式牛仔裤的衣柜,那个王八蛋什么都没给你留下。"

我又一次低头看了看,我真的穿着大号牛仔裤。

我抬起头,发现塔莉亚皱着眉头看着我。"你脚上的是洞洞鞋吗?"她明知故问。

"这双鞋很舒服。"

她的反应就像是我亵渎了教皇一样:气呼呼地闭上眼,似乎在勉为其难地寻找一个宽恕我的理由。"好吧,算了。重点在于,你什么时候看书都行,可是这一周,你得抓住机会尽情享受生活。"

听她这么一说,我没法继续板着脸了。"噢,塔莉亚,这么长时间以来,我真想你啊,最糟糕的是我根本意识不到自己在想你。跟你失去了联系,真是对不起。"

塔莉亚拉起我的手:"不能怪你。约翰跑路后,我也想安慰你,但我不知道该说什么,觉得自己完全帮不上忙。丈夫、孩子什么的……这些都不在我的理解范围,你懂的。"

我笑了:"你不是给我寄了一条火腿吗?"

塔利亚也笑了:"不应该寄吗?"

"一条火腿，三个人能吃几天？下次派个管家过来吧。"

她咧嘴笑着拥抱了我。"说得对。"她拉着我进屋，"我们一定得好好玩玩，你知道吗？我已经连着上了好几周班，不，好几个月，除了工作什么都没干。现在我有了玩伴！她是这个世界上我最喜欢的人之一，我已经许多年没见过她了，她现在就在我家的客房兼步入式衣橱里！还有什么比这更好的吗？"

"反正我想不出来。"我说。好吧，要是有几本好书就更好了。"我能多少读几页书吗？只在上午？"我恳求道，"我在家时也根本没有多少自己的时间。"

她叹了口气："嘿，小A同学，告诉马特，把每天的行程开始时间推后到上午十一点，直到周五。"

我高兴地对她笑笑。

她又翻了个白眼："不过你至少也得去个别致的咖啡馆之类的地方看书，尝尝好喝的咖啡，或来杯贝利尼配可丽饼什么的？"

"啊，听起来很棒，我保证会把这个提上日程。现在快坐下，给我讲讲我们上次见面之后你的生活，什么都别漏。我们得把所有进展同步一下。"

# 第八章

亲爱的妈妈：

塔莉亚真的是太酷了。没有冒犯的意思，昨晚你俩和我们视频时，我都惊呆。你竟然认识这么时髦的人！我简直不相信你们上大学时做的那些事，当时的你们那么快乐，探索纽约、逛博物馆、跳舞……等我进了大学也要这么干，甚至还要超过你们。

别担心，你总算还有我这个负责的孩子。乔真是个怪胎。今天他去图书馆待了大约四个小时，似乎一直在做数学题。按照他去图书馆的频率，在我满十六岁前他就能获得"哥大"的博士学位。我希望他成为一名医生，买辆车送给我。

至于我，等我得了奥运会奖牌，我就像塔莉亚那样做个杂志编辑。问问塔莉亚，她的工作是不是需要写日记？因为我想告诉你，这个夏天结束之后，我再也不打算手写任何东西了。

其他需要问塔莉亚（或者问你）的问题：

1. 你为什么不早点儿去找她？
2. 你现在为什么不像以前那么酷了？

等等，还是别告诉我了。我知道你会怎么回答这两个问题：把一切都怪到你的孩子身上。

求上帝保佑我，永远别让我遇上这种事。比起爱孩子，我更爱做一个酷酷的人。

爱你。

让你被迫毁掉自己人生的女儿，科莉

周一上午十点半，我站在《纯美》杂志社的办公室里。塔莉亚曾经亲切地把她的读者描述为"尚未准备自暴自弃的女人"，这本杂志就是为这样的女人提供时尚指引的。

我就是这样的女人之一。每当《纯美》出现在我的信箱，我都会第一时间阅读。它总是推荐一些款式简洁百搭、永远不会过时的套装，对我来说，欣赏这些服饰就像其他人看色情片那样快感十足。在我那个被家庭作业和游泳训练所支配的世界里，还有什么比思考每天穿什么衣服更有吸引力的消遣呢？它们是"成年人的制服"，尽管每个系列的平均价格都在四百七十五美元上下，但假如你拥有了其中的每一件，那种随之而来的圆满感是无可比拟的。嗯，我想象自己端详着衣柜里单调的黑、白、蓝色系的衣服：我今天要穿这件经典的黑色单扣绉布外套，搭配那件简约修身的白衬衫，还有……是的，那条宽松亚麻裤子。昨天我穿的就是这件白衬衫，外搭那件蓝绿色的紧身连衣裙配丝巾，衬衫一直很干净，没有穿脏。明天我可以继续穿蓝绿色连衣裙，丝巾系在头发上，搭配黑外套和宽松亚麻裤，系上腰带。也许第四天我可以把黑外套当成斗篷穿。

无论如何，我喜欢这样胡思乱想。我爱看名人平时穿什么去星巴克——比如他们所谓的"睡衣"，我觉得像是蓬蓬裙，《纯美》杂志告诉我，在扎珀斯[1]或者科尔士[2]之类的平台，同款衣服的价格是七十五美元。纵观整本杂志，我最喜欢的是一位财务专家写的专栏，他经常痛骂那些不愿为了以后退休存钱的读者，然后告诫他们千万不要买船。杂志里还有各种各样的精彩书摘，所以，不用把那些重要的新书从头到尾读完，我就能轻松地和其他图书管理员谈论它们。最棒的是，《纯美》的摄影模特身材各异，从XS码到XXL码的都有，全都魅力十足，身材比例完美，虽说这也会让我产生不安全感，但这本杂志至少做到了对身材多样化的尊重。在我看来，《纯美》是有史以来最伟大的杂志。

塔莉亚是它的主编。我猜她是《穿普拉达的女王》里那种上司，光鲜靓丽、强硬逼人，像一杯烫人的浓缩焦糖玛奇朵。但当我来到杂志社非常纽约风格的前台——有个异常疲惫的男人正坐在后面打电话——我发现他们的办公室很像硅谷。那是一个很大的开放式顶层，角落里有玻璃隔出来的三角形办公室。艺术部门占据了大部分空间，此外就是庞然大物般的打印机和小桌子，随处可见到趴在笔记本电脑前办公的雇员。如果塔莉亚想喝烫人的浓缩玛奇朵，办公室的一侧有个悬空岛台，上面有一台巨型意式咖啡机，她可以自己做，或者让助手代劳。那儿有许多玻璃白板、盛着新鲜水果的碗、篮球架，对了，还有一只小狗。唯一能

---

1. 扎珀斯（Zappos），美国一家主营鞋类产品的购物网站。
2. 科尔士（Kohl），美国一家面向家庭的专业百货公司。

体现出这里是个杂志社而不是高朋团购网这类公司的地方,是那间长条形的玻璃办公室,里面挂满了衣服——传说中的时尚壁橱。双层玻璃门上用加粗的海维提卡字体写着:"欢迎来到天堂。"

塔莉亚告诉我,只有创意部门在纽约的这个办公室里工作,因为纽约的租金昂贵,薪资水平高。杂志社的其他员工在北卡罗莱纳最偏远的地方上班,她每年去那边四次。总之这个办公室里的人全都是精英。还有我。大约有六七个人抬起头来,疑惑地看着我和我的洞洞鞋,好几个正在打电话的人暂停了通话,我突然觉得自己好像一丝不挂地站在那里。也许就算一丝不挂也比穿着我这身衣服要好。假如真的一丝不挂,我会张开双臂,像圣女贞德那样勇敢地叫道:"看看我吧,杂志的经营者、故事的创作者、照片的拍摄者!我是你们的读者!还不快跪下膜拜我!"

幸运的是,在我发表宣言之前,塔莉亚的助手马特及时出现了。马特长得像个海军陆战队员,但穿着修身的牛仔裤和漂亮的翼形鞋,还有一件法国蓝色的衬衫。他有着最甜蜜的笑容,看着只有二十岁。毫无疑问,在这个阿什莉、阿兰迪雅、塔莉亚之流占据主导的办公室里,马特必须经过奋力争取才能被叫作"马特",而不是马泰奥、马蒂亚斯或者马蒂厄。

"你一定是马特。"看到他从角落里的主编办公室径直朝我走来,我说。

"没错,马特·克拉克。你是来找塔莉亚的吧?"

"是的。"我说。我觉得他挺不错,因为塔莉亚肯定告诉过他,有个宾夕法尼亚州的乡巴佬会穿着烂鞋子来找他,而他见到我时并没有假装不知道这一点。"我叫艾米·拜勒。"

"我们在等你。"他说,"为你安排行程简直太好玩了。"

我冲他歪了歪头:"是吗?"

"当然,有点像'我妈要来纽约,我该带她去哪里',你知道吧,就是去去博物馆、美术馆、音乐会、水疗中心之类的地方。"

真不赖。"你会帮你妈买胸罩吗?"我调侃道。

马特耸了耸肩:"我可能会让她自己买的。"

"好吧……"我谨慎地笑了笑,但愿塔莉亚能兑现她的承诺,把我所有的花费控制在合理的水平。"听起来都很好,包括胸罩在内。我朋友能有这么出色的团队,我很庆幸。"

就在这时,马特身上开始嗡嗡作响,他低头看看他的苹果手机,说:"抱歉,我得接个电话。马上就好。"

"马特·克拉克,"他对着电话说,"嗯,嗯。是的。对。明白。非常好。好的。"然后挂掉了电话。

"是塔莉亚。"他说。

"她在哪儿?"我问,"我以为今早能在这里见到她。"

"在里面。"他指着左边的一个用玻璃隔断出来的会议室说。我看过去,发现她正面对着我坐在椅子上,看起来很严肃。"她说,我们需要重新安排你的行程,因为……嗯……"

我看着她。她绝望地缓缓摇了摇头,然后把一只手搁在脑袋上。"因为我的衣服吗?"我问。我穿着海军蓝色的裤子和黄色的运动两件套,全都是从里昂比恩工厂店买的。我自以为这一身是某种流行的校园风,而且我还拿了那个特别的手袋。我调整了一下姿态,让塔莉亚看得更清楚。可她还是一脸绝望的表情。

"嗯。"马特说。

"没关系，马特。"我说，"我认识塔莉亚很久了。我认为，既然我准备去一个目的就是对你进行彻头彻尾大改造的地方，那就没必要精心打扮。"

"任何人都可能犯这样的错误。"他大度地说，"所以，听着……"他俯身过来，压低声音，"我的老板，你的朋友，并没有意识到重新为你安排理发时间是不可能的。所以我们只能先从衣橱里为你挑几件衣服，让你准时到那里去。以后别再对她提起这件事，好吗？"

"但是她不会注意到我翻了她的衣橱吗？"

"噢，你不能进去。"他说，仿佛这是最明显不过的事，"你去前台找让-彼得，告诉他，我要给你做几个造型，请他给点意见，好吗？我十分钟就过去。你穿多大码的衣服？"

我看着他，好像他疯了一样："你就不能找几件中号的吗？"

"在宾夕法尼亚州以外，中号没有意义。"他假笑着说。我能看出，他在模仿他的老板。鹦鹉学舌。

"好吧，行。"我压低声音，"我的码数是……"我本想说我穿 M 码的，但是我总怀疑那些自称穿 XL 码的模特实际上穿的是 M 码的衣服，于是改口道，"我不知道你们这儿有没有适合我的尺码，要不你拿几件有弹性的上衣给我试试？要能搭配这条裤子的。"

马特坚定地凝视着我："我们什么尺码的衣服都有。所以你的码数是？"

我支支吾吾，犹豫不决。

"你应该知道我可以看你的裤子判断尺码。在塔莉亚的命令下，我曾经直接上手翻别人的领子，看标签的码数。我可没那么高尚。"

我笑了:"好吧,好吧,离我的裤子远点儿,我穿 L 码的。"

"我们有 L 码的。鞋呢?"

"38 号。但我穿高跟鞋不会走路。"

"塔莉亚会说,你可以。"

"感谢上帝,她听不见我们在说什么。"

马特轻声笑起来:"好吧,我去找几双鞋跟比较平的。你去找让-彼得吧,要是他让你扔掉那件线衫,那就按他说的办。"

二十分钟后,我穿着:

我自己的黄色无袖线衫。

袖子向上撸起来的杀手式单扣白西装外套。

长度刚好达到膝盖上方的铅笔裙,上面印着很大的花,因为太大,两朵花就能填满裙子的前片,色彩设计粗犷大胆,让我不忍直视。

八厘米的粉红色细高跟鞋。

我蹒跚地走出洗手间,迈着矫情的小碎步,发现马特和让-彼得正仔细地打量我。

让-彼得非常谨慎地说:"她似乎不知道穿高跟鞋该怎么走路。"

马特叹了口气:"这双鞋在壁橱里看起来不怎么高。"

"给她拿双平底的吧,她走起路来就像《幻想曲》里的河马。"

"可她穿平跟鞋太街头风了。"

"我们确实在把她往街头风的方向改。"让-彼得说。

"请让我穿平底鞋吧。"我乞求道。

"转个身。"让-彼得指挥我。我转了一个整圈,就像晨间秀里面的那些衣着傻里傻气的街头胖女人。"不,转身,面对墙。你屁股那里不太对劲。"

我抿起嘴唇,不过还是按他说的做了。

我面朝接待室的墙壁的那一刻,他和马特开始大笑。"怎么了?"我问,四处哑摸到底是什么这么有趣。

"噢,宾夕法尼亚。"让-彼得说。

"怎么了?"我又问。

"她必须脱了它。"他对马特补充道,不是我。

我以为他们在说我的鞋。"感谢上帝!这双鞋在要我的命!我还没走几步呢!"

他们又笑了一阵子。我转过身,试图装出生气的样子,其实我自己也觉得挺好玩的。"刚才有人说我的屁股不对劲?"

"你的屁股很好看。"让-彼得说,"很明显,你经常到处跑,很少久坐。我等不及要给你试穿漂亮的牛仔裤了。"

"那为什么笑呢?我什么时候可以脱掉这双鞋?"

"如果你想穿平底鞋,有一个条件,"让-彼得说,"脱掉你的纸尿裤。"

"什么?"

马特戳了戳让-彼得,清了清嗓子:"你的……内裤……拜勒女士,轮廓不太雅观。"

我瞪圆了眼睛:"这不是纸尿裤!就算是纸尿裤也没什么不对!我生过两个孩子!有些生过孩子的女人需要纸尿裤!但我没

穿纸尿裤。我为什么要和你讨论这些？我穿的是我自己的内裤。"

"那就别穿平底鞋了。"让－彼得转过头去，继续研究他的手机银行，仿佛事情已经解决了。

"我不能穿着这双……踩着高跷走路。"我告诉马特，为了证明这一点，我有些跌跌撞撞地走向他，伸手去拿平底鞋，"你们做个人吧。"

他准备把平底鞋递给我，但让－彼得一把夺过它们，像校园恶霸那样举到半空："内裤，艾米，放弃你的肥内裤吧。"

"你想让我不穿内裤在纽约到处走？"我难以置信地问。

"为什么不行？这条裙子足够长。你下出租车的时候记得先把两只脚同时挪出来，屁股发力，同时用腹肌撑起身体，一只手扶着门框。"他坐在办公椅上，动作夸张地演示了一遍怎么并着腿下出租车，"瞧见没？这不过是一种生活技巧。"

"我觉得还是穿着内裤简单安全。"

"好吧。你想要简单安全，穿回你那条可怕的弹力裤吧。"

接待区有三面镜子，所以我清晰地目睹了这两个家伙在大约十四分钟的时间里对我做出的形象改进，连我本人都能看出我的旧裤子需要扔进垃圾箱了，也许我应该照他们说的做。

"你们能给我找一条看不出内裤轮廓的裙子吗？"

让－彼得没说话，只是晃了晃手里的平底鞋。

"这双高跟鞋迟早弄死我。别提什么下出租车了，我刚走到街上就会摔死的。你的良心不会痛吗？"

让－彼得绷着完美的扑克脸看着我："关我的良心什么事？良心痛的该是那些制造了廉价肥内裤的公司，还有买这些内裤的人，你想让你的孩子仅仅因为你在选内衣方面品味差就变成孤儿吗？"

我忍不住捧腹大笑："好，你可以拿走我的内裤。"

"谢谢你，但是不用了，没人愿意要。请把它扔到女厕所。"让－彼得说。马特从刚才开始就一直在憋笑，终于忍耐不住，发出一声嚎叫。

我微笑着看看他，摇了摇头："你们这些家伙，你……你们……这些纽约人。"

可我还是去了女厕所。回来的时候，我感到空调吹出来的冷风亲密无间地拂过我的下体，脚底平坦舒服得简直想跳芭蕾舞。"我准备好了吗，伙计们？"我请示两位顾问。

"准备好了。"让－彼得说，"祝你好运，马特。在美发沙龙玩得开心。"

"谢谢你的帮助。"我冷冷地说。

"不客气。"他丝毫不带讽刺意味地说，"马特，告诉他们修修眉毛，别让他们忘了眉毛。"

"我们赶紧走，趁我还没彻底尊严扫地。"我告诉马特，随即头也不回地冲向电梯。

他在我后面小跑："拜勒女士，你看上去真不错。"电梯门关上时，他又说："我觉得塔莉亚肯定会很高兴。"

"她最好能高兴点儿。"我说，"我的新内裤必须让她来买。"


我和马特准时来到美发沙龙，店在东村，外观破旧得令人惊讶。一个穿破洞齐腰短牛仔夹克的勤杂工端给我们两只小清酒杯，杯里满满地盛着某种绿色的饮料，他告诉我们，梅芙正在后面干个小活儿，请我们等半个来小时。

"半小时？"坐到等候区脏兮兮的天鹅绒沙发上，我问马特。

马特耸了耸肩。"她的技术好，值得等。"他说，"塔莉亚说，做发型必须得找她。"

"好吧，你没必要跟我一起等。"我说，"我带了电子阅读器。"

"老实说，我今天必须紧跟着你，确保你顺利完成行程安排。"

我翻了个白眼："我不需要保姆，马特。我会告诉塔莉亚，是我让你走的。"

"我真的不介意。与常规的上班方式相比，这是一个不错的调剂。"

"你确定吗？"我问他。

"非常确定。有时候我的工作会变得特别……紧张。给某个温柔的人偶尔帮一天忙，这没什么难的。"

我笑了。你可以说塔莉亚忠诚、聪明、勇敢，但她跟"温柔"绝对不沾边。"你真好。所以你能告诉我吗，咱们的行程表里到底有什么？"

马特拿出他的巨型手机。"今天做头发。"他说。

"明天翘尾巴。"我像个标准的书呆子那样回应。

"唔？"

"没什么。只做头发？"

"噢，不。中午在塔莉亚的办公室跟她一起吃寿司，然后做指甲。这一部分由你独自完成，我对美甲沙龙过敏，会起荨麻疹。做完指甲，你可以选择天台瑜伽或者土耳其浴，然后我们打车去布鲁克林挑胸罩，顺便带你去法麦西餐厅尝尝好吃的。到时候差不多晚上七点左右,塔莉亚会接手,那时你就归她管了。"

"我的天哪。"我说,"真是一份不折不扣的行程表啊。"我都不知道自己能不能付得起这些账。哪怕是约翰的卡也会有额度限制。"马特,你估计这次做头发大约要花多少钱?"我问。在宾夕法尼亚,我通常会去一个非常不错的美发店理发,均价三十五美元。然而在这个地方,我觉得三十五美元只能换来一点儿洗发水、一根浇草坪的软管,然后店里的伙计带我去后巷用这些装备洗头。别看这个美发沙龙外表破旧,内部陈设却很讲究,等候区铺着土耳其基里姆地毯,透过客用冰箱的玻璃门,可以看到里面的芙丝矿泉水。至于我们的清酒杯里的绿色饮料,似乎是某种螺旋藻康普茶。

"噢,"马特说,"别担心,都是杂志社报销。"

我皱起眉头:"啊?这不合适吧?"

"嗯,"马特有理有据地说,"我们能从中发掘出一个很棒的故事,而且改造前和改造后的对比照片肯定也很惊人。"

"什么?"

"潮流快报,母亲假专题。"

"你一定是在开玩笑。什么潮流快报?"

马特吃惊地说:"塔莉亚没告诉你吗?这是《纯美》的本周专题,我们会跟踪报道。你一来杂志社我们就拍了照片,请让-彼得为你建立了个人主页。现在是'改头换面'环节,我们会为你准备百搭套装,报道你休母亲假时发生的故事。目前的计划就是这么定的。我觉得这篇报道可能会登上杂志封面。"

"你在跟我开玩笑吧?"

马特耸了耸肩。

"马特，我没报名参加什么潮流快报。我不希望全世界都知道我是怎么抛弃孩子们一周、跑到纽约做美甲的。"

他笑了："为什么不呢？你知道会有多少人愿意跟你交换这样的机会吗？我知道，因为我们每天都能收到这样的电子邮件。而且，我妈也是单身妈妈，我觉得单身妈妈非常有必要每隔三年休一次这样的母亲假，这绝对不是什么'自我放纵'，而是为了满足自身的需要，你需要拥有属于自己的时间，这有什么好丢人的。"

我思索着这番话。虽然并不喜欢一个年纪可以做我儿子、我才刚刚认识一个钟头的小屁孩对我进行这样的说教，但他说的话像极了塔莉亚或者莉娜可能会对我说的，简直像是照搬过来的。

她们有什么共同点？都没有孩子。

"马特，听着，我不……我不想吹毛求疵，但我更希望你们在进行这样的报道之前先咨询我的意见。还有，假如我知道你们会给我拍'改造前'的照片，我今天早晨就应该摆个更可爱的造型。另外，我不认为这是真正的潮流，我觉得这是个异常情况。我相信我那两位专横的朋友的用意是好的，但她们对'什么是母亲'缺乏内在的了解，现实情况是，母职工作永远没有休息日。只有在我家里才能看到我的真实人生，而我目前不过是……暂时逃离现实而已。"

"没错，"马特说，"母亲们梦想中的一周。男人们却随时都能享受这样的生活，比如参加历时好几周的棒球联赛春季训练营、纳斯卡驾校、牧场度假……你现在所做的，为女人们追求新的生活方式开拓了空间。母亲假。"

"没有这种假期。"

"很快就会有的。"他说,"都是因为你!"

"谁会信啊,"我皱着眉头说,"你只是说得像真的一样,恐怕就跟女权运动差不多吧。"

"也许就是真的呢。"

"你应该去写报道。"我开玩笑地说。

"这次的报道就是由我来写的。"马特说。

我朝他眨了眨眼。

"这会是我的重大突破,艾米,"他说,"我现在还没有光鲜的履历,拿不出有我署名的扎实文章,目前我的工作主要是编写一些愚蠢的双关语标题,做做艺术彩页。我希望通过这篇报道获得晋升,或者……借机跳槽……"

"啊……"我说。

"所以不要有压力,可假如你拒绝这次报道,我就得给塔莉亚煮一辈子咖啡了。"

我笑了:"没有压力。"

"考虑一下吧。"马特说。我还没来得及回应,一个文身、打着腮钉、发色犹如春天花束的青年出现在我面前。"噢,艾米,"她说,仿佛我们是许多年的老朋友,"噢,可怜的艾米,你的头发真乱。我是梅芙,让我来改变你的人生吧。"

## 第九章

亲爱的妈妈：

我终于遇到了一本让我兴奋的书，这书值得重读八遍。

起初我不太确定。那个叫埃莉诺的女孩真的挺怪，也不是什么社交明星，但是她非常理解别人，非常了不起，我想要一台时间机器，这样就能和她做朋友了。那个叫帕克的家伙也很不错，我觉得是我的菜。可惜他是虚构出来的人物，而且生活在上世纪八十年代。他很性感，等我得了奖学金，做好了时间机器，就把我的初吻献给他。

昨天早晨下雨了，我们刚开始训练就打雷了，所以训练取消。我爸和乔一起去做理科生的事儿了，于是我就坐在泳池旁边的员工休息室里，边看这本书边喝免费的健怡可乐。只要两罐，让自己冷静一下。我不知道书里的人谈论的乐队听起来怎么样，就上网找了个"埃莉诺和帕克"的歌单，看书的时候听。后来我一抬头，猛然发现已经过去了三小时，我爸也来接我了。原来我刚才一直在看书！读到这里，你会不会觉得自己是世界上最骄傲的图书管理员？

希望你今天在纽约过得愉快。我知道莉娜和塔莉亚一起计划了一些有趣的事，让你享受快乐，不至于在一个有趣的城市里无聊地待着。祝你玩得开心，因为你很快就要回家了，我们很饿，衣服也需要洗了。

哈哈，我们确实很想你，不仅是因为我爸似乎不太擅长搞定晚餐。昨晚他直接让我们吃了外面买的熟鸡蛋。不，这不能叫晚餐，所以我立刻在他手机里装了点外卖的软件。

但想你归想你，我们其实过得不错。我爸……也还好。他非常有趣，还相当努力，这让我们不想对他太严格，但有些时候——他对我们好，告诉我们他有多喜欢我们时，我真想冲他大喊："是吗？你既然这么喜欢我们，为什么会离开我们呢？"

可接下来我就想原谅他。因为他回来了，能看出他真的很在乎我们。当他为离开我们道歉时，他是真心的。昨晚他以为我们睡着了，就哭了起来。我听见他哭了。乔说，这是因为他受到了懊悔的煎熬。这样的话也只有乔能说得出来。

但是，妈，这是真的。他受到了懊悔的煎熬。他的感情就像一锅正在沸腾的汤。他经常拥抱我们，不断地给我们买一些无缘无故的礼物，还喜欢谈论我们小的时候什么样。他会说"要抓住每时每刻"之类的话，我问他昨晚为什么哭，他说因为他知道自己不能无限期地待在镇上，因为他还要工作。

我问他工作是否是他离开我们的原因之一。他说他离开是因为他抑郁、焦虑，错误地相信他能逃避这些问题。我觉得这都是套话，就像媒体公关教给他说的那种应付别人的话。我又问了他一遍同样的问题：既然他能把除工作以外的一切全都抛下，那他一定真的爱自己的工作，对吧？

他说，他作为一个人的身份完全被工作困住了，今早他就是这么告诉我的。我想着这句话去参加跳水训练，所以有点儿头疼。我一直在想，他作为一个人的身份，这到底是什么意思？我认识许多人的爸爸，我得说，他们都把做爸爸当成自己的第一身份，比如你既是图书管理员和老师，也是别人的朋友，还是一个不会打扮的人，但你的第一身份是妈妈，对吧？

他为什么只要工作不要我们呢？

我不知道。我不想再考虑这个问题了。我要去读读埃莉诺和帕克。有时候读一本关于别人的问题的书比总是想着你自己的问题要好得多。我猜这就是你总要读点儿什么的原因。

爱你。

你的对文学开窍晚的女儿，科莉

"改头换面"的第二天，饱受彩妆师折磨的我走在返回《纯美》杂志社的路上，突然很想给科莉打个电话。来纽约后，我一直在和她来来回回地发消息。我每天至少会打一次约翰的座机电话，但接电话的总是乔，他会事无巨细地把最近的新闻讲给我听，尤其是昨天，他絮絮叨叨地说，自己最近对地暖产生了浓厚兴趣。听过他的长篇大论，本着平等原则，出于自身利益和权宜之计，我直接拨了科莉的手机。她没接，我只好给她的语音信箱留言"我就是想你了"，说出这句话时，我的心在胸腔里乱跳。片刻之后，她给我发消息："一切都很好，妈，崔妮蒂向你问好。别担心，我正在看书。"我深深地叹了口气。我让她写读书日记，希望她通过这种方式处理自己的情绪，跟她爸在一起时，这孩子需要一个记录感受的发泄渠道,从而不会觉得需要自我审查或者时刻保护我的感情。但我现在意识到,我应该要求每天读一读她写的那些日记,还应该在她的梳妆台上安个我可以远程控制的摄像头,给她的手机装上窃听器,在她的跳水队安插间谍,还要往她脑子里植入芯片,当她的血清素水平低于正常标准,会自动向我报警。

"天哪!"马特打断了我的日常母职恐惧症发作,"我差点没认出你!"

我对着办公室里的众多镜子之一照了照,也差点儿没认出来我自己。下面是马特、塔莉亚和《纯美》杂志在过去的二十四小时对我所做的改变:

1. 把我的头发从洗碗水般暗黄色的前偏分后马尾改成了性感的大波浪,厚厚的大刘海梳向额头的一边。喔,对了,我的头发现在是棕色的了。浓郁的巧克力棕,发梢部位微微泛红。看起来很棒,就像我刚刚偷了一个大美女的假发,扣在自己脑袋上,然后宣称这是我的头发。

2. 在我眉毛上面涂蜡,拔掉多余的,让它们比原先看起来细了五磅。我原来多长了五磅粗的眉毛吗?这么多毛发都是多余的吗?我越想越害怕。

3. 把我的眉毛染成匹配我头发的颜色。

4. 梳理我的眉毛,加了一些凝胶。他们觉得我以后也会每天这样梳眉毛吗?我都告诉他们好几次了:不会的。他们不理我。

5. 在我的手指甲上涂了一种凝胶,能在温度升高时变色。

6. 在我的脚指甲上涂了另外一种凝胶,好让它们始终保持同一种颜色，不过这个颜色是翡翠绿。

7. 强迫我脱光上半身，试戴了一组胸罩，它们特别高级。可以肯定的是，这些胸罩的尺码应该是他们当场胡编乱造写上去的，以免影响我的自尊心。

8. 给我买了三副胸罩，它们不但挑衅地心引力，还藐视时间，妄想把我的胸推回到生科莉之前的高度。

9. 从时尚衣橱里拿出一大堆牛仔裤让我试穿，因为裤子太多，我借了一个伊夫·圣罗兰的滚轮包才把它们运进塔莉亚的办公室。

当天傍晚，在塔莉亚办公室的咖啡桌上，我和她一起吃泰国咖喱饭外卖。我看起来年轻了十岁，也实现了之前半辈子都达不到的酷。我穿着前后都没有接缝的神奇牛仔裤，美丽的新发型不断勾引我欣赏自己在窗玻璃上的影子。我常常忍不住放下筷子，从沙发上跳起来，对着镜子捋头发，然后不由自主地瞪大眼睛。塔莉亚每次都会嘲笑我。

"快看我，塔莉亚！"我叫，"看我！"

"我在看。"她笑着说。

"我甚至连妆都没化！我是全美国最漂亮的女人！"

她摇了摇头："你想化妆吗？"

我想了一会儿："不。我明天必须化妆吗？"其实，现在已经太晚，来不及预约明天的化妆了，这点让我感到很安心。

"嗯，你没有'必须做'的事。"她说。

我怀疑地朝她歪歪脑袋："我认为我必须换掉我的弹力裤，当时你看到它的表情……就差没尖叫了。"

"是，没错，但化妆不如裤子重要。我觉得马特会给你拍一大堆展示'改造后'效果的化妆照，可就算不化妆，你看起来依然很不错，你真幸运。"

我笑了："噢，谢谢！"这或许是我第一次从塔莉亚那儿得到外貌方面的赞美。

她解释道："我所谓的不化妆，是指还要涂睫毛膏、腮红和口红，你明白吗？你是宾夕法尼亚州的白人，这意味着你看起来像是冬至那天进行过防腐处理的尸体，直到最近才被考古学家发掘出来。你太苍白了，被莱娅公主刚刚解冻的汉·索罗都比你气色好。就算你说自己刚从国际空间站回来，我也会毫不犹豫地相信你。你看着像《极地特快》里的动画角色，你——"

"好吧，"我打断她，"明白了，我是一团苍白的面糊。"

"你比汉普顿婚礼蛋糕上的糖霜还要白，你就像——"

"我要涂睫毛膏。"我打断了她的长篇演讲。

"还有腮红。"

"还有口红。"我认输，"但是我不会每天早晨梳眉毛，给它们做造型，绝不可能。"

我们握手成交。

"接下来我还要干什么？"我问她，"参加模特班？打肉毒杆菌？仪态培训？"

塔莉亚微笑着摇了摇头："不，你已经够美了。现在我们要专注内部。"

我皱了皱眉："外部的'改头换面'我完全可以理解和接受，

但是内部绝对没有改造的必要，我的内心快乐、充实，有好孩子、好工作、好房子，生活也很好……"

"嗯……"塔莉亚说。

"不要'嗯'，"我谴责道，"说'是'就行了。"

"嗯……"她又说。

我斜了她一眼。"我可是让你们把我的指甲涂成了灰褐色。"我提醒她。

"你激动得浑身发热的时候，它们会变成什么颜色？哦，等等，我们永远不会知道，因为你显然放弃了性生活。"

我撇了撇嘴："我没放弃性生活！我刚刚滚床单了！感觉很棒！"

塔莉亚笑了："你可没告诉我很棒。"

我脸红了："好吧，虽然我没有多少可以比较的样本，但是他很帅，我们俩都……你懂的。"

"我懂。"

我耸耸肩："反正我自己觉得很满意，假如要打分的话，我愿意给出三星半。"

"你应该再试一次，看看能不能达到五星。"

"和丹尼尔？"我问。我刚才的语气是不是很兴奋？

"当然可以，跟谁试都行。"她举起筷子，若有所思地轻点嘴唇，"马特怎么样？"

我倒抽一口气："你的助手马特？"

塔莉亚做了个鬼脸："没错，那真是太糟了。对不起，我只是想一次性确定他到底是不是直的而已。"

"他是直的，对吧？"

"也许是双?"塔莉亚说。

我想了一会儿。"我们都有一点儿双性恋倾向,"我说,"反正莉娜是这么说的。"

"我爱那个修女。"塔莉亚说。

塔莉亚没有小孩,朋友也不多,很少与家人联系,工作就是她的生命。难怪她那么重视性。对我来说,别的事已经够我忙的了。

"这样不对。"她突然说。

"什么不对?"我问。

"你的思维方式和观念不对,它们让你对拥有令人满意的爱情生活不抱任何希望。比如认为你自己不够好,你没时间,或者认为爱情生活不重要,你应该等约翰回来……"

我抿起嘴。"他没回来。我是说,他虽然回来了,但不是来找我的。"我悲伤地说,"他是为了孩子们回来的。"

塔莉亚叹了口气:"我觉得事情没这么确定。"

我摇了摇头:"你知道那个玛丽卡吧?还有信用卡、打蜡脱毛、高级内衣什么的。"

她点点头:"是的,不过……我有些担心,艾米,我担心的是,和你为他创造的好孩子们度过这段非常美好的时光之后,他也会重新打起你的主意,我觉得他想回归原来的生活,哪怕现在连他自己都还没意识到这一点。"

不知怎么,我突然流出了眼泪。我急忙抽了抽鼻子,只觉得眼睛酸酸的。我屏住呼吸。

"你哭了?"她问。

"不!我没哭。"我大叫,然后哭了起来。

小声的抽泣逐渐演变成连续的哀嚎。"抱歉,"我呜咽着说,"我不知道为什么要哭。"但我心里清楚这不是真的:我是因为想到约翰可能是回来找我的而哭,我想到了他离开我们之后我受的那些苦,想到如果他真的回了家,我们的日子会如何变得更好。然后我又想到了我不希望见到的:来自中国香港的信用卡扣费。这件事让我觉得自己就像个擦鞋垫,是个白痴,进退两难。于是我哭得更厉害了。

塔莉亚用眼角的余光观察我,仿佛在观赏日食。然后,她开始在电脑上打字。

"嗨。"她说。我抬起头,看到她正盯着屏幕。我还坐在她办公室里哭着呢,她这就开始和别人视频了?

"嘿,怎么样?没事吧?"一个熟悉的声音说。我压低了抽泣的声音,竖起耳朵听。

"她在哭。我该怎么办?"

"她怎么了?她从来不哭的。你干什么了?艾米?艾米,你在吗?"

是莉娜。塔莉亚让她等一下,然后坐到我旁边的沙发上,把笔记本电脑放在我们俩都能看到的地方。

"嗨,莉娜。"当她进入视野时,我哀叫道。

"哇,你真漂亮。"她说,"闭上你的嘴,抬头看看吧。恶心,别再擤鼻涕了。嗯,这样好多了。美极了!我喜欢你的发型。你看起来更像你自己了,我熟悉的那个你。漂亮,脑子清楚,忠诚,坚定。能从一个新发型里分析出这么多优点,我可真厉害。"

我正要感谢她,她又补充道:"你的眉毛怎么变得这么细?

原来那些眉毛呢?"

我摇摇头,因为我不知道:"它们上一秒还在那儿,下一秒就没了。"

"所以你才哭吗?可你看起来棒极了啊。你的眉毛还会长回来的,不用担心没东西遮太阳。塔莉亚,你做得很好。"

我不哭了:"这么说,你们俩是同谋?你也知道杂志报道的事吧?"

莉娜飞快地瞥了塔莉亚一眼,一下子把她俩全都暴露了。

"我有点儿觉得被人利用了。"我说,"我以为我是来这里找老朋友的,却被卖给了杂志。"

"你觉得被利用了,是因为免费做了新发型还染了颜色吗?"塔莉亚问。

"因为你们没提前告诉我。"

塔莉娅耸了耸肩:"以后我再给你什么好东西的时候,一定提前告诉你。"

"我会很感激的。"我轻声说。

"你还好吗,艾米?"莉娜问,"我从来没看见过你哭。也许约翰离家出走时见过一次,但以后再也没有。"

我跟莉娜说了塔莉亚对约翰的看法,又把信用卡扣费的事告诉了她,然后小声表示,我对约翰还有感情。

塔莉亚丝毫不打算掩饰她的厌恶。"哎呀,"她说,"他那么恶心。"

莉娜只是朝我偏了偏头:"你为什么这么想?"

"负罪感。我和性感的图书管理员上床了,我觉得违背了婚礼誓言。"

莉娜显然非常怜悯地看着我:"亲爱的,你的结婚誓言早就被人碾成碎渣了。"

我点了点头,倒回沙发上。"那我现在还哭个什么劲儿呢?"我对着房间里的空气问。

塔莉亚耸了耸肩,无奈地两手一摊:"我怎么知道!你该带着你的新发型去和那个性感的图书管理员约会,而不是坐在这儿为了那个恶心的约翰哭。"

我喝了一口酒,清了清嗓子:"伙计们,我觉得……我的内心深处还希望……约翰能回来弥补错误……"我耸耸肩,"我还能怎么想?我们一起过了半辈子。我拿到硕士学位的时候就认识他了,他见证了我们的生活:我第一次怀孕,科莉打算给自己穿耳洞,乔在那个恶心的狂欢节上掉下第一颗乳牙……约翰第一次带我去巴黎,我们的孩子出生时,他和我一起哭,地下室被淹时,他把我们的结婚相册抢救出来。这种感情是不会像电灯那样,开关一关就灭掉的。"

莉娜深深地叹了一口气,塔莉亚伸出胳膊圈住了我:"噢,艾米,你这个超级大白痴。"

我悲哀地摇了摇头:"我知道。"

"感谢上帝让你拿到了这张信用卡。"莉娜说。

"什么意思?"我问。

"我认为这就像客房的叫醒服务,提醒你明白自己的幻想多么不切实际,你和约翰永远不会重新拾起以前的生活。这些信用卡扣费揭示了他的真面目和他真正的需求。你能提前发现真相，这是件好事，等到夏天结束再发现就晚了，那时他恐怕早就已经回去找那个比你年轻十五岁的女人了。"

我两手捂脸："三天后我还要面对他。"

"我们要怎么做才能让你准备好？"莉娜问，"怎样才能让你在约翰面前变得坚强自信，而不是委屈懦弱？"

我摇了摇头，因为听起来非常不可能。

莉娜和塔莉亚隔着屏幕彼此对视，然后异口同声："母亲假。"

"母亲假。"塔莉亚又说，这次只有她一个人开口，"咱们来真的，不只是为了报道做做样子。也许你该放一个夏天的假，在这段时间里参加暑假辅导班，学习第二语言，发展新爱好，开拓眼界……"

我不赞成地摇头："不可能，而且我也不知道参加什么活动能让我更好，它们也许只能让我流下怀念过去美好时光的眼泪。"

塔莉亚说："无论时光还是眼泪，你都已经尝过了。"但莉娜摆了摆手，示意她打住。

"把一切都交给你的朋友吧。"莉娜说，"我敢打赌，我们可以帮你找回过去的辉煌。"

我摇头："我从来就没辉煌过。我找了男朋友，结了婚，然后生了两个孩子，找了份工作，失去了丈夫，还欠了一大堆贷款。辉煌在哪里？"

莉娜扭头看向塔莉亚："我们能做到，但是并不容易，因为她有抗拒辉煌属性。"

"我当然知道。"塔莉亚说，"她想在这儿穿着瑜伽裤、吃着比萨、看着电影过周末。"

"我爱瑜伽裤！"我叫道。

"这位母亲还有救吗？"塔莉亚问。

"这位母亲就在你们面前。"我提醒她们。

"我们要试试。"莉娜说，"她还年轻，不能破罐子破摔。"

"限制她吃比萨……"

"不能让她看着电视消沉下去……"

我大声呻吟着打断了她们的商议："对不起，伙计们。我知道你们是在帮我，但我不想休什么母亲假。我想回家，我爱比萨，我喜欢看电影，穿瑜伽裤。当我想起前夫，觉得哀怨时，我会按上帝的意愿，守着纸巾和酒，蜷在沙发上，没完没了地看休·格兰特的电影。我不想穿瘦身牛仔裤，在远离家人的地方和陌生人上床。"

她们两个叹了口气。

"她自己决定吧，"塔莉亚说，"我们已经试过了。"

莉娜点点头："我们只想让你快乐，艾米。"

我微笑着说："我知道。这儿很有趣，但我的生活在家里，那儿才是我要去的地方。"

"那就回家，"莉娜说，"我为你准备酒。"

塔莉亚伸手搂住我。"看来不是每个人都喜欢辉煌。"她伤心地说，"但今晚例外，既然你还没走，来点儿音乐剧怎么样？"

成为百老汇的音乐表演酒吧之前，"玛丽危机"的前身是个妓院。由此可知，在历史上的某个时间段，那里也存在过大量直男。不过到了周二晚上，当那里的游客没有平时多，还请来了百老汇的一流钢琴师时,你就别想在里面遇到一个直男了。对于情绪低落、经过了改头换面的我来说,这里堪称完美的疗伤地。至于我的东道主塔莉亚,她根本不需要改头换面就能吸引异性物种的注意力。总之,在今晚的"玛丽危机",具备这些条件的我们绝对不会引起任何人的注意。

塔莉亚让我坐在钢琴左侧附近的位置上,我们只要稍微伸伸脖子,就能大略看到后面的剧目是什么。"《异想天开》。"她悄悄对我说。

"我们来得真是时候,没人抗拒得了《可曾记起》。"

钢琴师完成《蜘蛛女之吻》最后几小节时,塔莉亚消失了。我环顾四周,这里是个地下室,灯光昏暗,墙壁肮脏,服务效率低,音响效果糟糕,除了顾客比我记忆中的更年轻之外,一切都完全像我离开时那样。而且跟几十年前一样,我们并不是这里唯一的女性,这意味着塔莉亚可能不会拿出她的撒手锏,表演《反抗引力》独唱,不知怎么,每次我们过来,都会有人要求她唱这首歌。

《可曾记起》之后是威廉·芬恩的组曲,我不太熟悉歌词,就跑到离钢琴远一些的地方,瘫坐在一张破旧的天鹅绒长椅上欣赏优美的演唱。塔莉亚过来找到我,塞给我一杯马丁尼,然后继续钻进歌手堆里和他们一起又笑又唱。看着他们,我回忆起自己多年前离开这里后的林林总总。过去的我是一只没有形状的贝壳,期待着开启属于自己的生活,等候时机到来。除了时间,我一无所有。

我喝着马丁尼,想念我的孩子们。

一个半小时后,我终于听到了熟悉的和弦。我抬起头,塔莉亚也恰好在此时转身面对我。"《追梦女郎》。"她说,招手让我过去。

我摇摇晃晃地站起来,塔莉亚和我在大学里整天唱这些歌,熟得不能再熟。唱到《仅此一晚》时,我已经完全忘了所有的烦恼,仿佛回到了二十一岁。我们唱了两小时,跑到街上一看,发现外面的灯光比酒吧里还要亮。塔莉亚打开叫车软件,我觉得累得要命。

"有意思吧?"她问我,嗓子有点儿哑。

"我十五年没熬过夜了。"我说,我的嗓子也哑了。

"瞧瞧这些年来你都错过了什么。"

我摇了摇头:"是,可现在不一样了。"

"你说什么?"塔莉亚问,"玛丽酒吧已经冻结在时间里了。"

我点点头:"但我们没有。"

塔莉亚叹了口气,这是我来纽约后第一次看到她愁眉苦脸。她摇了摇头,故弄玄虚地说:"有时候我觉得我也冻结了。"我冲她挑挑眉毛。

"你想没想过,"我问她,"你知道的,那时候西蒙向你求婚……"

"没想过。"她说,"孩子、房子、婚姻……它们对我从来不像对你那么有吸引力。你一开始就全想要,比什么都想。而我想要角落里的大办公室。"塔莉亚叹了口气,"至于所谓的'拥有一切',"她耸了耸肩,声音越来越小,"想想就让人头疼。"

"没错。"

"但是,知道你拥有了你想要的,比如了不起的孩子、舒适的房子,我同样感到高兴。看到你能处理那些我可能永远处理不了的事，我也感到骄傲。"

"我也是。"我说，"我以你为荣。"

"我不过是写写关于衣服的报道，而你造就了人类。"她说。

我拉起她的手："你知道你给多少人带来了灵感吗？你知道收到你们的杂志多么让人高兴吗？不记得有多少次，一篇有启发性的报道，几个穿超大码衣服的泳装模特照片，外加一杯红酒，就足以拯救我漫长而艰难的一天。"

塔莉亚看着我，表情有些难过："噢，艾米，我太想你了。待足这一周，至少过了周末再走吧。"

一辆空出租车经过，但我们俩都没伸手。"你还好吗？"我问。

塔莉亚摇了摇头，紧抿着嘴唇："我喜欢那本杂志，但我不知道它能坚持多久。"

"什么意思？"我问。

"没什么。"她回答，我严肃地盯着她，她耸了耸肩，"就是说，我还有数不清的有启发性的文章需要发表，希望它能永远坚持下去。"她回头看着我，恢复了一贯的悠闲神态，"其中就有关于你的……母亲假的报道。"她歪着头补充道。

我翻了个白眼。"那我就再待几天，"我说，"但你要按照我的方式来报道。"

"让你穿着瑜伽裤看书？"她问。

我耸耸肩："我就是我。"

塔莉亚搭住我的肩。"我也是。"她说。虽然从十几岁开始，我们就一起探索过周边的街区，但我敢肯定，我俩现在都觉得有点儿迷路。

"我们去马蒙餐厅吧,凌晨两点的沙拉三明治可以解决一切问题。"

她说得有点儿道理。

第二天上午,塔莉亚和我都睡过了头。她迷迷糊糊地出门时大约九点,对她来说这已经算很晚了。她说,员工们应该感激她"批准今天可以晚到",我却只觉得他们可怜。我出去享用了正宗的纽约贝果面包(涂着厚厚的奶油芝士),还有一份鲜榨橙汁和一大杯咖啡。回到塔莉亚的公寓,我无所事事地坐在那里,摸着酸疼的喉咙,为自己感到难过。我知道,回家是对的。在这里待下去,只会让我感到非常尴尬和别扭。然而在约翰还在时回家,我又觉得危险。我能接受他不跟我复合,但假如他真的想回到原来的生活——也是我原来的生活——我不知道该怎么办。

电话响了,我看到是《纯美》办公室打来的,就没有接。因为要么是塔莉亚打来查看我的情况,要么是马特求我配合他完成母亲假报道。眼下我没心思跟这两只斗牛犬争论,于是就翻开一本我最喜欢的惊悚作家出的新书,暂时把现实世界隔绝在外。

可刚刚看到第一具尸体出现,我的手机又响了,这次是不同的铃声,是我为约翰设定的铃声。我的心跳自动加快,肯定跟孩子们有关。"怎么了?"我接起电话就问,没像平时那样打招呼,"孩子们还好吗?"

"你也早上好。"他说,"孩子们很好。"我的心律恢复了正常,"而且不是一般的好。你知道的吧?有个男生整天缠着科莉,她在考虑是不是要甩了他,所以我也跟着了解了一些女性的思维方式。然后是乔,他是我见过的最好的人,他是个好孩子。你知道他多擅长操作 UAS 吗?"

"操作什么?"

"无人机。我给他们每人买了一架,在他那架上装了防水的运动相机。我们测绘天气图和云图,讨论如何添加光谱仪,这样他就能……好吧,总之,我们始终在追逐那些激动人心的时刻。"

"棒极了。"我立即嫉妒起来。我对这些极客玩法一无所知,无人机,还有……光谱仪?哇,乔和他爸都有工程师潜质。在这方面,我永远无法与他们相比。每次我尝试和乔讨论科学,最后都会变成他给我上物理课,我只能知难而退。"你觉得布莱恩怎么样?"

"科莉的男朋友?他傻得就像一箱子石头。我得随时盯着他们。每次他俩坐在同一张沙发上,我就过去送吃的,借机打断他们要干的事。"

"噢,好。"我说,"她可以控制自己,但她的大脑额叶只有十五岁。"

"对吧?他的也是。你怎么样?享受纽约吗?"

我做了个鬼脸。我觉得我们现在必须扯闲篇,不能说正经的。"纽约很棒。宾夕法尼亚呢?你们周日打算怎么迎接我?"

"嗯,实际上,这就是我打电话的原因。"

我对着手机皱起眉头:"哦?"

"这一周过得太快了,艾米。我知道我没权利提要求,但我需要更多时间陪孩子们。"

"没错,"我坦率地说,"你无权提要求。"

"我刚才就是这么说的。"他说。

"我同意你的看法。"

"但我还是要提。你已经独自拥有了他们三年,而我现在才开始重新认识他们,我不能——我是说,我还没准备好……"

"你原本也可以拥有他们三年。"我说。

对面沉默了片刻,我觉得自己既刻薄又公正。"对,"他最终说道,"我知道。是,都是我的错,你受了很多苦,我欠你的永远还不完,但我不会停止道歉。我搞砸了,对不起,可我没法从头再来。"

"就算你能从头再来,我觉得你也不会去做。"我厉声说,我想到了玛丽卡·肖。

他一声不吭,他也在想她吗?"你错了。"他终于说,我的胸腔紧缩成一团,吸不进气,又因为期望太大,也呼不出气,"你不知道你错得有多离谱。"

我摇摇头,想起塔莉亚昨晚的话,他会怎么"打我的主意"。你所有的反应不过是肌肉记忆,我提醒自己。"无所谓,你到底想要什么?"我问。

"夏天的其余时间。"

我咳嗽起来:"你一定在开玩笑。"

"想想吧,这对每个人都好。莉娜说你要在国庆日开读书会,你可以趁机准备一下。或者写几篇论文?修整一下房子?你为孩子们操劳了三年,也许该放个长假,换换脑子,比如到费城玩一周,开车去国家公园转转,或者——"

"不。"我说。

"孩子们表现得很好,艾米,我认为这对他们有好处。我在一本育儿书里读到过，跟父亲建立稳固关系的孩子，成年后离婚的可能性会降低75%。况且乔也需要一段时间钻研他喜欢的东西。你知道他多有天赋吗？我听说有个科技夏令营小组，招募父子共同参加，我们可以一起造机器人，去波士顿参加剑桥国际象棋比赛。当然，就算他们留在公寓里，也会玩得很开心。"

我说："他们和我在一起很开心。"

"当然，但是，你懂的。他们的确出类拔萃，你努力工作，他们也努力学习。可他们需要享受孩子的乐趣，不是大人的乐趣。我住的地方有游泳池，我还能带他们玩无人机。在跳水队训练结束后，我可以开车带他们全队人吃比萨。我可以给他们很多很多，你知道——"

"很多东西？很多钱？"我的脾气上来了。

"还有时间。当然，这些并不能弥补一切，"他说，"我没否认这点。"

"很好。"

"可他们不该好好享受假期吗？不用一大早起来干活，给玉米去头，这赚不了多少钱。科莉可以每周和她的朋友们在公共游泳池干几小时活，我也可以送她去跳水训练营待一周，然后送乔去航天夏令营。你知道我大学时的朋友安迪吧？他能帮我们争取到名额。虽然我不会让他们做沙发土豆，但这些孩子需要……休息。"

我愤怒地说："我的孩子需要什么，不用你告诉我。"

他乖乖地保持沉默，我也希望他能闭嘴。孩子们这几年更加努力地打零工赚钱，还不是因为他的错。我既生气又受伤，同时也很烦躁，因为虽然我永远不会对约翰提起一个字，但我明白，早就需要找一段时间好好休息的，不仅是我的孩子们。

"艾米？"沉默了很久之后，他对着电话说。

"嗯，我在。我刚才在想，一个陌生人，竟然对我怎么抚养自己的孩子指手画脚，这也太奇怪了。"

他叹了口气："你可能觉得我像个陌生人，但我不是陌生人。我是他们的父亲。"

我"哼"了一声。

"我们一起生活了十五年。"

我无话可说。那十五年里，当我需要他时他却不在我身边的情景历历在目。我想起自己受伤后的那些痛苦无助、孤独迷茫的时刻，想起我们婚姻中最黑暗的时刻——那时我独自忍受着本应是我们俩一起承担的折磨。我真的无话可说。

"你不用现在决定。考虑一下，等你周日回家我们再商量。"

"我会考虑的。"我诚实地说，"但等我考虑完，答案还会是'不'。"

"好的，只要你能真的考虑一下，这就是我的要求。想想怎么做对你和孩子们更好，不要欺骗自己。如果你真的决定把我拒之门外，继续不知疲倦地独自奋斗，完全没打算停下来休息，我也只好退出。"

我压抑着对电话咆哮的冲动。"我现在就在休息！"我说。

"好极了。"他沮丧地说。

"我休息得很好！"我说谎。

"太好了！"

"我不停地买高级内衣、打蜡脱毛。"我挖苦地说。

但他没听出来我这是在讽刺他女朋友的刷卡偏好,我立刻感觉自己是个只会暗地里被动攻击的窝囊废。

"啊?"他奇怪地说,"我觉得……这很好啊。听着,无论怎样,只要你开心就行。你不用向我证明你是个多么伟大的妈妈,因为有你孩子们才会这么出色。但你显然一直非常疲倦,而所有孩子都需要发泄精力,无论他们的母亲尽力表现得多么完美。另一位家长的协助对他们来说也是一件好事。考虑一下吧,对我们所有人来说,这可能都是一个正确选择。"

"因为你总是殚精竭虑地为我们每个人着想。"我毫不留情地讽刺道。

他叹了口气:"抱歉,我可以只说你喜欢的话。"

"把这句承诺文在你的额头上。"我生气地说。

"要是我真觉得这样有用,我会去文的。"他说,"但无论我怎么说,怎么做,你都打算像个殉道者那样一个人死扛到底,这又是为什么呢?"

"因为你是个混蛋。"趁自己还没有过分认真地思考他的言外之意,我飞快地说。

"我们先到这里吧。"他说。

"我同意。"我说。

"我们得给彼此一些空间,周日再商量。"

"我的回答仍然会是'不'。"

"好吧,周日再告诉我。"

"周日。"我威胁地说。

"再见，艾米。"他说。

我挂掉电话。"再见，混蛋。"我对没有动静的手机说。然而愤怒只是表面上的，我其实并不愤怒，而是崩溃了。

因为我知道，他说得完全正确。我一直是个殉道者，我就喜欢那样。

## 第十章

亲爱的妈妈：

我爸告诉我们他向你提了什么要求。
他说你正在考虑。
你是认真的吗？我希望我能知道。
爱你。

你那个有点想去游泳池打工和参加跳水训练营<br>但正努力不背叛你的女儿，科莉

那天，除了回复科莉的几条消息、按时给乔打了每日电话，我再也没接别的电话。我会尽可能巧妙地套他们的话，了解他们对暑假计划的想法，同时尽量不表现出我对这个计划的厌恶和反对。约翰每时每刻都盯着科莉的小男朋友，还要分出时间给乔，陪他玩无人机。跳水训练营、航天夏令营，约翰给孩子们的这么多，给我的却那么少。

我跳过了马特安排的空中瑜伽、切尔西市场午餐、博物馆参观和氧气疗法，只因为我恨自己，我不想跟任何人交谈。我很伤心，然而由于我受伤的原因是觉得自己快速被约翰取代并被拒

绝，所以我告诉自己，我不知道我为什么难过，也不允许自己感到沮丧——因此我才躲了起来。塔莉亚八点左右回家接我时，我跟她说我晚上也不要出门了。

塔莉亚似乎也心情不佳，她显然对我很失望。我敢肯定，大学时的我似乎比现在更坚强，像用更坚固的材料做的。也许真是那样，谁知道呢。她还有一点儿不对劲，我们一起吃外卖时我察觉到了，但后来这种不对劲的感觉消失了。九点半左右，她接了个电话，然后说她要回去工作。十分钟后，一辆车把她接走了，只剩我一个在家过夜。我看完了惊悚小说，喝了一杯红酒，上床睡觉。

周四的开头跟昨天一样：贝果面包、咖啡、书。我终于过上了我想要的度假生活。我的朋友们说得对，这种日子无聊透顶。《纯爱》杂志打来几个电话，我没接，他们只好给我语音留言。科莉给我发了一张自拍，戴着今年的新泳帽，帽子是金色的，还有翅膀的图案。她伸着舌头，自拍的标题是"胜利者的面孔"。于是我给她发了一张戴着礼帽的腊肠狗的图片，然后写道"香肠的面孔"。她给我发了一大串只有她知道什么意思的表情符号，我发了个"耸肩的妈妈"的表情。我们就聊到了这里。我正无事可做时，塔莉亚用她的手机给我打来电话，一连打了十七遍我都没接。打到第十八遍时，我接了。

"赶紧给我过来。"她一上来就跟我说。

"我不愿意。"我说。

"马特整天在屁股后面催我。你快来拍张'改造后'的照片，他补充其他内容，虽然只占一页，但该给他一个署名。快过来。"

我沉重地叹了口气："塔莉亚。"

"我得去愚蠢的佛罗里达组织一个该死的拍摄活动,和一群愚蠢的家伙打交道。你要一个人困在纽约了,不会有人唠叨你了,反正这一周已经被你浪费了。这是你为我做的最后一件事,把它做了吧。我还给你买了漂亮的胸罩呢。"

"我以为那是杂志社买的!"

"作为比喻,是我买的。"她说,"穿上我们挑的那条牛仔裤,还有白西装外套。马特会让你穿高跟鞋,但是你不用走到任何地方,忍一忍就可以。一个小时后,化妆师会在这里跟你见面。"

"塔莉亚,"我开口道,"我不喜欢照相,我知道我表现得很混蛋,但是我觉得——"

"莉娜说,你正在直面痛苦,认识到你的孩子们也需要除你以外的其他人。早点意识到也好,因为等他们成年后,你很快就会沦落为他们生活中的边缘人,不知何去何从。"

"上帝!不,那不是——"

"她还说,你还是不死心,想跟约翰复合试试。"

"这完全是疯话。"

"她说你会否认,但我们该怜悯你,让你自己慢慢醒悟。"

"我不需要你们的怜悯,我好着呢。"

塔莉亚笑了,胁迫道:"我就是这么告诉她的,我说她大错特错,因为你好着呢。既然你状态这么好,我知道你一定会来履行你对我和马特的承诺。就这样吧,一小时后见。"

"塔莉亚——"我说,但她挂了电话。现在我不仅要被迫面对镜头微笑,还得面对一个事实:莉娜说的都是真的。我确实还对前夫有感情,尽管是一种极其复杂混乱的感情。毕竟我们结婚这么多年，有过一些相当美好的回忆。他曾是我最好的朋友，我们也曾经十分相爱。

没错，想到自己也许会一连几天（抑或一连几周）见不到孩子们，我就会发疯。可假如不被需要，假如不再忙碌，假如不再是一个紧张过度、不知所措、极度缺乏睡眠、薪资不足的单身妈妈……

那我又会是谁？

我想，我只能会是现在这个衣冠楚楚、自怨自艾、黯然独坐、怨恨着前夫，在世界上最大的城市闷闷不乐的无名氏。

该死的塔莉亚和莉娜，你们肯定是世界上所有女孩都讨厌的那种朋友。

我需要进行一些认真的思考。我很快意识到，当你必须在拍照现场花上两小时做头发和化妆时，你有大把时间可以用来思考。

首先他们得把我的头发洗净梳顺，在纽约，享受这样的服务是一件美事。洗头、头皮按摩、护发素、又一次头皮按摩，用毛巾轻抚你的头发，借助微妙的扭动使你的头发干燥，擦掉你眉毛上的水滴，拿宽齿梳刷过你完美着色的发绺。

然后用三十分钟吹干我的头发，拿板梳归拢。发绺变得更直、更饱满、更迷人。我看起来开始变得价值不菲。我的脑袋笼罩在气味最甜美的喷雾里，然后吹风机再次启动，我只需要闭上眼睛，感受梳子的划动以及热量的蒸腾，在重复的动作中昏昏欲睡。

接下来，化妆。化妆师很少和我交谈，只会给我指示："抬头""轻轻闭眼""放松双唇"，语调轻柔，口音浓重，化妆笔和化妆刷在我脸孔四周有序地上下翻飞。在一支像是歌舞伎使用的巨大粉刷漫长而美妙的安抚下，我几乎真的睡着了。

马特走进来，说："不错！"并举起镜子给我看。我觉得自己像马戏团小丑。我的脸颊被涂成了不自然的粉红色，眼皮是难看的黄褐色，鼻子两侧还勾了轮廓线。我的头发蓬松得像一只热气球。我耸耸肩，说："你说了算。"整个过程非常令人放松。

然后摄影师来了。她的助手打开蓝牙扬声器，我担心里面传出夜店的垃圾音乐，却意外地听到了木吉他弹奏的拉丁民谣，混音相当平滑，进一步烘托出梦幻般的气氛。摄影师让我坐在椅子上，然后坐在沙发上，再然后坐在凳子上。我换了四次衣服。他们搬来一台巨大的风扇，对着我吹，调整了三组不同的灯光。摄影师没完没了地拍着照片，过了大约一个小时，塔莉亚进来了，从我身边经过，走向一台笔记本电脑，对着屏幕指指点点，然后告诉屋里的人："我们做到了，谢谢大家。"

她有点滑稽地冲我微微眨眼，悠闲地晃了出去。马特小跑着过来，把我今天带来的衣服、书和包递给我。"你真漂亮。"他说。

如同站在栖木上的鸟，我居高临下地对他说："很有意思！"

"你昨天还差点儿取消这次拍摄呢！"

"我知道！我当时脑子不好。我能看看拍得怎么样吗？"

他耸了耸肩："我可以给你看原始文件，你也可以等着看最终效果。我保证你会高兴，你看起来像……像完美版本的你自己。"

"噢！给我看看原始文件！"我兴奋地叫道。但就在这时，我的手机响了,是芝加哥的区号:"你好?"

"噢,我很好,我竟然打通了你的电话!"对面传来一个尖利而又似曾相识的声音。

"凯瑟琳?是你吗?回去的路上顺利吧?"我问。马特冲我挥挥手,小跑着离开了。

"我的两个孩子都还活着,我的丈夫现在对我崇拜得五体投地。"她说,"我认为这是一次成功的旅行!"

"我同意!"我说,"我在纽约来了个彻底的改头换面,现在的我就像一个模特。所以,我觉得我们俩都成功了。"

"啊?好吧……"她显然以为我刚刚喝了烈性鸡尾酒,"听着,我有个惊人的消息,我正在我们学校试验'灵活分类法'!"

"什么?"

"你的方案太让我兴奋了。它非常适合我们,因为我们需要跨越成绩鸿沟。我去找了校长,说服她在学校里试点。我们已经拿到了预算,从今年秋天开始,每个孩子都会得到一台电子阅读器和四本完整版的书!项目收尾时,我们会反复进行阅读评估,获取一些运作指标。你难道不觉得很棒吗?"

我张大了嘴巴。"什么?"我又问了一遍。

"我们学校正在试点你设计的阅读课程。"她说,"还记得吗?时尚圈烧坏了你的脑子吗?"

"不!啊,我的意思是,时尚圈也许确实烧坏了我的脑子,但是我明白你在说什么。凯瑟琳,真是令人难以置信!"

"谁说不是呢。校长答应的时候,我简直不敢相信自己的耳朵。多亏了上个周末咱们的会议,这个方案才能推行。它太适合我的学生们了,我觉得一定要试试!我现在能给你提供公立学校的实验数据了,你可以申请到大笔资金补贴,在数十所学校里推广!项目结束后,如果可行,我们就请求在整个学区试点,或者先把方案卖给特许学校,从那里开始,要么就——"

"这只不过是我在我们那个小私立学校里想出来的微不足道的小主意。"我目瞪口呆地说。

"不再微不足道了。再过十分钟,我给你发电子邮件,说明一些我在执行时需要你指导的地方。你能帮我开展这项工作吗?我今年夏天需要非常多的帮助。"

"当然!我很荣幸!"

"我预感这件事能成。"凯瑟琳说,"我觉得,咱们能给一些非常好的孩子买到一些非常好的书。"

我想到了科莉和她的阅读作业。为了找到她感兴趣的那一本书,我几乎给她尝试了无数本。原来这些努力都是值得的。"我会尽一切努力实现这个目标。"我说。

"好的,还有更多的目标。好好享受你的时装表演吧!"她挂了电话。我傻傻地站在那里。

"一切都还好吧?"再次出现在我身边的马特问。

我呆滞地向他眨了眨眼,随后露出微笑:"都很好。老实说,我突然想庆祝一下。还记得我昨天跳过的切尔西市场午餐吗?你为这篇报道还安排了哪些活动?我能体验下昨天取消的行程吗?"

马特的笑容很有传染性:"我相信你能。我去安排你的行程,重新做一些预订。"

他一溜烟跑了,门在他身后关上的瞬间,四个年轻女人开始在地上爬来爬去地调整灯线。其中一位突然站起来向前走了几步，远离另外几位，又突然停住，风情万种地向后张望。其他人纷纷掏出苹果手机，对准她拍照。然后她们又开始换人、换位置拍照。

她们轮流互相拍照，调节灯光，整理发型和妆容，对比照片效果。我十分好奇地在旁边观望，脑子里还在胡乱想着我的阅读项目，最近几天的见闻，我马上就要回家了，但夏天远远没有结束……最后完全忘了时间。

马特回来时，那几个年轻女人急忙走到门口。"好了。"他朝她们做了个解散的手势，"你今天接下来的行程非常精彩，你的漂亮发型绝对不会白做。"他对我说。

"马特，那是什么？"我指着刚才那几个女人站过的地方问。

"什么？"他问。

"刚才那几个二十出头的女人，给自己拍了一百万张照片，她们是模特吗？"

马特笑了："哈！模特？不，她们是编辑助理。"

"那为什么？"

"拍照？因为今天工作室灯光都调好了，她们利用这个机会自拍。"

"但她们为什么给自己拍那么多张？"我问，我觉得自己仿佛错过了最大的一块拼图残片，"现在的人都这样吗？"

"噢！嗯，大概吧。不过，她们互相拍照，是为了上传到约会网站！"他笑了，"你必须准备一些很棒的照片，才能在约会平台交到好运。不能只有在人多的酒吧里拍的那种光线昏暗的照片！"

我茫然地看着他。"那些年轻、漂亮、专业的女人还要……在网上找约会对象?"我问,"为什么她们不用常规方式认识男人呢?"

"什么意思?常规方式?"他困惑地问,"所有类型的单身女性都可以在网上约会。"他对我说,仿佛我的脑子跟不上,"纽约的所有单身人士都在网上约会,这是迄今为止唯一的约会方式。"

"哦,"我说,尽管我还是有些疑惑,"所以,如果我想约会,我需要准备在线约会资料吗?"

马特的眼睛里闪烁着危险的光芒:"当然。你想约会吗?这可是会给我的报道增加很多猛料哦。"

我高深莫测地微笑着,把所有关于约翰的念头赶出脑海,专注于回忆那天早上我在酒店房间亲吻丹尼尔时脚尖的美妙感觉。"我只是可能想约会。"我告诉兴高采烈的马特,"谁知道呢,马特,谁知道呢。"

周日,我在宾夕法尼亚的艾伦镇下车时,我的孩子们根本没打算扮酷,他们俩同时冲过来拥抱我。科莉不停赞美我的新面貌,还说她担心布莱恩会看上我,然后她邪恶地冲我一笑。唉,还是原来那个科莉。

仅仅一周,乔就变得不一样了,个子似乎更高了,还比以前稳重了,一副泰然自若的模样。他说他想我,我比他爸好,然后又炫耀他俩在一起做了什么。起初我既有点想让他们为了争夺我的注意力而吵架,又希望他们愉快相处。但几分钟后,希望孩子们快乐的念头就占了上风。我发现约翰说得对:他们在他面前很放松,愿意享受生活。没有压力,孩子们变得更有安全感也更开朗。我对这一周最大的担心消除了。

我建议当晚大家一起出去吃饭——两个孩子、约翰、我。回家路上,他们坐在车里,眼睛亮闪闪的。我觉得我得稍微提醒他们,不要妄想撮合我和他们的父亲。"强扭的瓜不甜。"我告诉他们,其实也是对我自己说的,"什么时候都行不通。"然后我们就回家洗衣服、聊天。

到了晚餐时间,我做出了决定。好吧,当我回来看到乔的时候,我的决定就已经做好了,不过直到现在我才想好该怎么跟孩子们说。我们上了车。我一边把车倒出车道,一边问他们愿不愿意今年夏天和他们爸爸多相处一阵子。顾及我的心情,他们非常体贴地没直接欢呼,但兴奋之情溢于言表。"我也可以在泳池工作吗?"科莉问。我说是的,只要她别忘了涂上厚度令人尴尬的防晒霜、穿防护服。"我能和我爸去航天夏令营吗?"乔问。我说,他们俩愿意实现多少书呆子计划都可以。我找了个地方把车停好,拉起两个孩子的手,来回注视着他们的眼睛,说:"你们也要知道,这个夏天结束时,你们爸爸很有可能不得不离开。"

乔垂下脑袋,科莉严肃地点了点头。"我们知道,妈。"

"你们真的知道吗?"

"是,我们知道。"科莉说。

"你们也不要觉得自己有能力控制他留下。"我说,然后再次发动汽车,继续往前开,"不管今年夏天你们有多快乐,过得多么好,对他的要求多么低,也不管他是个多么有本事的爸爸,你们相处得多愉快,你们都没有任何资格决定他的去留。"

科莉翻了个白眼,这种话她听多了。但乔满怀希望地看着我。"那么谁有资格决定?"他问,"是你吗?"

我叹了口气。这个问题刺痛了我,而且它的答案更糟糕。"不,"我尽可能实事求是地说,"是你们爸爸。别忘了,他在另一个地方工作,他在那里有自己的生活。他爱你们,很明显,但这并不意味着他可以或者将会留下。"

乔皱起眉头:"你总说,爱不是一种感觉,而是一种行动。"

"嗯,他此刻的行动是待在这里,试图在这个夏天满足你们一切贪婪的渴望。无论是谁都会很自然地想要抓住这个机会,你们不必为此感到内疚。"

"哦,我们正在这样做,抓住机会。"科莉说。

我无奈地笑笑:"你可真是我的小机会主义者。应该由你来告诉你爸,他可以给你们买今年的校服和学习用品了。"

"你在开玩笑吗?我已经告诉过他,他必须偿还你三年来给我们付出的私立学校学费。让他买学习用品什么的仅仅是一个开始,我还有更宏伟的敲诈计划。"

我摇了摇头:"科莉……"

"这是我们应得的,妈妈。"乔说,"而且,你可以用收回来的学费带我们去哈利·波特主题乐园!"

"噢!"科莉叫道,"没错!我可以带上崔妮蒂吗?"她抓起手机,我只能祈祷她不会真的马上给崔妮蒂发消息。"还有——等等。"科莉突然安静下来。

"这是什么?"

"妈,你看。"她把手机屏幕往我眼前一推,试图阻止我看路。

"住手,科莉!我得开车。"

"是你!"她惊呼,"乔,你看!"

他从后座探过身来,接过科莉的手机,划了几下屏幕。"噢,我的天,太尴尬了。"他说,"虽然我已经适应了,但还是觉得恶心。"

"什么?什么尴尬?"我慌张地问。

"闭嘴,乔。"

"好了,我要停车。"我打开停车灯,驶进路边的车位。

"把手机给我,乔。"科莉咆哮。

"等等,我在看转发。呃,妈,你快成性感偶像了,我要吐了。"

"把手机给我!"我大喊。

"妈,你没有自己的手机吗?"科莉问,"看看你朋友塔莉亚的主页。"

我拿出手机,试图在浏览器里打开网址,找到塔莉亚的主页,与此同时,科莉和乔一直在既吃惊又激动地交换着意见。最后,科莉忍无可忍,一把夺过我的手机,打开一个我根本不知道自己手机上有的软件,让我看屏幕。

@ 纯美塔莉亚 转发了:

@ 纯美杂志:

想看更多疯狂热辣的单身妈妈、女超人艾米·拜勒的照片吗?
请关注本刊七月二十六日推出的八月特辑 # 母亲假专题报道 #

"母亲假是什么鬼?"乔问,"哇,一堆人突然都在转发这个。呃……妈,有几个男的想……跟你认识一下。"

我点开话题标签。果然，一小撮用户正在讨论去哪里休母亲假，以及她们多么需要一个这样的假期。没错，两个男人主动提出……呃，要好好招待我。

可是照片……

噢，那些照片。

"妈，你看起来特别特别性感，"科莉说。她趴在方向盘上看着我的手机。那些照片……很美，里面的那个深褐色头发的女人安静而自信地望着镜头，嘴角微微上翘，似乎在想：趁家人不在，她要搞点儿什么样的恶作剧。她的眼睛闪闪发光，双唇略微分开，仿佛正在认真地考虑要不要让你坐在她身边。我不相信她就是我。

当我敬畏地注视着自己时，我的手机发出了鸟叫声，是主页提醒，有人要加我好友。对方的头像很小，但名字写得很清楚：丹尼尔·成。性感的年度图书管理员，他想和我互关。附加信息是："你在黎明时分把我踢下了床，找到你的唯一方法就是追踪热门话题，现在我知道白马王子是什么感觉了。"

好吧。

这出乎我的意料。

真令我吃惊，我发现自己并非不受欢迎。

"孩子们？"我问，语气非常平静，以至于迫使他们不再围着科莉的手机兴奋地叽叽喳喳，全都抬头看着我。我转过身去，面朝两个孩子，让他们能清楚地看到我的表情，知道我接下来要说的话不是开玩笑。"今年夏天你们和爸爸在一起的时候，妈妈去纽约待一阵子怎么样？"

# 第十一章

艾米：

这是我提过的夏令营申请表，孩子们一定会玩得相当开心。

也希望你在纽约度过一段美好的时光。我承认，当我们第一次讨论让孩子们整个暑假都和我在一起时，我考虑过让你待在离我们只有五分钟车程的地方，万一出现了我应付不了的问题，我可以向你求助。但这对你不公平。信不信由你，我真的很希望你开心。

又及：通过电子邮件谈论这个问题很尴尬，但我不认为给你打电话的效果会更好。所以……我想让你知道，我和玛丽卡结束了，很久以前就结束了。我刚刚收到了信用卡账单，弄明白了是怎么回事。没及时把她的卡从账户中删除，很可能给你带来了压力，对不起。我昨天已经把遗留问题处理好了。无论如何，这种关系是……畸形的。我会保持单身，从现在开始，把多余的精力花在我的家人身上。

好了！在纽约玩得开心！代我向塔莉亚致意！

约翰

当我告诉塔莉亚我想回纽约时，她表示这简直棒极了，因为她需要尽快找个保姆。她还说，当你尝试在生活中迈出积极的步伐时，作为对你的奖赏，整个宇宙都会为你铺平道路。我问她，她正在迈出哪些积极的步伐，她说："我说的是你，傻瓜。"我想起约翰的电子邮件，是宇宙让他跟玛丽卡分手的吗？假如真是这样，我非但不会觉得感激，甚至还更加困惑了。

"这个夏天，宇宙为你提供了一套一居半室的公寓，供你独自享用。宇宙似乎为我安排了不一样的东西，"塔莉亚补充道，"炎热和汗水。"

她说，《纯美》南方分社的业绩非常糟糕，"广告销售人员说，我们太不接地气了，我们需要更好地呈现一个'真实的美国'。"

"哪本时尚杂志能呈现出'真实的美国'？"我问她。她说："我也是这么问他们的。他们说，要带领精英团队去迈阿密，就好像那里更真实似的，然后在那边制作冬季的三期杂志，还要举办杂志活动。"我能看出，她不怎么喜欢这个主意。她爱纽约，也许还认为文明的尽头止于哈德逊河。

"你可以试试，"我调侃道，"说不定还会喜欢上那里呢。"

"也许吧。"她说，"但我不在纽约的时候，各类顾问会在办公室称王称霸，研究让杂志赚钱的办法，他们提出的方案很可能跟杂志本身完全无关。"她解释道，"留给纸媒的时间不多了。这次出差意味着，无论《纯美》接下来走向何方，我负责的纸质版发行部门可能都要被排除在外了。"

我变了脸色。"那你怎么办？"我担心地问。

塔莉亚对我眨眨眼："别担心，艾米，我总可以打电话给西蒙。"

想起她那个富得流油却单调乏味的前男友,我的眉毛抽了抽。她得意地笑了。

"我有合同,我会全身而退的。业务全面转向线上在所难免。只要音乐没停,我就继续蹦迪,直到最后一秒。"

我摇了摇头:"别走,留下来捍卫你的杂志吧。"

但她还是收拾行李准备离开,答应会回来陪我过一个周末,还安慰自己说:"反正没人愿意在纽约度过八月。"她又笑着对我补充,"好吧,艾米·拜勒除外。"就这样,她走了。

了解到塔莉亚的工作也并非铁饭碗,我大为震惊。我总觉得塔莉亚的人生在各方面都堪称完美。她似乎确实把单身无孩的生活经营得相当美好,但她同样无法完全主宰自己的命运,在这方面,她的自由度甚至比不上我。她也要听命于人,戴着镣铐跳舞,只是舞技比大部分人高超许多而已。

于是我突然成了纽约的孤家寡人。作为单身家长,你每天连续独处的时间通常不会超过三小时,这听起来像是好事,但也略微带点儿诅咒意味。在那些难得不用陪伴孩子的夜晚,我会出门见见莉娜或者其他朋友,喝着酒聊个不停。假如科莉晚上不在家,我会和乔一起看比赛,或者批改作业,乔和他的朋友们则在一旁吃比萨,玩"工人物语"。如果乔周六去了朋友家,我和科莉就去电影院看那些乔看完开头就会睡着的片子,要么开车送她到什么地方去。假如我没颁布宵禁政策(周末以及节假日除外),科莉每天晚上都会出去,好在乔是个宅男,我总是有人陪伴。

所以,这还是我第一次完全孤独。如果我愿意,一整天都不用跟任何人说话。我可以不被打断地考虑问题。是时候反思了。

或者……

是时候让自己开心了。我要锻炼身体，练得身体里全是内啡肽，在布鲁克林寻找最好的贝果面包，在市中心的人行道上吃午餐喝白葡萄酒，拜访这座巨型城市里的每一家漂亮的图书馆和书店。

我可以顶着新发型，穿上新衣服出门探险，心安理得地在苏荷区逛商店，和咖啡师打情骂俏，在公园看书，我还可以……

这个夏天，我可以为所欲为。

哇。

意识到这一点，我吃惊地在塔莉亚的客房床上翻了个身，心想：好吧，艾米。既然有了这么多自由，我想干的第一件事是什么？逛唐人街？参观大都会博物馆修道院分馆？乘渡轮去史坦顿岛？

不。不。不。我的待办事项第一条，其实是一个人的名字。

他是个非常性感的图书管理员。

说到给丹尼尔回消息，我最初的反应是，这跟我回复十几岁的女儿没什么不同。我完全可以咨询莉娜、塔莉亚、科莉，甚至还有马特，请他们帮我解读丹尼尔发来的私信，推演出成千上万种不同的回复方式。不过，一件既安静又确定的事也在为我指引方向：跟丹尼尔约会的第二天早晨，撵走他后，成就感和羞耻感同时缠上了我，其间还夹杂着一丝恐惧。

现在情况有所不同：我不会只在纽约待一周，而是停留将近三个月。我有时间去做我想做的一切，那位性感的图书管理员正是我的心之所向。我敢肯定，实现这个愿望是绝对安全的。丹尼尔的孩子在纽约最好的高中读书，他的工作也很了不起，因此不会对我的情绪稳定造成威胁。我们建立长期关系的可能性为零，如果他对我感兴趣，他就是我发展夏季露水恋情的首选对象。

所以，我既没有矛盾万分地思前想后，也没找其他趣事分散注意力，而是像个成年女人，毫不拖延地直接给他回应。我打开他上次发的消息："你在黎明时分把我踢下了床，找到你的唯一方法就是追踪网络热门话题。现在我知道白马王子是什么感觉了。"

然后我输入："对不起，王子殿下，可那天晚上过去后，我觉得非常害怕，因为我们两个不可能——我要回宾夕法尼亚，而你在纽约。不过后来我的计划有所改变，我打算在布鲁克林过完夏天。你能原谅我吗？"

我按下回车键，合上笔记本电脑，以为我可能需要等上好几天才能收到回复，然而十分钟后，手机上就收到了个人主页的消息提醒。丹尼尔回答："同意。完全不可能。但你在纽约时，我们可以一起找点乐子。另外，对于你的'灵活分类法'，我有很多想法。上西区有家安静的小书吧，我们下周在那里见个面？"

既然他直来直去，我也没必要扭扭捏捏。

"没问题。"我写道，"发给我时间和地点。"几分钟后，我又补充道："等不及了！"

瞧见没有，作为精于世故的老油条，我可以漫不经心地跟我打算收为床伴却不发展正式关系的男人商量行程计划。我是现代女性！我是格洛丽亚·斯泰纳姆、海伦·格莉·布朗以及《欲望都市》里那个充满魅力的角色的混合体！

但是当我们见面时，我精心安排的所有计划都会流进下水道。

"已故作家"是个长条形的酒吧，店堂狭窄而深邃，里面有张台球桌，几乎没留出抽杆的空间；一台播放 AC/DC 和破碎南瓜乐队老歌的破旧点唱机；三张高脚桌，其中一张摆在前面，后两张靠里放着。天花板是用撕破的小说书页拼起来的，远远看去，上面似乎扎了些铅笔和飞镖进行固定，我也不知道这样是不是牢靠，但至少目前还没有任何东西掉下来。天花板太高，我看不清上面贴的是什么书，许多书页正中还被扎破了。不过这里的深色原木大吧台的底座似乎是个书架，我走过去的时候，脚踢到了一排书。我随便抽出一本，发现那是一本破破烂烂的《麦田里的守望者》。呃。我又抽了一本，还是《麦田里的守望者》，只不过封面和印刷日期不同。我忍不住爬下吧台凳，看了看书架最上层的那排书——据我估计，其中的 75% 是《麦田里的守望者》，另外 20% 是《弗兰妮与祖伊》，其余的 5% 似乎是大约三十年前出的一些没用的书的随机组合，比如钓鱼指南、教堂食谱、哥特小说。

哈。嗯，好吧，我想我会读一读《麦田里的守望者》。我翻开书，读了经典的开头第一句，然后便默默地哀叹一声，两眼望天，盼着丹尼尔早点儿出现。听起来可能有点儿亵渎名著，但我不会把这本书布置给学生们读了。在我看来，它经不起时间的检验。假如现在在我面前放上一本《大卫·科波菲尔》，我能坐在酒吧里一口气读上四个小时。我拿出日记本，写了一行"《壁花少年》与《麦田里的守望者》之对比"，然后是："《大卫·科波菲尔》的现代改写？"希望这些条目能在我八月备课时有所帮助。

又过了一会儿，酒保来找我。"你想要点儿什么？"她问。我意识到自己已经在这儿坐了十分钟，却连一毛钱的凳子租金都没出，于是望向她身后那堵酒瓶组成的墙。啊哈。一整排不同的黑麦威士忌。这下子好办了。"我想要曼哈顿，"我说，"因为我只认识这一种黑麦威士忌。"

她向我微微偏了偏头："你喜欢的任何含有麦芽威士忌的饮品都有可能是黑麦调制的。"

"哦，是吗？比如威士忌酸酒？"

"没错，而且它的制作方式很经典。你想试试哪种黑麦？"

我耸耸肩："给我个惊喜吧。"

她取下一只漂亮的瓶子和一个小酒盅，倒了一点儿让我尝。"哨子猪。"她说。

我抿了一口，忍着咳嗽向她点点头。"好喝。"我扯谎道。味道就像洗甲水和焦糖酱的混合液。"这是你的酒吧？"

"是的。"

"2010年开的店？"

"……是。你怎么知道。"

"店名是'已故作家'，塞林格2010年去世。"

她指着一块告示牌对我说："你刚刚给自己省下了四美元。"

牌子上写着——欢乐时段：晚七点前，书呆子享有半价折扣。

我笑了。"你怎么知道谁是书呆子？"我问她。

她在我面前搁下一杯酒："书呆子的特征太明显了，一眼就能看出来，难不成你还想往自己脑袋上贴个标签吗？"

就在此刻，丹尼尔走进酒吧。我的心漏跳了一拍。"我觉得可以。给刚来的那个帅哥也贴个标签吧。"我说。

她冲我眨眨眼。"天哪，这是个性感的书呆子。"她说，"玩得开心。"

丹尼尔拖出我旁边的凳子。他穿着一条牛仔裤、一件朴素的砖红色 T 恤,胸前挂着一只大大的邮差包。他的衬衣肩膀那里显得有点儿紧,腰部又有点儿松。他看起来像是 CW 电视台制作的一部群像剧里的那个父亲角色。简而言之:像是梦里走出来的人物。

"对不起,我来晚了。"他说。我不知道我们该拥抱还是接吻,或者随便打个招呼。也许还是别接吻了。我朝他伸出一条胳膊,但吧台凳之间相隔太远。最后,我们只能尴尬地击了个掌。我紧张地笑了几声。他真是帅啊。

"你来得正好。"恢复了镇定的我说,"我给咱们争取到了半价折扣。"说着我朝"欢乐时段"的告示牌挥了挥手。

他微笑着点点头:"辛苦了。往这儿走的时候,我本打算提醒你来着,免得你故意假装自己不是书呆子,享受不到折扣。可又转念一想,这样的危险应该几乎没有。"

"哈!真是谢谢了啊。"

"对你来说,邀请你逛一天书店就算是色诱了。"

"我可没被色诱。"我说,然后我想了想,又说,"好吧,也许是被色诱了一小下。"

丹尼尔挑起嘴角,朝我微笑。"艾米。"他说。

"什么?"

"很高兴再次见到你,很高兴我找到了你。"

"我也是。"

"你能实话实说,我也很高兴。我们之间不可能有什么……这种话说出来会让人心情好一些。你在一个地方有自己的生活，我在另一个地方也有自己的生活。浪漫不是其中的选项。"

"好吧，"我说，"是的。等等，难道不是吗？"

丹尼尔奇怪地看着我："夏天结束后，你要回宾夕法尼亚，对吧？"

我点点头。"对，是，但还有几个月呢。"我突然觉得自己很愚蠢，"所以我只是想……"我想什么？让我们在这个夏天来一场露水恋爱，在我回归现实生活之际挥手作别？他听了应该不会高兴吧？

"我的意思是，我不想只在这个夏天谈恋爱。"他仿佛读懂了我的想法，"我难以接受。"

"真的？啊，我是说，没错，你说得对。"我已经弄不懂谈话的走向了，"除非……你知道，我认为是你先暗示我们可以约约会的，这段露水恋爱是由你开启的，我觉得我们要尊重事实。"

"没错，事实至关重要。"他打趣地说。对于这种绕弯子式的讨论，他似乎一点儿都不觉得别扭，反而乐在其中。"可那个时候，我根本不知道你在休母亲假。"

"噢，那时我也不知道我在休这个假。"

他笑了，哪怕进行着如此枯燥无味的对话，他的微笑也依然那么迷人。"而且，请原谅我粗俗，我那时候还不知道我们之间会有这么好的……"他的两只手慢慢靠拢，做了个怪异的动作，"你知道，客观地说。"

我的脸开始发烫："你是说，高于平均水平，对吧？"我最近没有多少可供比较的参照物。

他仰起脑袋："远高于平均水平。无论如何，在我看来，如果遇到一个能让你拥有如此完美体验的人，那就绝对不能只是跟对方'随便约个会'，否则还不如分手。"

我叹了口气。我猜他的意思是"分手"。"可你为什么又在社交网络上给我发消息？"我问。

他皱了皱眉："当然是为了和你保持联系。"

"作为朋友？"我问。

"没错，很对，一起喝喝鸡尾酒什么的。"他朝我举起酒杯，"聊聊书，享受彼此的陪伴。"

"我们上次不就这么做的吗？"我说，"可后来发生了什么？"

他用力点了点头："说得好。所以我们今后需要注意，千万不能随随便便就脱衣服。"

"或者……"我简直不敢相信自己脱口说出了什么，"我们也可以顺其自然……"

丹尼尔似乎变得清醒了一点儿，只听他说："不，说真的。我从来没遇到过一个跟我有这么多共同点的女人，而且她……"他的声音越来越小，"等你回了家，回到你的家人身边，我就被抛弃了，我不想受到那样的伤害。"

我能看出他是认真的，所以尽管很失望，我还是决定退让："好的。那就穿着衣服吧。当然可以。"

"这个夏天，你可不能再把我从酒店里撵出去了。"他开玩笑地说。

不行吗？我想。"那样可不好。"我违心地说，"而且我还需要你给我的阅读项目提建议呢。"

他咧嘴笑笑："真的吗？我太高兴了，因为我有很多想法。我把笔记本电脑带来了，里面的建议多得都快装不下了。我们找个有桌子的地方探讨一下？"

想到我今天穿在休闲针织连衣裙里面的那条漂亮的花边内裤，我不由得暗自叹息一声。"当然，是得好好研究。"我尽可能用"只是朋友"的语气说，"探讨一下我们的……业务知识。"

我们拿起饮料，挪到吧台和台球桌之间的一张高脚桌旁。丹尼尔打开笔记本电脑，向我展示列有一大串书名、版权状况、难度级别和中心主题的电子表格。接下来的一小时，我们讨论了教学心得、阅读水平和经典书籍，整个过程中，我的两个脑细胞私底下吵了一架。脑细胞一号绝对是个反派，它一直在喊："怎么回事？这两人不是应该约会吗？"

脑细胞二号说："小点儿声。太棒了，一段浪漫的恋情没戏了，他不会是唯一的受害者。"

脑细胞一号气鼓鼓地说："真浪费。瞧瞧他，在纽约，他能得八分，也许九分，或者八点五分。在宾夕法尼亚，这相当于四千分。"

脑细胞二号坚定地表示："他太吸引人了，太聪明了，太体贴了。她可以跟随便什么人谈露水恋爱，但最好是和他保持朋友关系。"

脑细胞一号："哼，朋友！我记得莎士比亚好像说过：'哪怕只上过几次床就分手，也比一次床都不上要好。'"

脑细胞二号："你还好意思说自己是图书管理员？回炉重造去吧！"

"我需要，"我突然听到自己大声说，"一本关于神经病学的书。"

我的两个开小差的脑细胞彻底闭上了嘴。丹尼尔困惑地看着我。"对不起，"我说，"有些问题想不通。"

他了然地点点头。太好了，他根本不知道我在说什么。"我明白，我一直在考虑，可信不信由你，我觉得这就是我们的突破口，你瞧：五种不同的毕业阅读水平分类，覆盖了你的所有主题。如果我们能搞到免费使用许可，或者找到资金让我们从出版商手中购买，就会有足够的资源来实行更大范围的试点计划。我们只要放出消息，特许学校和私立学校就会排着队请求加入试点。"

"问题是，"我不服气地说，"即便学校付了电子书费用，也至少会有四分之三的学生读完第一章就放弃，阅读率没法提升。更不要说，多数学校连足够的电子阅读器都没有。穷学校怎么和最富裕的学校竞争？假如我们不在富裕程度较低的学校进行试点计划，怎么知道我们的方案是否能真的帮到需要帮助的孩子们？"

丹尼尔皱起眉头。"也许……"他说，随即又退缩了，"你说得对，城市学校很穷，而我们已经有一百本《红字》了。"

"还真是功德无量啊。"我说，"可我讨厌《红字》。"

丹尼尔笑了："小点儿声，要是被坏人听见，有些教学法死忠粉会强迫你在衣服上绣一个代表'异端'的'H'。"

我得意地说："丹尼尔，你可能看起来很酷，但内心深处还是个和我们一样的书呆子。"

他来了精神："你觉得我看起来很酷？"

"是的。"我说。

"你想和我做点儿很酷的事情吗？"

"比如说？"我问。

"纽约的夏天，"他说，"选择是无止境的，但我在想……"

"什么？"

"看！"他夸张地叫道，从前胸口袋里掏出两张票，"喜欢棒球吗？"

我睁大了眼睛。假如让我安排，今天绝对不会去看什么棒球赛。可现在我仔细想了想，在这个晴朗美丽的纽约夏夜，似乎再也没有比坐在花旗球场，跟这个魅力十足的男人一起喝喝淡啤酒、吃吃热狗更完美的活动了。我的那个比较善良的脑细胞二号肯定在暗中帮了忙，因为我想通了只和丹尼尔做朋友的理由。我还没离婚，因为比较愚蠢和没用的那一小部分自我不同意离婚，所以我暂时还不能卸下那个名为"我有丈夫"的思想包袱。虽然我可以和任何人约会，但跟丹尼尔这样的体面人做朋友同样意义非凡。

"我觉得，棒球为我们提供了和新朋友去户外坐着晒太阳的借口。"我说。

"你戴着大都会队的帽子一定很迷人。"他说，"艾米，真高兴能遇见你。"我笑了。

我的嘴有点儿干。"我也是。"我说。

"我早就需要认识一些新朋友了。"他说，"但我是单身父亲，得抚养一个十几岁的孩子，工作也很忙，几乎没有交朋友的机会。然后我就遇到了你，你在休母亲假——"

"没这种假，"我说，"这个词是我朋友为了卖杂志编的。"

"你在休母亲假。"他重复道，仿佛我刚才什么都没说，"你爱你的孩子和你的书，跟你沟通容易极了，而且你也喜欢棒球！"

我摇了摇头："我不喜欢棒球。我的意思是，我可能会喜欢棒球，但我不确定，因为我从没看过棒球赛。不过我喜欢尝试新事物，我也喜欢在今天这样的日子里去外面坐坐。"

**我喜欢和你去做这些事，我想。**

"对我来说足够好了！"他宣布，"我会给你买花生和爆米花。好吧，"他承认，"要么买花生，要么买爆米花。我毕竟是公立学校的老师，我们不能发疯。"

"是我们不想。"我笑着说。

位处第五大道的一家百货公司的地下楼层，有一间茶馆。女士们喜欢去那里吃午餐，菜式有糯米虾球、芝麻菜饺子，以及其他美味无比、让人永远吃不够的食物。多亏了杂志社给报销费用，重返纽约之后，我和马特又去过三次。店里常常挤满了媒体人，他们乐意付出十卡路里一美元的餐费。有时候，步行回杂志社的路上，我还会吃街上买的咸脆卷饼配芥末。

在我狼吞虎咽价值二十四美元的海带七谷杂粮粥时，马特说，他在缤趣网上设置了一个钉板，上面罗列的全是适合约会的对象。

"噢！"我叫道，我已经跟马特混熟了，知道在这种情况下应该少说些夸奖他的客套话，直奔主题，"我能看看吗？"

他把手机递给我。帅哥的海洋，可他们的年龄基本都在三十五岁到五十岁之间。

"马特，"我庄重地说，"你应该知道，这些男人对你来说太老了,对吧?"

马特被嘴里的海参噎了一下。"这些家伙?"他咳嗽着说,"给我?不。况且我已经有交往对象了。我是帮你弄的。"

"呃……"我说。我的大脑开始疯狂计算马特推荐的那些帅哥的价值,其中有几个性感得要死,跟这样的人约约会不好吗?

可是,得了吧,艾米,严肃点儿。"可惜我不愿意跟完全不认识的人约会,更何况挑出这些人的那个家伙才和我认识了两周。"

马克耸了耸肩,收起手机。看到他一副无所谓的样子,我有点儿慌。也许我确实想再看看其中的几个可爱鬼的照片?以防万一?"好吧,"他说,"那你夏天有什么计划?和那个图书管理员约会吗?"

我瞥了他一眼。"我夏天的计划是——帮你老板看房子,直到她回来。为我的阅读项目选书,联系作者,问问能不能免费使用他们的作品节选。"我打开"清单"软件,给马特看我的书单有多长。

"大概有三十来本。"马特说。

"你说得对,也许还要添加更多。"我笑着说。

"你有这么多书,很可能需要找人帮你把它们搬到架子上,比方说……性感的图书管理员?"

我耸耸肩:"告诉你吧,我和性感的图书管理员约会了,我们决定'只做朋友'。"

马特若有所思地歪了歪头,问:"他凑近了看是不是没那么性感?"

"唉,他凑近了看更性感。他又高又黑又帅,韩国的希刺克厉夫，图书管理员中的性感之神，迷死人的爹地，我愿意和他……你懂的。他帅得就像舌尖上的香槟松露。"

"哇！那你为什么不和他……你懂的……呢？"

我叹息道："说实话，我真的很想和他'你懂的'，立刻，马上。可他建议我们只做朋友。因为我们生活在不同地方，而且我眼下只是在休母亲假……他很可能是对的，因为他并非只有一张帅脸，而且可爱极了，他几乎和我一样喜欢书，我们有许多共同爱好和价值观……"我想起自己和丹尼尔相处时多么轻松自在。想起看球赛时，他不动声色地用极为巧妙的方式探询我的过往，我不知不觉说出了约翰离开的事，还有那之后我经历的痛苦和艰难，想起他在击球手三球两击的关键时刻放弃关注比赛，转过身热切地看着我，说："艾米，你熬过了这么多困难，你是个坚强的人。"这一点点的赞美和他眼睛里的温柔，让我觉得自己真正被人理解了。

我们之间黏着一道危险的魔咒。"假如我们顺其自然，夏天的结束就意味着致命的打击。"我说。

马特皱起眉头："唔，所以你们要保护自己？"

我点头。

"但是你仍然打算跟他做朋友，一起相处？"

我又点头。

马特做了个鬼脸。

"怎么了？"我问他。

"我觉得你最好还是看看我的缤趣钉板吧。"

我摇了摇头："我不需要约会。我有一张精彩的行程表，还认识了两个本地的新朋友,当我需要伙伴时,可以叫上他们。"我亲切地朝马特歪歪脑袋,他是我的一号新朋友。"另外,我很喜欢你送我去上的瑜伽普拉提组合课,所以我绝对每周都要去几次。我还打算加上动感单车课。现在还有这种健身课程吗?乔出生之前,我很喜欢室内单车来着。"

马特越过桌子握住我的手,看着我的眼睛,严肃地说:"飞轮。"仿佛在告诉我永生的秘诀。

"动感单车现在叫这个了吗?"

他嗤笑一声。"飞轮不只是动感单车,还是音乐、灯光、竞争和挑战的结合……是充满启示的健身方式,会彻底改变你的内在和外在。"他的语气渐渐变得平静而敬畏,但接下来他突然叫道,"今晚就有课,六点半!"他顿了顿,打了个响指,"我们得给你买双鞋。"

"我不需要特殊的鞋,我可以穿运动鞋。"

"还有骑行装备。"

"你说的真的是固定单车吗?"

"快点儿喝你的粥。"他说,"我两点必须赶回办公室。我们只有一个小时的购物时间。"

我吞下半茶匙的牛油果肉和野生稻米,马特的拇指疯狂地在手机屏幕上划动。

"你在干什么?"我问他。

"直播你的母亲假。"他愉快地说。

我翻了个白眼:"不会有人想听我的健身方案的。"

"噢,是吗?"他反问,把手机拿给我看,"点击话题标签。"

我照做了，然后我看到人们在谈论#母亲假#，说得具体一点，就是她们非常想要这样的假期。

"哈。"

"人民的呼声。"他说，"她们想要母亲假。你开启了一个话题，我的工作是让这个话题继续下去。"

为此，马特和我赶到他办公室附近的一家运动用品商店。店里陈列着几英里长的高端氨纶和不锈钢制品，还有许多光可鉴人的器械。马特让我坐在靴鞋区，对售货员叫道："禧马诺，七号。"然后对我说，"我去去就回。你有运动胸罩吗？"

我朝他微笑，第一次在服饰方面有了自信。"我是这方面的专家。"我说，同时竖起了大拇指。实际上，来纽约之前，我拿得出手的家当几乎只有运动胸罩。

我试了一双低调的硬底骑行鞋。大约过了两分钟，马特回来了，手里抓着一大把衣架，上面挂着一些带弹力的灰色和黑色的东西。"鞋子怎么样？"他问。

"像怪异版的自行车鞋，但是合脚。我为啥不能穿普通跑鞋？"

"好吧。首先，你会从踏板上滑下来。其次，你穿这个看起来更酷。你不会介意摄影师今晚来飞轮教室拍照吧？"

我拉下脸来："我确实介意。自打把我儿子的大脑袋从我的小产道里挤出来，我就再没骑过自行车。为了适应，我要先练习。"

他挥了挥手，意思是"没问题"。"我们下周再拍，你慢慢适应。今晚我们只发短讯和快照。好了，把鞋脱了吧，我们去结账。我得上班了，否则我的语音信箱会被塔莉亚炸掉。顺便挑个水壶。"他指了指一个金属色泽的喷嘴式运动水壶。

"踩单车时,我可以往嘴里喷水吗?就像环法自行车赛的车手那样。"

马特笑了:"但愿吧,那样拍出来的照片会是艺术品。"

我们来到收银台,我表示要为装备付款,因为上周发生了奇迹,约翰把孩子们上学期的学费还给了我。"首先,知道了总金额,你会哭出血来。"马特说,抽出公司的信用卡,"其次,我还没花完母亲假的全部经费。"

我朝他皱起眉头:"但……"

"你不用跟我争,因为必输无疑。我们会拍摄很多你参加健身课的照片……还有其他的新活动,这些装备可以提升拍摄效果。"他说。听到"新活动",我威胁地眯起眼睛,但他无视了我。"你也注意到了,母亲假是热门话题。对于一本杂志而言,这样有助于提高销量——至少能提升我们的知名度的故事可遇不可求,难道连两件速干背心的价值都抵不上吗?"

"但……"

"你对我的事业提供了帮助,我还没感谢过你吧?"马特说,"还不快闭嘴,然后谢谢我?"

我笑着放弃了争辩,让他付钱。回想起刚才的对话,我问他:"还有什么新活动?钢管舞吗?"

马特笑了:"拜托,没人跳钢管舞了。"

我耸耸肩:"脱衣舞娘还在跳。"

"你说得对,不过我在考虑约会。"

我叹了口气:"好吧,我想我可以尝试约会,假如你推荐的人真的靠谱的话。"

"很好，很好。"马特点点头，拿起装备袋，我们往门口走，"可难道你不希望取样范围再大一点儿吗？"

我好奇地看着他："有什么意义？如果我看中了你推荐的人，就会和他约会。就算没看中，我也不急于给我的孩子们买一个后爹。"

马特引领我走向拥挤的人行道："除了狩猎丈夫，约会也可以为别的目的服务。"

"噢，但肯定不是狩猎你。"

"约会很有乐趣，"他说，"而且还能推销杂志……"

我投降般地举起双手。好吧，我也许太容易让步了。"好吧，安排几个约会，但必须由你挑人和安排计划，你还得帮我决定穿什么衣服。我只是露个脸。明白吗？"

"完全明白。每周安排几个约会，直到杂志付印。谢谢，艾米，你是个真正的甜心。"

"我可没同意那个，"我跟他说，"我说的是——"

"我会发消息告诉你今晚的飞轮课碰头地点。我和我的新姐妹，艾米，一起去上飞轮课。"马特说，"你会大开眼界的。"

"马特——"

"母亲假！"他大叫，然后他转身走进办公室，把那个深度怀疑自己已经登上妈咪末日贼船的我留在了大街上。

# 第十二章

亲爱的妈妈：

说出来你肯定不信，昨天是我在泳池第一天上班，干完活儿，我去图书馆借了本《双城记》。被你说中了，我爱它！读得停不下来。我开始一直喜欢洛杉矶，但最后芝加哥赢得了我的心，我对结局非常满意。

只是开个玩笑。我跟布莱恩和崔妮蒂去看了新的《速度与激情》。布莱恩叫上了他朋友，那家伙很可爱，叫道尔顿，这名字像是在假装富人的小孩。他上天主教学校，显然非常擅长运动，布莱恩和他的足球教练想让他停赛一年，去乡村日间学校读高中。布莱恩和他的兄弟们聊天时，道尔顿把我拉到一边，问我怎么看待这件事，我实话实说：那是个好学校，要是他努力学习，能在那里接受两年非常好的教育，可只要努力，无论在什么地方都能取得好成绩。我说，要是他想踢球，那就踢球。不要干坐一年，只是为了让一些有钱人高兴。

他说，有钱人很会说服别人。他说，他们经常邀请他参加派对，把他介绍给私立学校的女生。我说，我们私立学校的美女其实很保守，每天只知道学习。我说，要是他想高中毕业后从事体育这一行，明智的选择是不参加派对，专注于学习和训练。他问我愿不愿意和他成为学习伙伴，然后布莱恩回来了。

那天晚上我过得很开心。我很确定，道尔顿会留在他们学校，这对他来说可能是正确的决定。值得指出的是，除了我认识的男生之外，了解到这个世界上还有别的优秀男生，是一件很好的事。也许有一天，我会遇到一个知道永远都不该带我去看《速度与激情》的男人。

我还真敢做梦，对吧？

爱你。

你正在认真考虑上场比赛

（明白吗？是足球场，因为道尔顿踢足球）的女儿，科莉

没错，我现在有了两个新朋友，还可以跟莉娜和塔莉亚互发消息，而且纽约是个彻夜不眠的大都市，随时可以和我做伴，但独自在塔莉亚的公寓一连待上好几周，还是会让我坐立不安。这不是我的房子，房子里的东西也不是我的——这不是我的生活。

一个人的第一周，我给科莉发了很多消息，每晚都打电话检查乔的情况，让莉娜或者塔莉亚晚餐时和我视频，以免我独自吃饭。

但是莉娜昨晚告诉我，她会以教师代表的身份出席今晚的家校沟通会，而塔莉亚今天要和一些广告客户共进晚餐，乔和约翰得开车送科莉和布莱恩去电影院。所以今晚我一连上了三节飞轮课，满头大汗、筋疲力尽地回到家，但是完全睡不着觉，我从未

感觉如此孤单。

上课前，马特的人把我的马尾辫绑成了一个高发髻，化了个防汗妆，然后来了个摄影师，拍下了我假装在飞轮课上蹬车的照片，上课时又拍了一些照片。来健身的人对我产生了各种各样的兴趣和猜测，我感到自己有点儿像名人。飞轮课可能真的是一种"充满启示的健身方式"，但也特别地纽约化。语调奇怪的教练头戴摇滚明星同款耳机，播放着酷得没边儿的音乐，这种调调再过三年也不会流传到我的家乡。我们在人满为患的"运动馆"全力蹬车，老师说大家是超级巨星，我们的汗水在跳跃中飞舞，我感到自己美丽、坚强、无与伦比。可接下来回到塔莉亚的空旷公寓，我又觉得自己更像是欺世盗名的冒牌货。

我给自己倒了一碗麦片，然后开始驱动脑海中的车轮。我想，应该去洗个澡，然后到街角那家可爱的小意大利餐厅去，独自在吧台吃一大盘土豆丸子。我可以带上一本书。假如我表现得自信满满，就不会有人觉得我奇怪。

然而我还是继续往麦片里倒牛奶。我不是那种周五晚上可以自信地独坐在餐厅里的家伙，我是那种很可能会吃完这碗麦片粥，然后速干运动衣都懒得脱，九点就躺在沙发上睡着的人。

我提醒自己，在宾夕法尼亚，我也是这么做的，即便到了南极，我还会这么做。我得活着！这是我自己的母亲假！不对吗？

我打开笔记本电脑。自从在网上发布了我第一张精心打扮的"改造后"照片，马特就引来了一小撮很可能是疯了的男人，他们问我的联系方式，想和我约会。他要求他们发近照或者他们的在线约会个人资料链接，然后把材料转给我。他还从忠实的杂志读者那里获知了他们的想法：他们希望撮合我和他们的单身朋友。马特也有同样的打算。现在他给我分享了一些缤趣网上的个人资料包，我可以对它们的主人点赞或者点踩，就像在用 Bumble[1] 一样，他说。

我问："什么是 Bumble？"

马特叹了口气。

自从在那家茶馆浏览了一下马特的缤趣钉板，我就再也没多看一眼，因为我担心只是看看那些家伙都会让我心情不好。老实说，自从约翰离开以后，约会的概念已经极大拓展，达到了几乎能对我造成毒害的程度。除了性感的图书管理员，没人能让我产生再见一面的打算。约翰离开后，莉娜第一次建议我找人约会时，我跑进洗手间，锁上门，大哭了一场才出来。当时我把自己的反应归咎于经前综合征和恐惧，经过后来的反思，我猜这是因为在还没离婚的状态下出去约会，相当于无情地打破我的幻想，逼迫我面对我和约翰已经分居的事实，这是我无法忍受的。

好吧，现在情况不同以往，现在的我需要接受事实，向前看。所以我打开缤趣，找到马特分享给我的钉板，好好研究了一下。

结果让我非常吃惊：在家的时候，我已经三年没遇到过自己感兴趣的约会人选，而纽约的确是人才济济。马特推荐的二十个男人全部经过了他的审核，长相都过得去。他还附上了那些人的主页链接，我看到其中有医生、律师、艺术家和诗人，还有几个华尔街的精英，他们有着不同的文化背景、身材和种族特点。在

---

1. 一款交友应用程序。

主页照片里，可以看到他们在爬山，进行水肺潜水，拥抱可爱的孩子们。

第一轮筛选是最简单的。我排除了一个有四个小孩的男人（孩子多也可能是件好事，但与母亲假的精神背道而驰）、一个在个人主页上表现出来的政见跟我分歧比较大的男人、一个不戴头盔骑'哈雷'的男人（如果我想年纪轻轻就当寡妇，早就趁约翰睡觉时拿枕头闷死他了）、一个似乎是用喷雾把自己涂成了橙色的男人。我留下了十六个真正长得好看、有工作、愿意跟我约会的男人，简直像是恋爱真人秀《黄金单身汉》的中年特别版。

"美味的选择太多了。"我没头没脑地发了这么一条消息给马特。

他一定还在办公室里。他立即回复："那就赶紧先挑出三个来尝尝，人生苦短！"

我笑出了声。"我在说男人，不是冰激凌。"我回复。

"也许我说的就是男人。"他回复。

我发给他一个笑脸，问他如何选择。

马特　　把他们分成三个等级，尝试和一级的所有人约会，我们根据第一个与你约会的人安排行程。

哦，哇，你这么快就想好了。　　艾米

马特　　我早就开始想了。

| | | |
|---|---|---|
| | 你是不是帮中老年人介绍过对象？ | 艾米 |
| 马特 | 也许吧。下一份工作就干这个。 | |
| | 我会为你写推荐信的。 | 艾米 |

我顿了顿，又给他发了一条：

| | | |
|---|---|---|
| | 一级的标准是什么？最像好人的还是最可爱的？ | |
| 马特 | 由你决定。但如果是我，我选最可爱的。想找好人约会可以回宾夕法尼亚，在纽约，约会就是为了好玩。 | |
| | #母亲假#！ | 艾米 |
| 马特 | #母亲假#！ | |

我继续看电脑屏幕。有一个事业有成的钢琴家，他绝对可以进入一级。我一直想和音乐家约会，想想他们的手指吧……还有个长得非常漂亮的华尔街西装男，因为，嗯，他太帅了。还有个年轻点儿的家伙，眼睛美极了，他说自己最喜欢的书是《霍乱时

期的爱情》。还有个魅力十足的老男人，看着像哈里·博斯[1]和沃尔特·朗米尔[2]的混合体。还有个考古学家，哪怕只是为了印第安纳·琼斯，我也要和他约会。

最后我选出了七个人。我开了罐啤酒来搭配已经凉了的麦片粥，像个讲究人那样把酒倒进玻璃杯，开始飞快地给这七个人发消息。我感谢他们联系了马特，告诉他们，他们是我为#母亲假#话题报道选择的第一批约会对象。我认为这样说可以让他们明白，不要太把我们的约会当真。然后我问他们接下来的几周之内是否有空，以及他们是否愿意接受杂志的采访。啤酒见底时，我已经联系了全部的七个人。我非常兴奋，满怀希望，头晕目眩。

一个小时后，其中一位金融分析师给我回信了，问我明天晚上就出来约会是不是有点急。太好了，我终于可以施展拳脚了。

**莉娜**　所以……跟那个有钱人的约会怎么样？

很好。　**艾米**

**塔莉亚**　他怎么样？

很好。非常好看，像个内衣模特。　**艾米**

---

1. 美剧《博斯》里的角色。
2. 美剧《西镇警魂》里的角色。

> 穿着我想象中的那种价值一千美元的西装,但真实的价值我其实不知道。他带我去了一个只有穿上千美元西装的漂亮人才会去的地方,我担心有人会让我往头上套个纸袋子,免得拉低那里的档次。

莉娜
> 哈!"女士,很抱歉,您介意暂时把您那个吓人的东西藏起来吗?我们需要考虑到其他客人的需求。"

> "考虑到其他长得非常好看的客人的需求",我的约会对象会说:"她不介意,她是那种拥有'内在美'的人。"

艾米

塔莉亚
> 你最好是还保持你的外在美,我把八月的大部分专题预算都砸到你的外在美上了。你没忘记保养眉毛吧?他喜欢你的头发吗?

> 是的,他说我的头发吸引了他,

艾米

> 这种话不像是第一次约会时该说的，所以我就没告诉他我选择联系他是因为他的牙吸引了我。

**莉娜**：他的牙很好吗？这点确实挺重要。

**艾米**：他的牙就像牙膏广告里那种，像一排排的珍珠贝，又白又亮。

**莉娜**：这么说，他有良好的口腔卫生习惯。

**艾米**：我会说，已经不仅仅是良好习惯，更接近于人生追求。

**塔莉亚**：他叫什么名字？

**艾米**：迪伦。无论如何，欣赏他的牙非常令人入迷，所以我点了第二杯马丁尼。

**莉娜**：塔莉亚，她坚持到了第二杯马丁尼！

| | | |
|---|---|---|
| 塔莉亚 | 我知道,好吗?你们睡了吗,艾米·拜勒? | |
| | 没有,但我好不容易才拒绝的他。 | 艾米 |
| 莉娜 | 她错了。她拒绝了他。 | |
| 塔莉亚 | 我知道。相信我,我知道。 | |
| | 他很帅,餐厅很棒。他很喜欢讲自己怎么环游世界,向世界各地提供国际货币基金组织的贷款,可是…… | 艾米 |
| 莉娜 | 什么? | |
| | 本质上,他是个工具。现在还流行"工具"这个词吗? | 艾米 |
| 塔莉亚 | 流行,跟同龄人私下文字交流时,这个词还用的。 | |
| | 可怕的是喝完第二杯马丁尼,你才意识到跟你约会的牙模帅哥是 | 艾米 |

个工具。从主菜上桌开始，一直到跳上出租车逃走，我始终忍着没告诉他他有多狂妄。他那样子就好像他是小额贷款的发明人。他还问我读没读过马尔科姆·格拉德威尔的新书。我说读过，可他就像没听见一样，又把整本书给我讲了一遍。言外之意似乎是，你读是读了，但你有没有站在迪伦的高度理解这本书？

塔莉亚　呵！马尔科姆·格拉德威尔？

是吧？我可是图书管理员。他没对我做过背调吗？　艾米

塔莉亚　除了迪伦，帅哥还有很多。马特今天把他们的资料发给我了，你下次什么时候约会，艾米？

唉，明晚。　艾米

塔莉亚　很好。

莉娜　三天约两次？艾米，你这只小老虎。

艾米　啊呜。这回是个医生，他要带我去一个名厨的餐厅吃饭，我从来没听说过那个厨师。我们发了几条消息。他看起来很靠谱，到目前为止还没对我讲过什么爹味的大道理。他觉得我的孩子们很棒，还说这很可能意味着我也很棒。我晕！

塔莉亚　哦，医生嘛，不奇怪。

莉娜　至少你能吃顿好的。

艾米　没错。我们昨晚的前菜是牡蛎，然后是一份美味的沙拉，甜瓜配酥火腿。接着是扇贝，最后是世界上最完美的迈尔柠檬蛋糕。更不用说那两杯特别够劲儿的马丁尼了。

莉娜　这你都没醉？塔莉亚，这姑娘

| | | |
|---|---|---|
| | 怎么回事? | |
| 塔莉亚 | 她是真正的公主。 | |
| | 女士们,相信我,我做了正确的事。否则我就得担心磕坏他的美牙了。 | 艾米 |
| 塔莉亚 | 专家提示:假如磕坏了牙,说明你们的亲密方式有问题。 | |
| 莉娜 | 别对她这么严格,她已经很久没有亲密了。 | |
| | 我要屏蔽你们俩。 | 艾米 |
| 塔莉亚 | 随你啊,反正我们背着你也能取笑你。 | |
| | 晚安,怪物们。 | 艾米 |
| 莉娜 | 晚安,陛下。 | |

下一次独自上完飞轮课回家后,我洗了个澡,穿上一条漂亮

的灰色超长连衣裙，领口够低。我不打算再拿麦片粥当晚餐，今晚我要大胆地走进一家我在《纽约客》里读到的餐厅，就是那个"将当前纽约美食界的所有有意义的东西注入到塔吉锅炖菜和一碗橄榄"的地方。

他们不接受预订，我本以为进店后会先在吧台那边等上几个小时，但当我告诉女服务员我需要一个人的位子时，她热情地对我笑了笑。原来这里用的是公共餐桌——宽大的高脚橡木桌，食客们围坐在桌旁的高脚凳上，餐厅中央是开放式厨房。我挤到一张桌前落座，跟我同桌的是五个在投行上班的家伙和一对约会的情侣，倾听他们的各种对话十分有趣，所以我研究菜单的时间比平时长了一倍，女服务员再次出现时，我只好请她帮我点菜。

"噢！"她说，"有意思，你有什么要求吗？"

这家餐厅氛围轻松家常，价格合理，美食评论说它是"新摩洛哥"风格。"没有我不敢吃的东西，"我说，"给我你们这里最好的沙拉、你最喜欢的主菜，每道菜都配上一杯最适合它的酒。"至少这一次我可以毫不愧疚地像油田富二代那样挥金如土，因为约翰说他要给孩子们买新学期的鞋，省下来的钱能在这儿吃两顿大餐。

女服务员侧身看着我。"我最喜欢的菜有一百多种，不过我会尽力帮你选的，还有……"她弯腰凑过来，"你知道吧，假如我把你刚才说的转告主厨，他可能会给你做点儿特别的菜。"

我脸一红。听到"主厨"两个字，三位投行精英扭过头来。"太好了，无论如何我都会喜欢的。"我说。

"放心吧。"她说。这时，我旁边那对约会情侣里的男人朝她挥挥手，叫道："小姐！"女服务员悄悄地冲我眨眨眼，拿起我的菜单，转向那对情侣。我拿出电子阅读器，打开安·帕切特的新书，这本是我特意为这种奢侈场合保留的。我不会浪费帕切特的书，但在这个地方——第一次独自外出用餐也堪称我人生中的冒险，值得读一本帕切特。

帕切特女士的文字很快有了美食伙伴：柔和醇厚的白葡萄酒和一盘新鲜的沙拉——甜胡萝卜、香脆的烤鹰嘴豆和薄荷，配上稍微有点儿辣的蜂蜜醋汁调料。我吃得停不下来，等到干掉最后一颗鹰嘴豆，趁同桌们忙着享用各自的食物，我端起盘子凑到嘴边，无耻地把盘底残余的黏稠而辛辣的汤汁舔得一干二净。我放下盘子，发现并没有食客注意到我，但是我被中央厨房里的一个人发现了，对方穿着白色的厨师服，胳膊肘捅了捅旁边的主厨，对他说了几句什么，然后指着我。

我试着移开视线，但是那位大块头、秃顶、文身（很像令我敬而远之的飙车族酒吧的常客）的主厨放下手中的抹布，穿过吧台半墙上的小门，向我走来。

"这么说，"他操着不知道是纽约哪个区的浓重口音告诉我，"你喜欢沙拉。"

我脸红了，但很快决定收回脸上的傻笑，反正我再也不会见到这些人了，而且我穿着这么漂亮的裙子——这点可以从比我年轻十岁左右的投行精英们偶尔投来的一瞥得到确认。"我喜欢沙拉，希望你接下来能给我做点儿特别的。"我说。

"你喜欢羊羔肉吗？"

"非常喜欢。"

"你赶时间吗？"他问我，朝我两侧的食客点点下巴，他们都在安安静静、饶有兴致地看着我们。

"一点都不急。"我说。

"好，那你就坐在这儿等着吧。"他领我坐到开放式厨房吧台前面的一个位置，正对着他的工位。"今晚可真无聊，来的全都是在《纽约客》读过关于我的报道的客人，他们只敢点杂志推荐的菜，没胆量尝试别的。"他对我说。

"我也在《纽约客》上读到过关于你的报道。"我说。

他笑了："我以为你只是逛街时偶然走进这里的。我给你喝点儿灰葡萄酒。"

酒的名字听起来很糟糕，但我勇敢地点了点头。谢天谢地，酒一点儿都不灰，反而偏向粉红色，有着干爽的玫瑰和蜜橘的味道。酒瓶冰凉湿润，刚才那位女服务员也给主厨倒了一杯，他让她尝了一大口，然后两人把剩下的整瓶酒搁在我旁边，各忙各的去了。

我忘记了读书，只看着他工作。他放松而安静，时常抬起胳膊戳戳旁边的员工，但是并不出声，这是他们交流的方式。订单以飞快的速度从他面前闪过，我看到上面似乎有五份一样的菜，反正我分辨不出其中的不同。我扭头向后望去，那几个投行的人点了更多的酒，那对小情侣准备买单。我边看边等，有时主厨会往我面前放一小勺食物，给我尝味道。比如一颗橄榄、一小块腌柠檬、一种浓郁的咸番茄酱，有点像意式肉酱。终于，不知道过了多久，就在我意识到自己又饿了，酒杯也快空了的时候，我的菜来了。

盘子里交替摆了一圈切成四等份的软嫩水煮蛋和小羊羔肉丸，为它们勾边的是番茄蚕豆酱，上面还有一层鲜绿色的橄榄酱。盘子旁边有只小罐子，里面竖直放着炸好的沙丁鱼。

我凝视着盘子，然后抬头看看厨师。"吃吧，现在！"他催促道。我照做了。所有的东西尝起来都有一股陌生的烟熏香料的味道，我从来没吃过这么好吃的番茄、欧芹、羊羔肉和鸡蛋。我可以像吃炸薯条一样吃沙丁鱼。我咬了一口第二条沙丁鱼，蘸上我盘子里的酱汁，主厨赞赏地点点头。

他很忙，接下来没怎么和我说话，但他频频过来给我的杯子添满灰葡萄酒。当我吃完最后一口肉丸和沙丁鱼时，他对女服务员说了些什么，她十分钟后回来了，端给我一大块玫瑰石榴派。

我竭尽全力地吃下了它。付账的时候，我已经吃撑了，但微醺的感觉很美妙。我感谢了主厨和女服务员，缓慢而小心地来到外面。时间对我来说已经很晚了，对纽约来说却不算晚。每个人都有地方要去。一些出来约会的人在街上接吻，有的短暂地碰碰嘴唇就匆忙作别，有的刚见面就旁若无人地亲个没完。我也想要旁若无人的长吻，想到什么地方去，不是回塔莉亚家，而是去见一个可以倾听我讲述这顿丰盛晚餐的人，听我说说今晚的灰葡萄酒和那个小有名气、安静、古怪的主厨。我不想浪费这种心满意足与陶醉交织的完美感觉，我想走在一条漫长而无尽的大道上，说啊说啊说啊，直到太阳升起，因为这里是纽约，我在休假，生活真的真的好极了。

毫不犹豫，我给丹尼尔发了消息。

# 第十三章

亲爱的妈妈：

好吧，我得承认，这真是一个了不起的夏天。

第一件事：我甩了布莱恩。他一直在性骚扰我，而且他不是那种特别了不起的人。跟他分手后，我感觉非常好。作为跟进，后来我又给他发消息和打电话。我告诉他，分手的原因是我需要专注于跳水，他不信。我又告诉他，那是因为我不想和他过度亲密。这回他安静了。他问我是不是同性恋，我只说"也许吧"，因为这样回答总比说他很讨厌要好。

这是件大好事，因为现在我有更多时间陪我爸。原来当他放松下来、不刻意表达对我们的爱，或者硬要给我们买东西的时候，他是个超酷的人。他真的很善于倾听，完全没有偏见，因为他自己就搞砸了一大堆事。跟他谈论我对某些事情的真实感受非常容易，比如男生，又比如我实际上不怎么喜欢跳水队里的许多女孩，还有，即使有时我觉得自己是学校里的穷人，但想到我有干净的水、合适的鞋子和隐形眼镜，我又觉得幸运。跟莉娜或者我的朋友们聊天时，我希望他们喜欢我，所以我并不总是完全说真话。我爸显然认为乔和我是上帝送给宾夕法尼亚州雄鹿县的礼物，无论我们怎么说。

而且，我爸超级理解青春期。他说，我应该接纳青春期，分辨并且拥抱我所有的感受。我跟他说不用担心。他说，如果我给不愉快的情绪命名，充分去感受，它们就会更快经过。我说，爸，我在《芝麻街》里早就学到了这些道理。他说："我们这代人就从没学过这么重要的道理。"他说，这就是他为什么没法好好处理自己的问题。这是真的吗？你似乎很熟悉各种感觉。我猜，你在处理愤怒方面比较低调，因为我从没见过你对我爸发很大的火，有时候你像个逆来顺受的殉道者，然后却突然为了一些鸡毛蒜皮的事向我怒吼，比如我用乔坐巴士的钱买健怡可乐，让他走回家的那次。他都十岁了，只有三英里。如果你让我在家里喝健怡可乐，这种事永远不会发生。

无论如何，要是你能在我爸面前无拘无束，对他好好发发火，我和乔的感觉会好得多。起初我们曾经以为，假如恨他，我们就成了非常可怕的人。莉娜说，是你保护了我们免受痛苦，不让我们知道关于我爸的真相。但我认为，要是你早就告诉我们他今年夏天对我们说过的话——他说他是个糟糕透顶的爸爸，还一直让你不开心，我们会更好地理解整件事。

我不是在这里抱怨，我只是说说自己的看法。

爱你。

我这周一本书都没读，但看了一本 J. Crew 的商品目录，对于他们给毛衣的颜色创造名字的能力，我打两颗星。

你的女儿，科莉

> 嘿,很晚了,我还没睡。你想见面喝一杯吗? —— 艾米

丹尼尔没回复。我在塔莉亚家附近绕圈,像鲨鱼一样围着她的公寓徘徊。我不想回去,不想像每天晚上那样,穿上那件我睡觉时穿的薰衣草色旧 T 恤,爬上床,看书看到睡着。我要生活!生活这块饼干,我每一口都要尝!我要——

> 丹尼尔:你也晚上好。我刚和一群比我酷多了的朋友在下东区吃完饭,我得先刮个胡子。

> 我还想长点胡子玩玩呢! —— 艾米

> 丹尼尔:既然如此,我们一起喝一杯吧。你在市区吗?

> 我十分钟就到。你能等这么久吗? —— 艾米

> 丹尼尔:我只是有点儿渴。珀斯主题酒吧在珍珠街上有露天座位,我把位置发给你,我自己先走过去啦。

我难以置信地盯着手机。我想不明白刚才到底发生了啥,但

最终结果显然是，我要在一家澳大利亚主题酒吧的露天座位和丹尼尔见面！欧耶！我把精打细算的传统作风丢到九霄云外，跳上一辆出租车。今晚如此特别，不能坐地铁，况且现在很晚了，假如选择公共交通，我会在曼哈顿迷路，金融区那边总是漆黑一片，我敢肯定，见到我这个迷路醉酒的宾夕法尼亚乡下女人，连环杀手一定会很兴奋。

另外，那边可能会有鹅卵石路，在鹅卵石路上逃离连环杀手难如登天，还是打车安全多了。

除非出租车司机是连环杀手。不是有部电影是这样的吗？噢，瞧！我们到了！

我没付钱就往外爬，司机轻声提醒我刷卡。为了消除彼此的尴尬，我给了他不少小费。然后，我小心翼翼地走进那家名叫"幸运炮"的酒吧，尽量不对丹尼尔的地点选择浮想联翩。我点了一杯维多利亚苦味酒，想了想，又换成了青柠苏打水。我在吧台等候，一只眼睛紧盯着门口。

大约十分钟后，我的肩膀被人轻轻拍了一下。我一下子跳得老高，还就地转了个圈。"天哪！你吓到我了！"我告诉丹尼尔，"你从哪儿冒出来的？"

"我一直坐在阳台上等你！咱们到那边去。这个白痴地方唯一的优点就是风景好。"

我跟着丹尼尔走上楼梯。刚才我甚至没注意到这儿有个细长的侧门，通往外面的阳台。阳台不大，只能放下一排非常窄的桌子，坐在丹尼尔给我选的座位上，我能看到一幅美丽景色：远方的布鲁克林大桥的第一座塔楼正俯瞰着脚下的街道、汽车和低矮的建筑。仿佛是为了补偿街上的路人,其中一座低矮建筑(可能有三层楼高)的外墙上有一幅粉彩错视画,画的正是被建筑挡住的大桥。

大桥本身被成排的街灯照亮,一路通往布鲁克林,悬索上点缀着漂亮的白光,深紫色的云团高挂在夜空之中。

"嗯,"我说,"真是美极了!"

"今天是满月,"丹尼尔指着远处的城市夜空说,"所以你才给我发消息。"

我很尴尬。"其实,"我有点恼火地说,"我联系你是因为我刚享用完这周《纽约客》推荐的主厨给我做的好菜,我想找人吹吹牛。"

丹尼尔夸张地张开双臂:"了不起!吹一个我听听。"

我深吸一口气,准备给他报菜名——沙丁鱼、葡萄酒、小勺子舀起来的某种美食、玫瑰石榴派,但我阻止了自己。"我还很想和你出来玩。"我说。

丹尼尔喜笑颜开:"我受宠若惊。今天的时机也很好,你的消息发过来的时候,我才意识到,现在才晚上十点,结束一个这么完美的夏日夜晚有点为时过早。"

"太对了!"我的声音有点大,"瞧!真正的母亲假就该这样!"

丹尼尔笑了:"你又说这个词了。"

我点点头:"我正在改变对这个词的看法。提到的次数足够多,就会觉得它没那么蠢,更像是一种发泄做母亲的压力的合理方法。"

"有父亲假吗?"

我顿了顿。"也许单身父亲应该有,"我说,"鳏夫也可以有。

而有些父亲，他们只能做到偶尔在家'带带孩子'，好让忙得一连几周都没出门见朋友的孩子妈妈出个门。还有一些父亲，他们破天荒地洗一次衣服，只是为了能让孩子妈妈对他们感恩戴德。这些人不配拥有父亲假，只配得到现实的惩罚。"

"那你前夫是不是正在接受现实的惩罚？"

我想了想："也许是吧。我听说，他带着孩子们过得很不错，安排得井井有条。乔踏进了数学与科学探索的乐园，科莉的每个愿望都得到了满足，还获得了偷懒的机会。要是我在家，她每天都得做四个小时的暑假兼职，除了读第四遍《饥饿游戏》，还得看别的书，工作日的晚上不能随心所欲地见朋友。可是……约翰做得对，无拘无束地享受暑假对她有好处，她似乎能够以一种健康、豁达的方式看待我们家的情况了。"

"你呢？你前夫消失了三年，现在又跑回来找你的孩子，你怎么看待这件事？"

我摇了摇头。"我不知道该怎么想，"我诚实地说，"他不是一个坏人，但是他狠狠地伤害了我。如果现在我有一个水晶球，我只想知道，我回去时，他还会再离开吗？"

丹尼尔深吸一口气："你想怎么样？"

我耸耸肩："我不知道。我想，我希望他让我的孩子们过上最快乐的生活。一起度过整个夏天后，我希望他能跟他们建立感情，我告诉过他无数次，他对他们有义务。可他和孩子们以前就有感情，他后来还是离开了。"

"你呢？你还和他有感情吗？"

我想了一会儿要不要撒谎，然后伤心地对丹尼尔笑了笑。

"就某些方面而言,是的,我想我对他是还有感情。"

"那你希望他留下吗?"

"不,"我很快地说,"好吧,是。为了孩子们,如果他能继续履行父亲的义务,我希望他留下。但假如他恢复到原来那种不可靠和自私的状态,那么没有他,也许孩子们会过得更好。你怎么认为?有一个糟爸爸总比没有爸爸好吗?"

丹尼尔向后靠在椅子上。"有一个糟丈夫总比没有丈夫好吗?"他问我。

"不。"我立刻给出了回答,思路清晰明了,连我自己都吃了一惊,"过去的三年就是证明。没有约翰,生活变得更难了,但我半点都不怀念之前跟那个越来越消沉、越来越焦虑的丈夫在一起的日子。到了最后,约翰的表现让我觉得,他就像又一个需要我照顾的孩子,有些做父亲的就是会让他们的妻子产生这种错觉。"

丹尼尔若有所思地偏了一下头:"为了让你感觉好点,我认为这种父亲迟早会走上渡渡鸟的老路。"

我笑出了声。"好吧,肯定没人愿意和他们上床。"我宣布,声音很大,周围餐桌的几对情侣抬起头看着我。我压低声音,缩进椅子里:"哎呀,我是不是灰葡萄酒喝多了。"

丹尼尔目光闪动:"你知道吗,我不觉得科莉是唯一的那个无拘无束过夏天的人。"

我思忖片刻:"我其实一直在努力地约束自己。上次我就放松了一下,结果我们……你知道。"

"一起睡了?"丹尼尔问。

我不自在地看向一边:"对,是的。"

"还发生了关系。"他补充道。

我无地自容:"你想让我尴尬死?"

丹尼尔的表情变得严肃起来:"不!绝对不想。我只是……我只想把话说明白……拨开迷雾。"

我说:"我更喜欢有雾时的那种朦朦胧胧的感觉,不像《荒凉山庄》里描写的雾那么厚,更接近于《远大前程》里的薄雾。"

"这还真是艾米能说出来的话。"

"我可以问你一个问题吗?"我说,但没等他同意我就开口说,"你觉得我这是在和你调情吗?"

丹尼尔的嘴巴张了张:"我——"

"你真是这么想的!"我说,"我们不是要做朋友吗?"

丹尼尔立刻闭上了嘴。"我们是朋友,我之前真的以为……然后我意识到自己是个白痴,所以就给你回了消息。"他自嘲地说。

"什么?"

"学了八年的拉丁语,我竟然学会了拒绝(decline)情爱。"

我茫然地看着他。

"因为拉丁语里要给名词变格,变格(decline),明白了吗?"

"就算我笑了,也只是为了鼓励你。"我说。

"你喜欢这个笑话。"他说。

"这么说,假如你觉得我就是在跟你调情,就不会给我回消息了?"我问他。

"嗯,首先,我不喜欢这个词,调情,听着就像阿什顿·库彻2002年主演的喜剧里的台词。"

"我上次单身时,阿什顿·库彻也单着。那现在怎么说?"

"我猜是'暧昧'?在我的学生们眼里,什么都是'暧昧'。比方说,要是两个人都动了心,却还不打算一起去跳舞,那就只是暧昧。"

我叹了口气:"你的意思是,你不打算带我去跳舞?"

丹尼尔慢慢点头:"我很想带你去跳舞,但恐怕你等不到那个时候就走了,所以我必须想办法在下次全校集会时坐在你旁边。"

"只有书呆子才喜欢参与那种集会。"我说。

"所以我们一定会在那儿见面。"他迅速回应。

我笑了。我们静静地坐了一会儿。我只觉得快要被丹尼尔帅晕了。"你住在布鲁克林高地,对吧?"他问我,"我家没有啤酒了。所以,要是你家……无论有什么喝的。我可以送你回去。"

"送我过桥吗?"我期待地问。

"过桥。"

我发自内心地雀跃不已。我们出了酒吧,穿过几条小街,来到桥头。这里的风景更美,塔楼的拱门矗立在我们面前。我们踏上人行步道,开始过桥,即使这么晚了,桥上也不乏行人:慢跑的、骑自行车的、谈恋爱的……过着自己的小日子的纽约人。

"你知道吗,我已经读过两遍《饥饿游戏》了。"丹尼尔没头没尾地来了这么一句。

我扬起眉毛:"哦?"

"我对凯特尼斯和皮塔的关系有种看法。"

我有点儿摸不清话题的走向,只能等着他说下去。

"她已经先入为主地觉得自己喜欢盖尔。他们一起长大,感情深厚，这让她不可能清楚地看到其他人。"

"皮塔起初只是个胆小鬼。"

丹尼尔点点头："好吧，没错，但他也是个抢手货。要是他一开始遇上的是个不那么拖泥带水的人，或许会更快乐。"

"要是他没被招募加入那个跟其他小屁孩战斗到死的游戏，也会更快乐。"

"说的也是。可我要说的重点是，我们年轻的时候，很难选择要去爱谁。我们变老的时候，又不得不做出选择。"

我们沉默地走了一会儿。

"你觉得我先入为主了吗？"我问。

"对你前夫？"他说，"是的。"

我低下头。"我想纠正这个问题，"我诚实地说，"首先，我认为是时候申请离婚了。"

"你们还没离婚吗？"他问。

"严格来说是的。"我说。

丹尼尔沉默了。我不能怪他。每当说出这件事，连我自己都会觉得荒诞。最后他说："那我们最好还是做朋友吧。"

我等了一会儿才回答他。前方的雾更大了，比任何时候都更让人迷茫。桥上的灯光、布鲁克林的灯火、城市的微光犹如从我们背后升起的月亮，反射着玻璃与钢铁之海的粼粼波光。从桥上走到塔莉亚的公寓并不需要多长时间，我们会安静地走完全程，丹尼尔会在门口和我拥抱告别，我会陷入困惑与沉思。但现在我们仍在桥上，我还在试图弄懂我们之间的对话。我们站得很近，我对他充满渴望，他也愿意亲吻我的脚趾，我觉得自己如果哪一天不小心，一定会爱上他。

"你说得对，"长久的沉默之后，我表示赞同，"我们最好还是做朋友。"

我跟丹尼尔在桥上散步之后，过了几天，马特带着新的人选来找我。"你必须考虑一下这个人，艾米。"他说，"他很聪明，长相好，赚得多，而且对你很感兴趣。"

"那他有什么缺点？"我问马特，"会不会牙齿都掉光了？"

"行啦，"马特说，"你没看看自己最近的变化吗？我们只不过是给你买了几副胸罩、修了修眉，这才过去两周，你的个头也显得高了，笑容也比以前多了，而且你上的瑜伽普拉提课很有效果，把你的臀部形状塑造得美极了。"

我立刻尝试去看我的臀部。

"从我的角度看，和以前一样。"我说。

"别想骗我继续赞美你。"马特笑着说，"相信我就行了，母亲假很管用。"

我顿了顿，因为尽管我一直没承认，但他说得对，确实管用。我觉得自己和以前那个两个孩子的母亲判若两人，我已经有十五年没觉得我是我了，也是这么长时间以来第一次认清自己的想法，或者说，第一次产生了那么多完整的想法，第一次可以花上整整十分钟在浴室里化妆，不用担心有人敲门。十五年了，我一次都没在铺着像样桌布的餐馆里吃过饭，从来没能在早晨醒来后完全由自己决定如何度过这一天，思考如何实现我曾拥有的那些希望和梦想。坦率地说，十五年来，只有这个夏天我才每天都有时间冲澡。

我有一个可怕的疑虑：我是不是真的想念我的孩子们？

没错，这样的怀疑很愚蠢。我当然想念他们。我刚刚还打电话让他们来纽约看我——他们答应了，说会在夏令营结束后过来。我想念我的现实生活，迫不及待地想要回去。我的孩子是我的世界，我的工作是我的心之所向，我想要的几乎都在宾夕法尼亚。时间一到，我会义无反顾地回到那里。

回到那个小屁孩打架、监控孩子们的衣柜、给他们当全职司机、一年有十个月都穿长袖马球衫的世界。一天下来，我通常会累得站不住，不知何时才能还清所有账单，还会感到非常非常孤独。

虽然我有时也会骗自己，但我真的像疯了一样想念我的孩子们，我只是讨厌养育子女的繁琐工作而已。

因此，我让马特尽快安排我和那个家伙联系。"他是干什么的？"我问马特。

"噢，让他自己告诉你吧。"他神秘地说，"相信我，你不会失望的。"

我的心跳立刻加速了，我想：*也许他也是一个图书管理员？或者是书评家？编辑？*"他的工作跟书有关吗？"我问马特。

马特呻吟了一声："好吧，我再说一遍，艾米。反正任何一个正常女人，都不会对他的工作失望，但他的工作跟书没关系。即使这样，我想你也会喜欢他的。他看起来很有趣。"

"好吧，"我告诉马特，"有趣当然是件好事。关键是有趣，对吧？"

"没错。"他说,"我要为明天晚上做些准备。明晚八点你们在市区见面,穿得可爱一点儿。这回我绝对要派出摄影师。"

"遵命,遵命。"我说,"我会穿上我最时髦的衣服。"

听到我用了"时髦"这个词,马特在电话里叹了口气:"对你来说,没有不时髦的衣服,还是我过去帮你打扮吧。"

"但我要时髦起来!"

"这就是我的目的。"马特说。

与往常一样,这次马特又是对的。当我穿好衣服,拍好照,踩着五厘米厚的坡跟凉鞋钻进网约车时,新一天的母亲假又尽在掌握:上午规划各种课程,下午在咖啡馆读书,跟我最好的新朋友一起上健身课,其间丹尼尔还一直给我发有趣的消息。健身结束后,我换上笔直的烟管裤、可爱的蓬松上衣和一双笨拙但别致的帆布鞋,感觉自己前所未有地……女性化。来到约会地点,我跳下车,看到一个戴着时髦眼镜的帅哥,他有着浓密的波浪状黑发,明亮的眼睛笑盈盈地望着我,我体验到了世界上最好的感觉之一:陌生人看着你,心里惊叹"哇哦"。

"特拉维斯!"我高兴地喊了出来。他看起来和照片上完全一样,也许更高。与上次那个华尔街的男人相比,他看上去更放松、靠谱和成熟。我喜欢。

"如果你就是艾米,那我只能说,我中了约会彩票的头等奖。"他说,"这或许是上帝对我玩了这么多年彩票的奖励吧。"

"哈!"我笑道,陶醉在他的赞美中,"那我肯定不是你的第一个约会对象啰?"

"噢,当然不是。我已经单身将近三年了,我会把以前那些好玩的约会失败的故事讲给你听。"

我用力点点头："太好了！这样一来，你得把所有那些糟糕的约会对象的故事讲完，才会发现我有多么糟糕。"

"完美。假如讲故事的时间足够长，我可能要等到付账的时候才会知道你是什么星座的。"

我赞许地对特拉维斯笑了笑，内心不由得对马特挑人的眼光点了一万个赞。这个家伙确实有趣。我爱有趣的人。特拉维斯为我打开餐厅的门，我脱口而出："四月。"

"四月不是星座，"他说，"是出生月份，你是白羊座的。"

我吃惊地问："你……喜欢研究星座？"

"不，但我的狗是四月生的，负责的主人都会研究宠物的星盘。"

"哦，"我点点头，"当然，我竟然没想到这点。"

"要不然我怎么知道她跟我合不合得来？"

我忍俊不禁："'她'是指你的狗？你愿意喂她、抱她吗？按我的理解，这就意味着你们合得来。"

他笑了："马特说，你很聪明，他没说谎。"

"你怎么认识马特的？"

"我们是一个大学的。"

我的脸白了。

"别担心，我们不在一个年级，只是同属一个校友俱乐部。跟我相比，马特就像个小婴儿，我的年纪足够做他的……老大哥。"

"噢，感谢上帝。"我长出一口气，"我知道我该适应这个多样化的丛林世界，但是，和二十来岁的小青年约会有点儿不现实，就像选择了一份荒唐的工作去实习。"

"同意，不过老实说，我是走过了弯路之后才明白这个道理的。离婚之后，我经历了标准的中年危机。我换了车，跟一个二十九岁的女人好了一阵子，还差一点儿就……"他拿大拇指和食指比画了一个很近的距离，"买下一块天价名表。"

"哦，不，"我想起约翰，还有他热衷打蜡脱毛的女朋友，"真的是标准的中年危机。"

"问题在于，那个阶段我还是很痛苦。后来我意识到，快乐——还有约会是买不来的。"

"谁能想到呢？"我笑道，"所以你是说，钱不能为你买到爱？"

"是。我现在学聪明了，把披头士的歌词当成福音。如果我哪天登上了一艘潜水艇，愿上帝保佑我们。"

"至少你所有的朋友都会上船的。"我说。

"还有更多人会住在隔壁。"他机敏地回应道。我们对视了一下。我暗忖：天哪，这个家伙很诙谐。天哪，他的眼睛真迷人。正在我考虑跳过晚餐、快进到接吻时，女服务员出现了。

"抱歉，打扰你们了。"她带着温暖的笑容说道，"不过我要是再等一会儿，恐怕整个晚上都没机会为你们点单了。"

"没错。"我说。我们在这里聊了多久？竟然一直都没看菜单？"抱歉，我还没研究菜单呢。"

特拉维斯点头表示同意。"当你发现你的盲约对象非常让人愉快的时候，就会完全忘记接下来该做什么。"他告诉女服务员。

她向我歪歪头，说："噢，看来你得当心这家伙。"然后像是刚刚想起来什么那样，补充道："今天市场上的小颈蛤很不错，可以用棕色黄油加大蒜炒熟，跟室内种植的药草和自制的天使意面拌匀，再撒上垂直花园里收获的微型蔬菜，"她指了指餐厅一侧，那儿的墙上长满了小莴苣，"和用复合黄油雪纺处理过的灰树花菇。"

我们礼貌地对她笑笑。她走开时，我悄声问特拉维斯："什么叫'雪纺'处理？难不成主厨还要精通裁缝的手艺？还是说，他们会真的在盘子里铺一块雪纺布？我们能点一份见识见识吗？"

特拉维斯忍不住笑道："当然可以，书呆子。我准备点一个不需要把除草机开上墙就能吃到的菜。"

正在喝水的我呛了一下。"你真有趣。"喘过气来之后，我说。

"我的有趣是被你的有趣给带出来的。"他说，"我们很有'哒哒哒'的默契。"

"哒哒哒？"我问。

"我是从播客里听来的。一对夫妻你来我往地抛梗接梗，互开玩笑。这让我想起老式的踢踏舞对决。"特拉维斯做了个跳爵士舞的手势，露出夸张的笑容，"哒哒哒，哒哒哒！"然后，他又两只手同时比画出拿枪指着我的手势，意思是"该你展现舞技了"。

"要是我现在起来跳舞，你会怎么做？"我问他。

"求婚。"他不假思索地回答。

我笑了："天啊，那个女服务员真可怜！今晚我们永远都点不上菜了。"

"等一下，"说着，他朝站在不远处谨慎地看着我们的女服务员挥挥手，又转回来问我，"你吃肉吗？"我点点头，他告诉女服务员："我们简单吃点儿，头菜是甜菜沙拉，然后是油封鸭和羊肉意面，饮料……"他又问我："黑皮诺？"

我猛点头。

"黑皮诺，这个。"他给女服务员指了指酒单上的酒。

她冲他点点头："好的。"两人微不可察地互相眨了眨眼。见此情景，我短暂地眯了眯眼，随即装作什么都没看见，默默地把这个特拉维斯归档到特别圆滑的那类人里。

"听起来真不错。"女服务员离开后，我诚恳地说。事实证明，这顿饭简直太棒了：每一口都很完美，酒绝对不在我惯常饮用的价格范围内。"哒哒哒"的魔力、酒精和丰盛的食物开始在我身上发挥作用。不知不觉中，我们的碗盘已经被撤走，而我们还在兴致勃勃地交谈，仿佛已经认识了很多年。原来，他是个很受欢迎的喜剧节目的编剧，但他是以单口喜剧演员的身份入行的。所以他才有那么多讲不完的自嘲故事，比如在名人面前出丑，我能听一晚上。

最后终于离开餐厅时，我们都摆出要打车回家的架势，但谁也不率先行动，只是在市中心漫无目的地闲逛。所以我们又跑到一个全是鱼缸，以至于你很难抵御进去看鱼的诱惑的酒吧喝了一杯。他说他的离婚过程很友好，我给他讲了我的孩子们的事。他很会聊天，我们守着空酒杯又聊了半个小时，虽然知道再喝一杯有点儿多，但就是不想离开。最后他凑过来，轻声说："跟我回家吧。"

我的脸红了。我不知所措地认真思索了片刻。尽管今晚我们很开心，但我还是百分之百确定，我今天不想和他睡觉。"抱歉，不行，一夜情不适合我。"我说。可这难道不是谎话？我不是很享受和丹尼尔的一夜情吗？所以这次我为什么要拒绝呢？

"谁说是一夜情了？"他故作纯真地笑了笑，"根据这次约会，我认为我们可以发展更深的关系，比如，六夜情。想想吧，那会多么有趣，你不是来这儿找乐子的吗？"

"我受宠若惊，"我说，"可是我……"我不知道该怎么告诉他，我甚至不确定是不是了解我自己。他非常英俊，非常有趣，非常不复杂，而且愿意给出我以为我想要的东西。

但……他不是丹尼尔。他让我想起了其他人，但又说不上来他究竟像谁。

"你知道吗？"特拉维斯轻声说，"不用多说，改天我还要约你出来，下一次，你肯定无法再抗拒我的魅力。"

我笑了。"我当然不会阻止你的尝试。"我说，"我还要感谢你的理解。今晚当我一个人躺在冰冷的床上时，一定会后悔的。"

"但愿如此。为了避免真心错付，我能问问吗，是不是还有其他和我竞争的人？"

有吗？我问我自己。最近，每当想到"终于可以离婚了"，我的心情都会越来越好。但是还有丹尼尔，我似乎并不甘心只把他当成朋友。我又想起刚才那位女服务员，特拉维斯把他早就想好的约会菜单告诉她时，她了然地点了点头。他选好葡萄酒时，他们之间那个眨眼似乎有些过于熟练。我叹了口气。"竞争者不是一直都在吗？"我问。我严肃地直视着他的眼睛，让他知道，我不只是在说我自己。

特拉维斯点点头，毫无疑问，他知道我在说什么。"纽约是一道瑞典式自助餐，"他丝毫没有讽刺意味地说，"无论你喜不喜欢，我们都在菜单上。"

## 第十四章

亲爱的妈妈：

千万别回家。我只是开个玩笑。好吧，是基本上在开玩笑。说真的，我们每次谈起你，就会想象你在纽约逛博物馆、看棒球赛、上飞轮课什么的开心的样子。而我们现在已经超越了开心的程度。真希望学校永远都别开学。

噢！我爸推荐了一本了不起的书，叫《远山之外》，讲的是一个拯救了数百万生命的医生的故事，我真的很喜欢。我爸说，他想和你一起支持我的阅读计划，因为你的看法是对的：阅读相当重要，它可以把生活中的挑战变得容易。我跟他说，你选的书并不总是适合我。他说，不是每个人都喜欢小说，他会给我讲一些真实的故事，促使我思考自己究竟相信什么，长大后想成为什么样的人。

我爸还说电子阅读器没有灵魂，这个夏天余下来的时间，他只会给我买纸质书。我跟他说，纸质书是集尘器，给我十五美元，我自己去图书馆。他说："给你三十美元，买下那本书，然后去买你真正想要的东西。我们两个都是对的。"

自从拿到书，我每天都会读大约两个小时，当我不读它时，还会忍不住思考里面的内容。我打算把剩下的十五美元捐献给那个医生的慈善机构。

天哪，我差点儿忘了个大新闻，这很奇怪，因为我其实一直想告诉你来着：你知道我爸支持我去跳水训练营，乔去航天夏令营吧？嗯，我爸说的可不是那种过时的学校训练营，他给我在宾厄姆的美国跳水队训练营搞到了名额！我会接受奥运教练的指导！妈，我太兴奋了。我会是同龄人里面唯一参加那个训练营的——那里的其他女生都是跳水运动的新星，是从疯狂的精英项目里选拔上来的，她们会凭借跳水成绩进入最好的大学。我不知道我爸托了什么样的关系，但他发誓说，他们是看了我的跳水录像才同意让我进去的，还说我的水平够格。他说，接受我的申请的教练说，我可以达到平均水平。我爸通知我这个好消息的方式也很特别。那天，我和队友们刚从体能训练室出来，他送的花就到了，留言卡上写着让我和他视频。我们视频的时候，他和乔举起一条写着"祝贺"的横幅，用很大的声音说出了那个好消息，我们全队的人都听见了，大家开始疯了一样地欢呼。我甚至没察觉到我爸做了这些事，他一直是秘密进行的！

我真的高兴疯了，妈，我现在就给你发邮件，虽然已经早上五点了。希望你能在我出发之前回家。我需要你帮我打包。

爱你。

       美国最幸福的跳水运动员，科莉

第二天早晨，我起得很早，看到科莉发来了一连串兴奋过度的消息,说她进入了美国跳水队训练营,我发消息简短地祝贺了她,然后给约翰发了一个击掌的表情。我曾经告诉过他,我有个预感,如果科莉申请加入那个训练营,可能会成功。但实际为她提交申请和录像的人是他,付账的人也是他。

然后我让手机静音,在塔莉亚家周围散步。这是一个完美的夏日早晨,街道上弥漫着咖啡厅飘出的香味,太阳从建筑物背后缓缓升起,但气温还不够高,不至于把街上的垃圾桶变成臭味扩散器。这是诺拉·埃弗隆[1]的纽约,我想起她笔下的那些非常般配、幸福地生活在一起的夫妇,也想起了特拉维斯、丹尼尔、拥有完美牙齿的迪伦,是的,还有约翰,那个深深地伤害过我们的男人,那个突然之间让我的孩子们无比开心的男人。

当我们挣扎在即将决裂的尽头,在他让我彻底失望、我已经不再向他寻求情感支持之后,我就一心一意地做起了最忙碌的美国母亲。我们在育儿之路上遇到过的那些最大的困难,主要都是由我解决的,约翰基本没出什么力。但尽管如此,我们还是有种错觉,认为"我们在婚姻中是平等的",这是因为他在工作中取得了成功。基于这个错误的前提,我的全职妈妈工作和他有所成就的事业对于情感能量有着同等的需求,我不明白他的自负心理受到打击或者需求被忽略时为什么会发狂,对我来说,育儿、持家和工作是第一位的,而激情和浪漫当然可以排到后面,当我感到失落时,我会以"他太忙,没办法支持我"这种理由来安慰自

---

1. 诺拉·埃弗隆(1941—2012),美国电影导演及剧作家,代表作有《西雅图未眠夜》《电子情书》《当哈利遇见莎莉》等。

己。那么，现在他想从我这里得到什么呢？

出乎意料的是，在这个晴朗的夏日早晨，呼吸着母亲假带来的新鲜的精神空气，我突然意识到，约翰当年是在时时被我忽略之中过日子的。比如，每晚我都会在其中一个孩子的床上睡着，他回到家，我经常顾不上和他亲吻打招呼就把需要照顾的孩子塞给他。而现在的我站到了他当年的位置上：我的孩子们在被别人照顾，我每天都有充裕的时间进行心智锻炼，我得到了充足的睡眠，我每天都能去健身房。换言之，我获得了足够的情感能量，开始有余裕去考虑欲望是否得到满足、被人需要的感觉有多么好之类的问题。

是的，约翰不用开口要求就能穿到干净的衬衫。是的，我们的家庭晚餐看起来很完美，味道也不错。是的，当乔第一次遭遇校园霸凌，科莉的棉条在跳水比赛中侧漏时，约翰无需赶到现场处理问题。然而当我竭尽全力地满足他的孩子们的每一个需求时，他还是会觉得被忽略了。所以，究竟是先有鸡还是先有蛋？假如他设身处地为我考虑，主动分担我的杂事——哪怕一次，我就能暂时放下手中的事，给他足够的关注吗？我是不是已经深陷母职焦虑无法自拔，不管他如何努力，都不能让我把视线从孩子们身上移开？

我不知道。我只知道，这个月我和朋友们在一起，有了自己的时间，得到了男人的正面关注，当然还得到了几副漂亮的新胸罩，我沉睡已久的某些部分也开始苏醒。我开始用全新的、更长的镜头观察我的孩子们。我发现他们长大了，学会了许多本领。我体会到约翰在抛弃我们之前感受到的孤独与困扰,第一次意识到我在其中扮演了怎样的角色。我还前所未有地发现,塔莉亚选择的生活方式(单身,事业至上,狂热追求人生理想)不再让我觉得离谱,反而比以往任何时候都更加合理。

最令人吃惊的是,我发现自己对未来六年继续单身育儿、牺牲奉献、忽视自我的前景心怀恐惧,感到非常非常的矛盾。

> 艾米:姐妹们,我很担心。
>
> 塔莉亚:……
>
> 莉娜:能打几分?到四分了吗?
>
> 艾米:我担心自己再也不想回到现实生活了。
>
> 莉娜:噢,艾米,别傻了,你只是做了个新发型,又不是切了脑子。
>
> 塔莉亚:……
>
> 艾米:你确定吗?我可是莫名其妙在美发沙龙里待了很长时间,而且我对自己以前的生活产生了奇怪的

> 感觉,甚至都开始同情约翰了。

莉娜:!!!约翰? 啊!塔莉亚呢?我们现在需要她。

艾米:她的省略号不停出现又消失,她一定在考虑该说什么。

莉娜:感觉不像塔莉亚。也许她中午喝多了?

艾米:在她那个看上去像《疤面煞星》布景的迈阿密艺术风酒店房间里晕倒了。

莉娜:要么是《嗜血法医》的布景。

艾米:天哪。

莉娜:塔莉亚!塔莉亚,你在吗?你在和连环杀手开派对吗?

塔莉亚:去你的,姐妹们,我在工作。

| | | |
|---|---|---|
| | 今天是周日! | 艾米 |
| 莉娜 | 给我们发证据,证明你没被困在《嗜血法医》的地下室里。 | |
| 塔莉亚 | 我关机了。 | |
| | 那我的生存危机怎么办? | 艾米 |
| 塔莉亚 | 在我逼这帮白痴拍好照片、省下每小时五百美元的工费之前,你的问题恐怕就已经解决了。 | |
| 莉娜 | 她说得对,你懂。事情比较复杂。自由和家庭,旧爱和新欢,对约翰的宽恕和同情。还没那么糟。其实我觉得你的感受很健康。 | |
| | 不!哪有你这种朋友?你应该说,没啥好担心的,约翰不过是口恶心的黏痰,还有我的孩子们永远离不开我。 | 艾米 |
| 莉娜 | 呃……他们离了你也能活。 | |

| | | |
|---|---|---|
| | 你怎么敢这么说！ | 艾米 |

莉娜: 但我没说他们想离开你。好吧，我想想该怎么说。看起来，你的自我意识似乎很大一部分来自孩子对你的需要？也许你经常偷偷想，他们没有你肯定会崩溃？他们和约翰在一起过得很不错的事让你觉得受到了威胁？

艾米: 我再说一遍。你怎么敢这么说？！

莉娜: 好吧，你可以花点时间慢慢消化。

艾米: 不可能。

莉娜: 也许塔莉亚有不同看法。

塔莉亚: 我没有。

艾米: 我需要新朋友，笨点的。

莉娜: 别忘了，你选我们是有原因的。

| | | |
|---|---|---|
| | 不好意思,我忘了原因是什么了。 | 艾米 |
| 莉娜 | 外表,绝对是外表。咱们等会儿再聊,你的孩子们来了。 | |
| | 什么??? | 艾米 |

原来,约翰最近每周都会开车送孩子们去莉娜家吃两顿饭。听到这个消息,我感觉好多了。家里的一切似乎都挺顺利。我的邻居杰琪每周三开车送他们去泳池,每周一和周四,孩子们会跟莉娜一起吃饭,以便约翰在安静的环境里参加国际电话会议。我突然觉得有点儿自鸣得意——他没法像我那样单打独斗,真是个废物。但接下来我又觉得自己很傻。杰琪退休了,她丈夫还是会整天工作,她的孩子们都已经读研究生了。尽管她不止一次表示愿意帮我,我却从没想过请她帮忙,从没想过送孩子们去他们最喜欢的大人(莉娜)那里吃饭,然后一个人回家处理几个小时我自己的事。我当然听说过"养育一个孩子,需要全村人的努力"这样的谚语,但我觉得它对我不适用,不是吗?

适用吗?

我决定下次和马特共进午餐时跟他讨论一下这些事。虽然我没表现出来,但莉娜和塔莉亚整天对我冷嘲热讽、大肆批判,让我变得极端心理脆弱,不由自主地开启了自我防御机制(她俩都没有孩子,怎么可能理解我),而且觉得很受伤(我可没笑话她们那些缺点），甚至自认为有点遭到了抛弃（假如我真的那么差劲，她们为什么不早点介入）。

无论如何，我都想避免和女性朋友们谈论这个话题，但它并没有停止困扰我，所以我打算找一个不太可能给出有用回答的谈话对象——二十出头的男性倾诉一下。

马特耸了耸肩："讨论这些超出了我的工资水平。你知道吧。"

"试试嘛。"我说，"我说话的时候，你点头答应着就行了。"

"好吧，"他饶有兴致地说，"说吧。"

我深吸一口气："基本来说，你毁了我的生活。来这里前，我喜欢我过去的生活，没意识到它是多么……可悲和孤独。现在我约会了几次，对自己照顾得更好了，我觉得我不怎么期待几周后回到那个既可悲又孤独的小镇上了。"

马特挠了挠下巴，若有所思地歪着头："我认为你该和更多人约会。"

我大笑道："我告诉你，我抛弃了我的孩子和我的责任，而且乐在其中。你却让我……找更多的乐子？"

马特点点头："没错。我敢打赌，你需要更放纵一点，把内心的狂野全都释放出来，然后你就会觉得回家没那么可怕了。"

"但是，到那时我不再需要回家怎么办？"

马特摇了摇头："抱歉，我现在回答不了。我得打电话问问我妈，怎么烧开一壶水。"

"哈！明白了。"

"假如你的孩子都像我这样，他们肯定还会需要你。"他说，"也许永远离不开你，或者直到烦了才用不着你。反正你现在得多找找乐子,趁自己对寻找乐趣的过程还没失去兴趣。"

"你说的'乐子'就是约会?"

"嗯,我觉得你挺喜欢的。"

我想了一秒钟。他是对的,我挺喜欢约会,尤其是假如把我和丹尼尔的"友谊约会"也算上。自从在大桥上散步那次以来,我们又见了两回:一回是出来喝冰咖啡,步行穿过中央公园;另一回是一起参加他最喜欢的某个作者的读书会,然后共进晚餐。这两次见面,我们聊的都是轻松的话题,讲了许多蠢笑话,而且我全程都在暗自回忆丹尼尔没穿衣服的样子,满心期待再次见到他的裸体。

"你说得对,"我对马特说,"我确实需要更多约会,甚至不只是约会。"

"嘿,嘿!瞧瞧你!你是不是看上谁啦?"

我假装此时脑海里并没有像剧院字幕那样闪过"丹尼尔"三个字。"没有。我觉得第一个约会对象太自负了,第二个对我没感觉,第三个很迷人,但看样子只想玩玩。我很想认识一个不那么油头滑脑,不会让我觉得自己像是传送带上的货物的人,你明白吗?"

马特点点头:"你想找一个脚踏实地、知道自己不完美,但对女性更加真诚的人?"

"没错,"我说,"我认为这些东西很难根据照片和主页信息判断出来。"

他摇摇头:"但也不是不可能。让我们来看看都有哪些人选。"他打开缤趣钉板,"你准备排除哪几个人来着?"

"他,"我指着他的手机屏幕,"他和他,还有他。瞧瞧这家伙的大白牙。"

"哇!"马特说,"一看就花了不少钱。"

"太让人分心了。"我说,"我只能不停地往别处看。"

"好吧,我们再加上一个条件:'牙不能太夸张。'这家伙怎么样?"

马特指着一个英俊的男人说,这人有着深褐色的皮肤,眼睛很漂亮,叫兰德尔。他发的帖子看着挺真诚,经常表达一些政治观点,从他发过的一张公寓书架的照片来看,我们似乎有很多共同喜欢的作家。除此之外看不出别的了。

"当然可以。"我说。其实我很不确定。

"很好,我把他安排上。好了,还有谁?"

"一个还不够?"

"对,一个不够。姑娘,我们得好好释放一下。"

"好吧,释放,知道了。那他呢?"我指了指一个虽然性感但也有些邋遢的男人,照片里的他歪着嘴巴笑着,头发乌黑。我觉得他的眼镜可爱极了。

"马里奥,"马特说,"三十一岁,是不是太年轻了?"

"是。"我飞快地说,又改口道,"不,年轻吗?"

"我认为完全没问题。不过你得注意,他可能还没有已长大的孩子或者退休计划。"

"我三十一岁就有退休计划了。"

马特举起双手。"我只是提醒你做好心理准备。"他说。

"很好。可现在我需要释放,所以我们不用考虑那么多。"

"母亲假！"马特赞同地叫道。

"要不再来一个？"我说。

"至少一个。"马特说，"我喜欢这个。"他指着一个看上去挺有魅力的白种老男人说，对方头发花白，皮肤晒成了棕褐色，微笑时的鱼尾纹很性感。

"噢，"我说，"就选这个。"

马特点点头："我们还发了一些母亲假话题的推文，又有人表示对你感兴趣，这个是律所合伙人，工作努力，经常旅行，听起来像是个不错的家伙。"

"那好吧。一个年轻的，一个和我同龄的，一个老的。我喜欢对称。"

"我会找他们预约的。你晚上都有时间吧？"马特问。

我抿起嘴。"嗯……"我下个周五的晚上要跟丹尼尔出去，而且是去中央公园看莎剧演出。"我下周五有事，但其他时间可以，下了飞轮课。"

"很好，晚上空出时间，我们要把母亲假做成热门话题。"

# 第十五章

亲爱的妈妈：

我知道应该手写这篇日记，留到以后讨论，但这篇东西值得发电子邮件，因为它主要是关于你的。我不确定你看后会开心还是不开心。我朋友们的家长都在谈论你，其实他们更像在讨论母亲假这个话题。你知道吗？母亲假现在似乎火起来了。

事情还是要从崔妮蒂说起。她当着她妈的面问我，你的母亲假过得怎么样。她妈想知道我们在说什么，于是她解释了一下。崔妮蒂妈妈就在社交媒体上搜索了这个话题，发现很多人都在讨论它。比如说，假如她们也有母亲假，会去哪里玩，每天打算睡多久（你们老年人怎么这么缺觉？要是你觉得累，就不要在第二天上午八点前安排事情，你们成年人不都愿意这么干吗？这有什么难的），她们的结婚誓言还算不算数……有人说，只有坏妈妈才会休什么母亲假——简直是胡说八道，坏妈妈根本不需要母亲假。

好了，不要生这种人的气。总之，妈，只要一想到你掀起了一场全新的运动，让一部分乡村日间学校的学生妈妈不再只想着他们的孩子要补考多少回才能上大学，我就为你感到骄傲。

网络喷子无论看到什么都要喷一喷,我们阻止不了。但无论何时,只要听到有人谈论这个话题,我和乔都会骄傲地昂起脑袋。塔莉亚的杂志刊登这篇报道时,我要买无数本,告诉每个人我认识你。除非报道里提到了你的性生活,那样我会羞死的。

爱你。

你神经质的女儿,科莉

我其实不打算把孩子们对我说的话告诉别人,但科莉对母亲假的看法让我感到骄傲,所以我问她,能不能把她发来的电子邮件转给塔莉亚。科莉给我发了个"OK"的表情。我点了发送键,十分钟后,塔莉亚的消息来了:你的孩子真酷。

| | | |
|---|---|---|
| | 我怎么没看出来。相信我,他们其实并不总这样。 | 艾米 |
| 塔莉亚 | 当然,我知道。有些朋友的孩子每次都会让我觉得自己没有生孩子的必要,因为我会把自己的性格传给他们:喜怒无常、多愁善感、叛逆。 | |
| | 科莉每一样都有。跟跳水队的朋友们在一起时,她拼了命地想要 | 艾米 |

> 融入他们，我都不忍心看下去。如果你想说服自己不生孩子，可以看看图书管理员的孩子是怎么试着跟跳水队的带头大姐们谈判的。不管怎么说，她是个硬茬。

**塔莉亚**：你看到那些闲言碎语之后还好吧？

**艾米**：我根本没关注，我总是忘了这些个社交网络。

**塔莉亚**：去看一下，有我呢，搜搜母亲假这个话题。

**艾米**：好吧。……哇哦，这么多发言。

**塔莉亚**：你和马特触到了大众的痛点。

**艾米**：我看到了。很多人似乎都想要母亲假，我有点儿震惊。

**塔莉亚**：要是你真想受点儿惊吓，可以搜索"母亲假 + 放纵"。

| | | |
|---|---|---|
| | 我觉得我可能受不了。 | 艾米 |
| 塔莉亚 | 你绝对受不了。 | |
| | 这是为了卖杂志吧？一切的目的都是为了营销，对吧？我是说，这有助于你说服那些关键人物吗？ | 艾米 |
| 塔莉亚 | 实话吗？大概不会。过两个月报道出来的时候，人们会跑到报摊找这期杂志吗？那时候母亲假还会是流行话题吗？非要说现在的关注度有什么用的话，那就是在线卖广告，提高点击率。 | |
| | 点击率，哈！ | 艾米 |
| 塔莉亚 | 没错，一点意思都没有。因此要客观看待所有的话题推荐、推文、帖子和评论，它们不过是贡献了点击率而已。它们来了，它们也会走的。 | |

| | |
|---|---|
| 艾米 | 你的意思是,继续无视母亲假这个话题,享受真正属于我自己的母亲假? |
| 塔莉亚 | 完全正确。说到这个,你今晚没有约会吗? |
| 艾米 | 接下来的两周,我有三个约会!还得跟性感的图书管理员来个友谊约会! |
| 塔莉亚 | 噢!哇!你太棒了!简直是忍者级别的约会大师!想怎么约就怎么约。玩得开心。 |
| 艾米 | 必须的!至少到目前为止,我一直玩得很开心。我会随时跟你汇报的。 |
| 塔莉亚 | 完美。噢,艾米?你的眉毛怎么样啦? |
| 艾米 | 还长在我脸上,难道这还不够? |

塔莉亚　　让马特给我发张图。假如它们又像以前那样手拉手了,我就找你算账。

马里奥

马里奥高高瘦瘦,真人跟照片里一样不修边幅,好在美色可餐。我刚走进约好见面的酒吧,大脑就狂叫起来:"太年轻了!"可当我坐下来和他交谈时,却发现自己也跟着变得年轻了。马里奥的手状似无意地拂过我的腿时,我恍然大悟,原来这就是约翰和玛丽卡在一起时的感觉。真刺激。我们讨论音乐——孩子们出生后,它并非我生活中的重要组成部分,但音乐似乎定义了马里奥的身份。酒吧每播放一首歌,他都能说出乐队的名字,听到其中一首我喜欢的歌时,我点了点头,说:"这首的风格像传声头遇上了小妖精乐队。"看来我说得不错,他很赞成我的意见。我们坐在吧台前,越聊越来劲。去餐厅吃饭时,在餐前啤酒的放松作用下,我们又聊了更多话题。他高傲,大胆,对世界无所畏惧——但也有点儿可爱的理想主义,而且绝对是在寻找真爱。

晚餐接近尾声时,受到他最近去过戛纳的启发,我们点了卡尔瓦多斯苹果白兰地,跟餐厅经理赠送的焦糖奶油苹果冰激凌和酥皮脆饼是绝配。马里奥告诉了我他是干什么的。

他是个化学家,为一家非盈利组织工作,虽然拥有博士学位,但他坚信自己将来无论如何都不会去大型制药公司上班。然而在我的想象里，不远的将来，他会坠入爱河，跟妻子生一对双胞胎，为自己拥有一份六位数薪水的工作而感到万分庆幸。

我觉得他也有可能成为发明家，研发出一种新式净水器，依靠收取专利费获得财务自由，以攀登世界高峰作为退休后的消遣。总而言之，马里奥意在寻找一位真正的女友，而我无论如何都不会成为那个女人。他邀请我去他家，我给了他一个热情的长吻，说："非常感谢你的好意。"然后火速打道回府。

兰德尔

兰德尔带我去了一个名叫"仙馔"的地方，那是一家位于中城的葡萄酒吧，似乎经常有男女律师在这里聚会，然后彼此厌恶、不欢而散，返回各自的事务所继续工作。

我们刚刚坐下，他就一口气点了五杯葡萄酒。我紧张地咳嗽了几声，提醒他：凡是每瓶六美元以上的葡萄酒我都喜欢，所以酒的味道对我来说没那么重要。但他还是把每杯酒都给我介绍了一遍，我惊奇地意识到，这五杯看似不同的酒竟然是用同一种葡萄在同样的年份酿制的，简直就像品酒大师在给我进行一对一教学。账单送过来时，他抢着付账，说这是"业务支出"。这时我才得知，原来他在另一家葡萄酒吧做品酒师，他说，那个酒吧"酷多了"。

品酒课结束后，我不确定接下来要做什么。我被兰德尔广博的葡萄酒知识、分享这些知识的热情和毋庸置疑的帅晃得眼花缭乱，然而他不曾问过我一个关于我自己的问题，彻底控制了整个对话。他对我的喜好应该完全取决于我的容貌，无论我有没有改头换面，或者是不是……比如说，纽约九人棒球队。所以我想，他不喜欢我。

但他问我要不要去看他工作的酒吧，因为他"不希望约会结束"，我看着他——虽然决定的过程相当草率，但我也不希望自己的小命结束——同意了。

虽然品尝那五杯葡萄酒时我的兴致不高，但我认为他再点五杯的可能性很大，想到这里，我觉得有点儿慌，就跟他说，我最好顺路吃块比萨。我们买了几大块油腻的纽约辣香肠比萨，走在黄昏时分的百老汇大道，经过沐浴在夕照中的林肯中心。大都会博物馆的玻璃反射着点点余晖，那里的喷泉似乎比我记忆中的还要高。广场很空旷，我们坐在喷泉旁吃比萨，我说："葡萄酒和意大利辣香肠是一对奇怪的床伴。"

他说："我尝尝。"就这样，我在不知不觉中和他轻柔地接了个吻，然后在广场上徘徊，直到太阳终于落山，去照亮世界另一面的舞台。

威廉

原来，那个身为律所合伙人的魅力老男人名字叫威廉。他跳过在酒吧见面的环节，直接带我去了一家位置隐蔽的餐厅——它就藏在中央公园西边的那片上世纪六十年代的楼群里，绝对是我踏足过的最豪华的餐厅，精美动人的油画随处可见，白色的亚麻桌布和玻璃器皿闪亮耀眼。一位五十多岁的美丽黑衣女士似乎早已在一张华丽的桌子旁边等候多时,她甚至没问我就叫出了我的名字。

"你一定是艾米。"她诱哄般地说。我点点头。"威廉告诉我们你要来。他马上就到。我可以给你拿一杯普罗塞克吗?"

我欣然同意。十分钟后,我的约会对象走了进来,当时我的脑袋里已经充满了奇妙的小泡泡。我不由自主地打算站起来迎接他,仿佛他是一位王子,但他主动弯下腰,在我的脸颊上吻了一下,有点儿像赶牛那样把我赶回了椅子里。他说,没有什么比发现你的盲约对象比想象中的更漂亮这件事还要好的了。他建议我们试一试品尝菜单上的菜色,说他可能会把汤洒到领带上,为了让他感觉好一点儿,我说我也会。就这样,我们打开了话匣子。第二道菜上来时,他说他还在办离婚,是他妻子先离开的,这彻底改变了他的生活。喝到第二杯酒时,他说他希望妻子能回来。晚餐即将结束时,侍者给我们端来了柠檬利口酒,我不由自主地告诉他,今年夏天开始时,我也对自己的婚姻抱有疑惑,但是现在我对一个朋友产生了不该有的感情,他叫丹尼尔。然后,威廉和我在中央公园的跑马道上愉快地散了个步,谈论他和前妻和好的利弊,还有他新交往的几个约会对象。在第五十九街的地铁站,我们拥抱作别,互道好运。

与丹尼尔约定见面的夜晚来临时,我感到心中逐渐积累起一种前所未有的感觉,类似于自信。对于一个在三周里经历了六次盲目约会的女人而言,这并不奇怪,前提是这些约会讨人喜欢,有趣,完全无害。

丹尼尔在自然历史博物馆与中央公园的交界处等我，我们从那里步行前往街对面的一家新拉丁风格的餐馆，我们选它的原因是那里比较近，而且有粉红色遮阳篷。餐馆里人头攒动，但吧台附近有两个空位，我们挤过去，靠坐在一起，谈论要看的剧目《裘力斯·恺撒》。与世界上大多数人一样，我从未在现场看过这部剧，但丹尼尔对它如数家珍，告诉我看点在哪儿，需要注意什么。他说，勃鲁托斯的饰演者是 EGOT 大满贯得主，我假装知道 EGOT 是什么，但随着谈话的进行，我又不得不承认自己其实不知道。丹尼尔解释说，EGOT 是艾美奖、格莱美奖、奥斯卡奖和托尼奖的缩写。我告诉他，我的理想是，在未来的某一天，凭借我的拿手绝活——深情朗读名著《每个人都便便》，斩获格莱美最佳有声读物奖。他和我探讨了一会儿把这本书改编成音乐剧的可能性——否则我们靠什么拿托尼奖？就在这时，我们的百香果玫瑰莫吉托来了。因为聊得太起劲，我们甚至没顾上看看点什么菜。最后我说，要是再不点餐就要错过演出了，他就让我选几样我喜欢的和他共享。于是我点了酸橘汁腌鱼、加利多奶酪和加了辣酱的墨西哥鸡尾啤酒。因为太辣了，我尝了一口就给了丹尼尔，换成了好喝的桑格利亚汽酒。

每次我们出去，丹尼尔都会像从没见过吃的那样狼吞虎咽。今晚看着他如此享用我选的食物，我感到前所未有的开心，也让我想起那位曾替我点菜的约会对象——他可能比我更了解那些菜的价值。或许当你非常擅长某件事时，对人发号施令也就理所应当了。

然而账单上来时，潮流转向了，我的统治结束了。丹尼尔抓过账单，拒绝与我平摊餐费。他递出一张信用卡，嘟囔了几句听着像"不要侮辱我"之类的话。

"哪里侮辱了？"我问他，"我们是朋友，对吗？"

他的脸色变了变，我没法假装自己没注意到。"对，"他说，"当然，我只想请你吃饭，就这么简单。"

付完账，他握住我的手，那一瞬，我担心——或者说希望他会吻我。但他只是跳下吧台凳，拉着我快步走出餐厅，原来他是怕我们无法及时赶到戴拉寇特剧院。到达时还有三分钟开演，其他观众都已经像合格的成年人那样提前坐好了，我们只能傻傻地在人群中寻找空位坐下。我凝视着舞台布景，完美复制了中央公园里的眺望台城堡。"罗马看起来和我记忆中的不同。"我低声对丹尼尔说，然后灯光熄灭，演出开始了。

约翰和我有时会一起看莎剧。这样的活动对我们来说非常特别，因为我们需要保姆，还得预先计划，而且通常要在幕间休息时饮用咖啡保持清醒，以免在第三幕时睡着。他会买戏票庆祝我的生日或者我们的结婚周年纪念日，这对我来说既是难得的享受，也是一份礼物。他看剧时往往全程保持安静，似乎乐在其中。开车回家的路上，他会说："演出真是太棒了，我们应该经常去看。"然后我们就不再提起这件事。我们看过《仲夏夜之梦》《罗密欧与朱丽叶》和《驯悍记》，每次我都为晚上能够出门而感到格外高兴。为了让某个人感到非常开心而付出大量的时间和金钱去做你不是很想做的事，这样的举动堪称一件十分慷慨的礼物。约翰对此从来没抱怨过一句，哪怕莎翁笔下的卖药人用难以听清的极低音量讲出大段枯燥无味的台词时，他也不曾无奈地叹息过一声。

所以这不是我第一次看莎剧,但跟丹尼尔一起看莎士比亚,我的感受与过去完全不同。尽管晚餐由他付账,是他对我的款待,但看剧却并非只为了满足我一个人的精神需求,他同样也是为了自己的乐趣而来。我觉得,就算今天不是我,而是一个流浪汉坐在他旁边,丹尼尔也一样能享受这出戏。他笔直地坐在椅子上,有时候甚至身体前倾,在演员说出精彩台词之前,他会拿手肘戳戳我,台词讲完之后,还会再戳我一下。如同茱莉亚·罗伯茨在《漂亮女人》里看歌剧那样,他有时会边看边捂住自己的心口。

幕间休息时,灯亮了,他似乎第一次意识到我坐在旁边,仿佛我刚刚一直隐身,现在才显形。"好吧!你觉得怎么样?"他问,在我回答之前,他又说,"勃鲁托斯和哈姆雷特竟然有那么多共同点,不可思议,对吧?你可能会认为莎士比亚本人就是这么优柔寡断,可看看他的个人生活,你又不会这么想了。"

他的热情很有感染力。这出戏的节奏不是特别快,虽然我已经被台上的表演吸引,可是当周围的人翻动手中的节目单或者查看他们的苹果手机时,我还是会忍不住去注意。只有丹尼尔对此无动于衷,剧院和演员仿佛是他一个人独享的。

我说:"我越看越觉得,写剧本的是安妮,不是威尔[1]。"

丹尼尔笑了,他说:"知道为什么恺撒会在荷兰隧道错过打进

---

[1] 安妮·海瑟薇,威廉·莎士比亚的妻子。威尔,威廉的昵称。

来的电话吗?因为摩托罗拉的信号不好!"

我们出去透气,绕着剧院转了几圈,讨论着刚才的表演和情节,还有勃鲁托斯为什么会说"一颗蛇蛋,与其让它孵出后害人,不如趁它还在壳里时将它杀死"。

"首先,是孵化。"丹尼尔用夸张的抑扬格五音步纠正道。

"好吧,孵化。可第二个'它'是谁?这句话的主语是'蛇蛋'吗?这条蝮蛇不会是打算自杀吧?"

丹尼尔先是嘲笑我,过了一会儿,他承认自己从来没从这个角度去想过。

"难道蛇孵出来之后,还有什么东西留在蛋壳里吗?"我问,"是罗马吗?经过了这么长的时间,罗马肯定已经孵化得很好了。"

丹尼尔在网上搜索了这句台词,用不同的重音读给我听,我们这才意识到,勃鲁托斯这句话省略了"我们"这个主语,"我们"应该杀死尚未出壳的蝮蛇。我和丹尼尔笑着自我解嘲,说我们可能会因为这样的误解而失去图书管理员执照。我们为此浪费了不少时间,铃声很快响起,我们只好赶紧回到座位上。

接下来,恺撒出现在刺杀他本人的聚会上,场面变得有趣多了。看到极像美国硬核民粹主义者的安东尼,丹尼尔只能暗自压抑想要鼓掌的冲动。我已经完全沉迷在这个中央公园/古罗马混搭风的世界,接下来的三幕戏仿佛转瞬间就结束了。舞台上的灯光熄灭时,我眨眨眼睛,惊讶地望向丹尼尔。

他扭头看着我,说:"哇,我都忘了你在这儿了。"因为明白他的意思,我丝毫不以为意,并且还说:"我也忘了我自己在这儿了。"他点点头,说:"没错,就是这样。"

然后我们出去喝酒,在角落里的一张低矮的桌子边说个不停。我们聊了两个多小时,每人只喝了一杯酒,我的胃却火辣辣的,像是在酒精里面泡过,完全不想吃东西。客人陆续离开,吧台前面的座位空了出来,但酒保告诉我们,再过三个小时他们才会打烊。我和丹尼尔谈起恺撒之后安东尼和克利奥帕特拉的故事,我说,伊丽莎白·泰勒饰演的克利奥帕特拉像个奇怪的时尚偶像,我有个很聪明的学生曾经指出,白人女演员把脸涂成橘红色,妄想表现出棕色人种的美感,这是变态。我还想知道,为什么在当时,她的电影都创造了票房纪录,而这个国家的许多地方依然会把某些成年男人称为"男孩"。我说,只要稍微改变一下《相助》的营销方式,就能吸引大批青少年读者,甚至把它变成青少年小说,就因为把《咖啡让你变黑》当成阅读作业布置给了七年级的学生,我被学校警告了,现在我基本上只能无所顾忌地让学生读二十世纪六十年代流行的书。他突然一把抓住我的手,说:"就是这样的。"

他的语气与刚才非常不同,我有点儿吃惊地抽回手。"什么就是这样?"我问,是我们讨论过的蛇蛋和克利奥帕特拉的牛奶浴?还是他不让我付晚餐钱?

他摇了摇头。"你肯定明白我的意思。"他说,"我们第一次见面时,你就在勾引我。"他紧盯着我,我发誓他的眼神里有种绝望,还有点儿……饥渴。

我咳嗽了一声,结结巴巴地说:"我这辈子……从没……勾引过任何人。"我很想跟他轻松聊天,却发现气氛越来越不轻松。

丹尼尔歪歪脑袋:"那你现在在干什么?漂漂亮亮地坐在那

里，说一些特别有趣的话，难道不是在勾引我？你知道强忍着不去吻你有多难吗？"

我惊讶地打量着他。"我该说'谢谢'吗？"我问，"我的意思是，我其实不怎么确定你这些话是夸奖还是讽刺。"

他有点用力地放下早就空了的酒杯。"都有吧。艾米，你很漂亮，和你交谈很有趣，可最近你也让我的日子很不好过。"

我睁大眼睛："但是！提出只做朋友的人是你。"

他点头："而且这个主意很明智。可你正在休母亲假，我却没有……父亲假。我一直在努力保护自己，但你必须知道，必须一直知道，只做朋友不是我真正想要的。"

我摇了摇头："如果只做朋友是个阴谋，那也是你的阴谋。我一直认为，哪怕我们的恋爱注定没有结果，也该尝试一下。"

丹尼尔想了想，说："你的主意听起来也不怎么好。"

我举起双手，似乎在说，反正你也想不出更好的。

他叹了口气，哀求地看着我："我们得想想该怎么办。我已经很久都没对任何人产生这样的感觉了，艾米。我觉得很为难。在我喜欢思考的事情上，你总是会给出非常聪明的观点。你对于书的看法有趣极了。你喜欢四处观察，调侃生活，眨眼之间就能产生绝妙的想法。你的孩子们听起来也很棒，你的朋友们热诚忠心，而且你是那么那么的漂亮，跟你做朋友越久，我就越觉得你美，你觉得……这一切对我来说公平吗？"

我无话可说，只能尽量不沉溺在他的恭维里。"很高兴你能这么说。"最后，我支支吾吾地表示。

丹尼尔摇了摇头："我会尽量和你保持距离的。"

我感到头晕目眩又迷惑不解。我已经失去了这场谈话的控制权，一切都像是做梦。丹尼尔再次抓住我的手，但这一次我没把手抽回来。

"我不想和你保持距离。"我说，"在你旁边，我觉得烦躁不安，你让我感到紧张又兴奋。我一直都希望你能改变主意，别管那么多，然后……吻我一下？"

他端详着我的表情，想看看我是不是认真的，接着，他慢慢伸出空着的那只手，抚上了我的脸颊和嘴唇，抬起我的下巴。

我张开嘴想要说"不"，想提醒他我不想他受伤，无论今晚我们发生什么，夏天结束后我都会离开。但我一个字都说不出来。

他无助地看着我。"我要吻你了，"他低声说，"明天再去担心别的吧。"

我呼出一口气。"噢，感谢上帝。"我说。紧接着，因为一秒钟都不想再等，我主动靠过去，消灭了我们嘴唇间剩余的最后十几厘米。

# 第十六章

亲爱的妈妈：

  我买了你推荐的那本书。它被拍成了电影，你知道吧？但我没在亚马逊上买碟，而是买了书，因为我是个尽责的好女儿。这本书真的很无聊。谁会爱上瘫痪的人？等等，你在上一封电子邮件里提到的那个"朋友"是不是就瘫痪了？还有，这个"朋友"是"男朋友"吗？我知道你想保密，但这个人是你今年夏天提到的第一个"他"，如果这本书是"他"女儿最喜欢的，这是否意味着你见过了他女儿？你们俩是认真的吗？他是我的新爸爸吗？希望你能给我透露一点点信息。

  还有一件需要对我爸保密的事。乔和我都非常为我们外出参加夏令营的这一周担心。我不知道你是否意识到了这一点：乔上次坐飞机还是他七岁时，当时我们一起去拱门国家公园玩。他还不知道该怎么转机，而他很快就得一个人飞到阿拉巴马，在亚特兰大转机。他很害怕，但又不想拒绝爸爸的好意。乔一直记得，上次我们出去时，我和乔在餐厅吵架，我爸气疯了，一个人跑出去喝啤酒，结果和我们失去了联系，我们被迫在拉斯维加斯困了一夜。我认为这件事可能已经深深影响了乔对乘飞机旅行的看法。

所以我正在秘密地为他制作一份亚特兰大机场的地图，标出他最有可能经过的出入口。另外，我还想和你商量，能不能把我的手机给乔，让他带着出门。反正我在国家队训练营训练时，一整天都用不着手机，而且我在那儿也不需要给朋友发信息，我很确定，队里没人愿意跟年纪最小、水平最糟糕的孩子（就是我）一起玩。假如我想跟家乡的人聊天，可以在宿舍用我的平板电脑。

如果乔拿了我的手机，我觉得他遇到困难时就不会那么紧张了。我跟他说，要是他被困在了亚特兰大（或拉斯维加斯），他只要给你打电话，你很可能会包一架飞机送他回家。

或者……还有一个选项，这只是我一时的想法：我可以把手机留给乔，我爸会给我买刚发售的新苹果手机，带3D摄像头。我知道你会想，不行，十二岁的孩子太小，还不能用手机。乔喜欢在空闲时间解解数学题，所以我认为他的童年基本上算是结束了，假如他确实有过童年的话。还有，我十二岁的时候，我认识的每个人就都已经有手机了，他们还笑话我是"阿米什人"（当时我可能提到过这个词儿？）。

无论如何，我猜我得跟你确认一下这件事，或者……直接找我爸商量一下？

爱你。

让我们面对现实吧：我可能明天就会用新手机给你发消息了。

你邪恶（但很聪明）的女儿，科莉

| 塔莉亚 | 又是丹尼尔？ |

| | 没错，又是丹尼尔。 | 艾米 |

| 塔莉亚 | 莉娜，你听见了吗？ |

| 莉娜 | 恐怕是的。 |

| 塔莉亚 | 我们该拿她怎么办？ |

| 莉娜 | 给他们筹备婚礼吧。 |

| | 都给我闭嘴。噢，等一下，我觉得他醒了。 | 艾米 |

我急忙把手机放在床头柜上，屏幕朝下，因为我知道手机里的那两位还会继续聊上一阵子。

然而速度还不够快。

丹尼尔翻了个身，抓住我刚才握手机的那只手，往他怀里一按。我顺势靠过去，鼻尖顶着他的胸。他打了个哈欠。"你比我最差劲的学生还要不守纪律，"他说，"早晨一睁眼就玩手机？"

我张开嘴，想为自己辩护，但很快又合上了。他说得对。我觉得自己只有十九岁，刚刚和心动对象从床上醒来，我搂着他，他搂着我，他的皮肤热热的，在他旁边醒来让我感到头晕目眩、昏昏欲睡。

"我太激动了。"我终于承认道，"你很可爱。"

他笑了："你真迷人，我必须承认，看到你还在这儿，我很高兴。上次我醒过来的时候，你直接把我赶出了门。"

"是的，但那次是个错误。昨晚没有错。你知道的。我没喝醉，我知道自己在干什么。"

"上次你也知道自己在干什么，我敢肯定，反正我是经过了你的同意才那么干的。"

我点点头。上一次我当然知道自己在干什么，当时我们都有点儿醉，我很投入，没想那么多。直到第二天早晨，我才觉得事情不正常。"但是这次我没被自己吓到，这次是有预谋的。"我说。

"预谋诱惑我？"丹尼尔问。

"是上衣在诱惑你。"我说，指了指我昨晚穿过的那件半透明的上衣，它已经被我们扔到了卧室最远处的角落里，"本来我还想在里面再穿一件的。"

"不是上衣。"他说，"是你，就是你。"

我笑了，然后皱了皱眉："我们还要那样吗？"

"我当然愿意。"

我脸红了："呃，好吧。我是说那个做不做朋友的问题。"

丹尼尔低头看着我："我非常不希望和你做朋友。"

我沉重地叹了口气："再过五周，我就得回宾夕法尼亚了。我担心咱们到了该说'再见'的时候要怎么办。"

丹尼尔点点头："再过五周，我就得回去上班了。我百分之百地肯定，我非常不想和你说'再见'。"

"瞎说。"我说。

"的确如此。"他说。

我们沉默了很长时间。

然后，我试探地说："我们可以在五周里完成很多事。我曾经用一个月读完了乔治·桑的全部作品。"

"那取决于事情的价值，在剩下的时间里，我宁愿尝试一些别的东西。"

"埃德加·爱伦·坡？"

"我在考虑研读一些古代梵语文本。"

我对他摇了摇头："《爱经》是本长得出奇的书，我们恐怕永远读不到'指甲的挤压、捏掐与抓挠'以后的章节。"

"我们可以只看插图。"

"好主意。这样就能腾出时间看更多的戏，或者听听音乐，逛现代美术馆和古根海姆博物馆什么的。"

"咱们叫个早餐，边喝咖啡边看最近的新书？"他建议道。

"天啊，没错，"我说，"必须这样。"

"好，那我来打电话订餐。我请客，毕竟我每年有一万英镑的进项。"丹尼尔站起来，打趣地说。他光溜溜的屁股，对简·奥斯丁的引用，以及回头看我的那一眼，再次让我神魂颠倒。

"等等，丹尼尔，让他们半小时后送。"我说。他转过身来，看到了我眼睛里面的闪光。

"四十五分钟。"他纠正道。三分钟后，他又回到了我怀里。

接下来的一个月，日子过得就像一段诺拉·埃弗隆剧作的蒙太奇剪辑。丹尼尔和我在雕塑花园徜徉，在中央公园的各处桥梁漫步，在电影论坛剧院嬉笑打闹，互相投掷爆米花，沉浸在双方心知肚明的爱情之中。但那天晚上过后，我们的相处就少了一些随性的诗意，多了一点刻意为之的拘束。我们还会去博物馆，但不会为了仔细观看展品而长时间停止交谈，我们花了太多时间商量去哪里吃饭，最后饿得只能临时决定去吃热狗。我们会在站台上等三十分钟的火车，为了打发时间把所有的话题都聊完，然后打开手机玩"填字接龙"，在"X"上卡壳，随即又在讨论"relax"的词源以及"zoolander"这个词是不是世代联系的试金石时跑题。每当我们踏入一节空旷得令人幸福的地铁车厢，往往会发现它要么是无家可归者的厕所，要么空调坏了，要么——这真是一段非常沮丧的经历——有一支墨西哥街头乐队正在车厢里排练，为了调整演奏同步的时机，他们一遍又一遍地重复曲子的开头，永远不会继续演奏接下来的乐章。

有一周每天都下雨，我们躺在塔莉亚的公寓，读那些我们认为可能适用于"灵活分类法"的青少年小说的第一章。当丹尼尔第一次读杰奎琳·伍德森的作品，而我与此同时在读《喝月亮的女孩》时，我们一连好几个钟头都没怎么说话。我们在唐人街迷过路，误打误撞走进一家餐馆，点完菜之后才发现这儿的卫生评级只有C。我们计划去公园散步，但最后还是跑到了广场酒店喝了一天马丁尼。

我们完全不谈论未来，只谈论自己的生活，还有使生活变得充实而有意义的一切，我们表现得就像是九月份永远都不会到来，而我们会在温度超过三十八摄氏度的地铁隧道里漫步度过余生那样。我们唯一一次与未来计划正面遭遇,还是那次跟凯瑟琳视频通话时,她说九月开学的第一天,她会在芝加哥推行"灵活分类法"的试点计划。但对我和丹尼尔而言,时间永远停留在八月。

后来有一天,卫生部门罢工了,垃圾开始在人行道上堆积,二十几岁的人最热衷的活动(在小巷子里偷偷接吻)变成了抓老鼠大赛,可假如你跟一个很棒的人在一起,哪怕一只老鼠明晃晃地从你的脚面上横掠而过,也不会破坏你的心情,还会让你意识到:我恋爱了。每天我们都说:"我们明天各过各的吧,因为我们已经不再是放假时天天粘在一起的小年轻了。"然而到了晚上,我们会说:"明天我们还是在一起吧。"

丹尼尔的前妻住在威彻斯特,女儿卡桑德拉在她妈家过暑假。卡桑德拉每天都要给他发很多生活照。她几乎每顿饭都会把食物拍照发过来,或者问他对一些电影的看法,而他已经一年没去电影院了。卡桑德拉还曾经问丹尼尔,她妈怀孕的时候漂不漂亮,接着又在十分钟之后说:"别担心,爸,我正在来例假。"

每次他拿出手机,我都会惊讶地意识到:又是他女儿,无论想到什么问题,她都会立刻发消息问他。这孩子以为她爸无所不知,而我竟然也开始产生了相同的想法。他非常熟悉纽约的建筑,知道不同种类的云都叫什么名字,能够讲出我们走过的每条具有特殊意义的街道的别名的来源,比如杰瑞·奥巴街(第五十三街)和比莉·哈乐黛街(第一百三十九街),他最喜欢马丁·古尔德大道。马丁·古尔德是一位非常热衷慈善、为老年人权益奔走的活动家,在他极为长寿的人生中,他的画像涂鸦曾经多次出现在布朗克斯的无数个信箱上。"他还给国会议员同僚们写了很多慷慨激昂的倡议信,"丹尼尔说,"他是个非常有实干能力的人。"

我说:"好吧,我从来没注意过布朗克斯的任何一个信箱。"他说:"你去过布朗克斯吗?"接下来我才知道我们要坐地铁四号线去市区跟他女儿吃午餐。

丹尼尔的女儿很漂亮,可以说是美得惊人。作为拥有一位漂亮女儿的母亲,连我都忍不住这样感叹。我女儿的美非常深入骨髓和面面俱到,以至于除了容貌,人们往往很难注意到她的其他优点。"她可真漂亮。"每当科莉走远之后,他们会这样对我说,语气十分惊讶。科莉确实漂亮,但大多数时候,她在我眼中只是个戴着朴素泳帽的女孩儿,因为常年跳水而有着壮实的肩膀和大腿,每次跳水前都会取出耳塞,跨上梯子,目光坚定而专注。有时候我眼里的她头上抹着除氯剂,穿着毛茸茸的睡衣。她时常以这种形象出现在我的卧室,一屁股坐到我床上,告诉我该怎么穿衣服,还会嘲笑我的鞋。她绝对不是什么花瓶和挂毯之类的美丽物件,而是个有思想和行动着的人。我确信同样的话也适用于卡桑德拉,但让我很难不去注意的是,她有着酷似丹尼尔的漂亮颧骨、乌黑的头发和芭蕾舞女演员的身体。她坐在那家小小的越南菜馆的一张四人桌旁等我们。我和丹尼尔到达时,她从手机屏幕上抬头看了我们一眼,随即又低下头,举起手机,对着我们拍了一张照片。我感到既震惊又不安。

"这就是她,嗯?"丹尼尔过去给她一个拥抱,她对他说。我不知道是不是该假装自己不在现场。

丹尼尔笑着说:"活生生的艾米·拜勒。"说着,他向我打了个手势,仿佛我是综艺节目里的奖品,"性感的图书管理员,两个孩子的母亲,从一场漫长的旱灾中把你父亲拯救出来的人。"

"她很可爱。她住在乡下吗?"卡桑德拉问她爸。到目前为止,她一次都没有正眼看我,即便如此,我也能感受到些许向我发射过来的敌意。好吧,丹尼尔确实提到过,她非常强势。

"是的。而且再过不到一个月,她就要回去了,所以你千万不能太爱她哦。"他说。我一言不发地站在那里,只觉得自己的四肢似乎越来越长,指关节渐渐拖到地上,好像整个人最终会变成地上的水坑,顺着地板的缝隙流走。

"我不能叫她'妈妈'吗?"卡桑德拉问。

"照这样下去,她可能会让你帮她叫辆出租车。"丹尼尔打趣道。

我再也无法忍受,于是清了清嗓子。他们俩都转过来看着我,仿佛我刚刚才走进来。"我要脱掉隐身斗篷了!"我宣布,"对不起,偷听了这么久你们的谈话,我已经忘记我还穿着这件该死的衣服了!"我像哑剧演员那样,动作夸张地脱掉一件想象出来的斗篷,把它搭在椅子上,坐在卡桑德拉对面。我伸出手,想要和她握手。

她笑了,但并不特别热情:"很高兴见到你。我听到过许多对你的赞美,你让我爸今年夏天没再像往常那样动不动就没话找话地和我聊天,这是个好的开始。"

"好吧!"我焦躁地说,"我相信你说的。"

"另外,这顿午餐对我来说意味着可以免费吃河粉。所以你得到了我的批准,可以进入下一个阶段了。"

"哇，她非常果断。"我对丹尼尔说，"她对你所有的女朋友都这样吗？"

卡桑德拉"哼"了一声："他所有的女朋友？有意思。他讲的那些拉丁语笑话，你听了也会笑吗？"

丹尼尔清了清嗓子："马可·安东尼对替他遛狗的仆人说了什么？"没等我们回答，他就说，"沙皮狗[1]！"

我和卡桑德拉全都哀嚎起来。

卡桑德拉说："你知道吗？你是第一个他带出来四处招摇的女朋友。"

丹尼尔近乎微不可察地朝卡桑德拉摇了摇头。"我当然和别的女人约会过。"他说，"我只是觉得没必要带她们来这家餐厅，因为我女儿几乎每天都盼我带她过来。"

"这儿的河粉简直绝了。"她说。一提到河粉，她的眼睛闪闪放光，像极了丹尼尔，但不知怎么，她似乎比她父亲更老练和强硬，而且她显然跟科莉一样傲慢无礼、反应敏捷。她们俩或许能相处得不错，前提是不能相互竞争，科莉非常争强好胜。

"看起来很好吃。你能帮我点一份吗？"我问她，"我不太会发那个词的音，我会把 pho（河粉）说成 faux（虚伪）。"

"噢，爸，"她礼貌地嘲笑了一下我抛出的双关梗，然后对丹尼尔说，"你打算跟女版的自己约会吗？"

"她不懂拉丁语，"他警告她，"但她和我喜欢一样的书，也喜

---

[1] 此处为谐音梗。"Shar-pei diem"意为"沙皮狗"，拉丁文"Carpe diem"意为"及时行乐"。

欢在地铁上看书,而且在那些我想成为专家的领域,她很擅长假装一无所知。"

"那你可千万别让她走!"卡桑德拉夸张地惊呼,但语气里有一丝讽刺。她又看了看我,问:"我爸给你讲过很多我的事吗?他有没有明确表示我是他的宇宙中心?"

我点点头:"是的,他在我们第一次约会时就告诉我,无论我们之间发生什么,你永远是第一位的。有朝一日,等你结婚生子,我就得搬进你家阁楼,给你的孩子编辫子。"

她笑出了声。

"不过另一方面,我也有两个孩子,科莉和乔,他们的孩子或许也需要编辫子。你爸编法式辫子编得怎么样?"

然后她甩出一条我不知道我需要知道的信息。"其实,我妈离开我们后,"她状似随意地说,"我爸被迫学着给我梳头,他现在已经很擅长了。"

我困惑地看着丹尼尔:"我以为你们共同享有监护权。"我和他一起过夜的时候,他女儿难道没待在她妈身边吗?

"我们现在才开始共享监护权,"他说,"乔治娅回来了。她有点像你们家的那个约翰,不过她回来时已经和一个女人结婚了。"

我吃惊地问:"她离开多久了?"

他呼出一口气:"让我们想想。卡桑德拉?"

卡桑德拉想了一会儿,说:"我上小学一年级的时候,她走了。四年级的时候,她回来了。"

三年,跟约翰一样。但丹尼尔之前从没跟我提过这件事,不知道这是不是他的痛处。"她回到你们的生活里,你们会不会觉得为难?"我不由自主地问。

我是对丹尼尔问的,但卡桑德拉轻松地接过了话头:"噢,我当时把她拒之门外了,就这么简单。她卑躬屈膝地求了我一年,我那时气坏了。"

我回味着她的话,想起了科莉这几个月对她父亲的各种古怪考验——比如向他敲诈最新款的苹果手机,好在约翰并没有纵容她,我很欣慰。"最后是什么让你改变主意了呢?"我问。

她耸了耸肩:"可能是时间吧,我猜。我觉得我已经欺负她够久了,而且我爸上班时,我需要有人开车送我去国际象棋俱乐部。"

我笑了:"我儿子乔也下国际象棋。他现在就和他爸在一起,虽然算不上欺负他爸,但假如他真这么干了,我想我也不会责怪他。跟你妈一样,约翰当年的一系列行为也很令人失望。"

她点了点头,我意识到这对她而言并非新闻。"我爸说,那些离家出走的人,其实是想逃离自我。"她说,"他说,我们只能同情他们,因为他们可能会失去亲人,却永远没法超越自己。"

我点了点头。"我的朋友莉娜也这么说。"我说,"她还会再加上一句,说那些怀有谦卑之心、愿意回来弥补过失的人可以获得一次改过自新的机会。"

"没错,"卡桑德拉耸了耸肩,"我懂这个理。所以我妈现在是我最好的朋友,而且我现在年纪大了,"听到这里,丹尼尔挑了挑眉毛,"我看清了全局:作为美国女性,刚做母亲时,你们会有一种被彻底困住了的感觉。社会上那些维护母亲利益的观念已经扭曲了，你们只能孤军奋战。我读过两本这方面的书，也看到朋友们的妈妈似乎每天都气鼓鼓的，这说明她们对现状非常不满，十分渴望改变。"说到这里，也许是意识到自己把话题扯得有点远，她显得有点儿烦躁，"还有，像你一样，她们会觉得逃离家人是她们找回自我的唯一方式，比如休个母亲假。"

我被嘴里的汤呛了一下。"唔，对我来说其实不是这样。"我说，"我没有被困住的感觉，真的，我只是厌倦了做单身母亲。你对社会观念的看法非常正确，比如产假、多代人对抚育子女的支持、对超级父母的期待……这些观念都扭曲了。"我边思索边说，"另外，我的工作……和你爸的一样，作为教育者，我们总是很努力。至于休母亲假，可以这么说，我是被朋友和家人赶鸭子上架的。我根本不想离开家，但我别无选择。"

卡桑德拉耸耸肩，以年轻人特有的方式无视了我。"我只是说，我能理解你为什么想逃，毕竟你在纽约这边似乎挺愉快的。"

我看着她。她才十六岁，我提醒自己，只比科莉大一点点。她之所以能像成年人那样说话，是因为她是个城市孩子，读过很多书，但她实际上还不成熟，她并不真理解我的情况。

不过，抛开这些不论，她说得对吗？

片刻之后，沉默愈浓。我望向丹尼尔，抱着期待这段对话结束的希望开口道："你女儿讲得很有道理，我今天过得很愉快，但这个所谓的母亲假总有一天会结束的。"

丹尼尔的嘴抿成了一条线，但他点了点头。"是的。"他说，异乎寻常地安静。

卡桑德拉耸了耸肩，这次左肩比右肩高一点儿。"我只是想说,"她重复道——科莉告诉过我,任何跟在"我只是想说"后面的话都会激怒我,"母亲假这种形式的间隔期,往往以一个重大的决定告终,比如选择回家或者选择永远不回,我不觉得你的母亲假会有什么不同。"

我看着丹尼尔,并从他眼中看到了一个疑问。他是不是想知道我是否也面临一个重大决定?他认为我有可能留下来?他的表情有些难过,我知道我的表情一定也如此。我已经迈出了那一步,在这个夏天跟他相爱。而在我们相遇之前,我几乎从未想过这种可能。有时候,当我早上睁开眼睛,看到他躺在我旁边,我会觉得离开这里是不可能的。

"当然不一样。"我说,但我随即意识到,没有什么不同。我即将走到抉择的十字路口,很快。丹尼尔、纽约、戏剧、美食、博物馆、漫长而慵懒的日子……一切都进入了倒计时。滴答,滴答。

现实生活在等我,抉择刻不容缓。

我想知道:我是否也像约翰和卡桑德拉的妈妈一样,来纽约是为了逃避自我?

若是这样,为什么来这里后,我却有一种找到自我的感觉?

# 第十七章

亲爱的妈妈：

我读完了《遇见你之前》，真是个悲伤的故事。真的真的很悲伤。

这让我想到，这个夏天结束时，事情会朝着对我们来说有点儿奇怪的方向发展，不是吗？

我知道我应该早点考虑到这些，但是我爸和你永远不会回到过去了，对吧？你说，你在纽约跟人约会了。你也说过，你不会告诉我任何约会的细节。但假如你遇到了什么人，这一定意味着你不愿意再给我爸一个机会。你想过给他机会吗？

如果你在月底回了家，我爸却没机会挽回你，他会走吗？

我知道在这一切开始之前，我们谈论过他要离开这件事，但那似乎是很久以前了，情况看起来已经发生了很大的变化。他的表现出乎我的预料。他很有趣，而且他绝对在乎我们，知道自己犯过错误。他正在解决这些问题。他一直把你挂在嘴边，他桌子上还有一张你的照片，我能看出，假如你愿意接受他，他会怎么做。

我在谷歌上搜索了一下"母亲假"（momspringa）这个词的来源——阿米什人的"游历假"（rumspringa）。我看到有篇报道说，有个阿米什人休完游历假之后就离开了他的家人。他爱上了外面的世界。对于这样的假期，他的一些阿米什朋友始终保持着既谨慎又恐惧的态度，但他休假时却感到既兴奋又充满活力。他说，他知道自己对家庭和教会负有重要的责任，为此他挣扎过很长时间，但是最终，他对现代科技、言论自由和一次性清洁湿巾之类事物的热爱超越了他的旧责任。

等你休完母亲假，也会做出这样的选择吗？

无所谓了。乔和我已经谈过了，无论爸爸怎么做，我们都接受。但假如他希望回到家人身边，能不能请你好好考虑一下？拜托。

爱你。


科莉


跟卡桑德拉吃过午餐，我借故离开，独自回到公寓。检查完电子邮件，我在屋子里踱步，一遍又一遍地思索卡桑德拉的话。晚餐我点了外卖，喝了一杯塔莉亚的威士忌，在"奈飞"上看《诺丁山》，哭得泪流成河。这是几周以来第一个没有丹尼尔的夜晚。悲惨。

第二天早上，我做的第一件事就是打电话给莉娜。打给塔莉亚并不明智——首先，她虽然知道手机有音频传输的功能，但不太有兴趣体验；其次，她并非客观公正的第三方，她没孩子，没前夫，只会毫不客气地希望我搬来纽约，让她开心，犹如回到美好的过去。她不认识我的家人,她只了解过去的我,而不是真正的我。

真正的我已经与丹尼尔相爱。醒着的每分每秒,我都想和他一起度过。我不想和其他男人出去,他们有的擅自为我点餐,有的只希望我知道他们能赚多少钱,还有的拥有漫长而肮脏的情史。我只想躺在丹尼尔身旁,和他一起读书,一起睡觉,一起吃鸡蛋芝士卷。约翰成为过去式之后,除了丹尼尔,我从未对任何人产生过这样的感觉。或许连约翰也从来没能做到这一点。我不想在几周后离开,不想回到那座维护成本高得惊人的房子,不想继续给孩子们当司机,继续从事那份吃力不讨好的工作。

现在已经不再是母亲假,它完全变成了另外一回事。

"你似乎真的很喜欢他。"莉娜说。

"是的。"我说,"他也喜欢我,对我很好。他非常独立,完全能对自己负责。他没让我产生任何依赖感和不安全感。他很擅长倾听我讲述我的工作和孩子们的事。"

"听起来像是个好消息。"

"是个可怕的消息。"站在塔莉亚的公寓里,我敞开了通往她那个朱丽叶式阳台的推拉门。阳台上有一把阿迪朗达克椅,还有个配套的脚凳。因为空间狭窄,塔莉亚卸掉了椅子朝向玻璃推拉门那一侧的扶手。打开门之后,我爬进椅子里,然后关上门,蜷缩在这个局促的小空间,仰望布鲁克林的蓝天。

"为什么是可怕的消息?"莉娜问,"因为他在那里?"

"还因为我要回家,回到没有他的那个地方。"

"呃,现在你在有他的那个地方。"

我看着自己所处的环境。几层楼高的小巧露台上，我坐在一把只有单边扶手的椅子里，玻璃门离我的脸很近，我只要一转身就能亲到它。身体的另一侧，阳台栏杆顶着我的肩膀，所以我经常这样想：塔莉亚的纽约是我的仙境。

"但我很快就要回去了。"天空是如此明亮。街上的噪声——警笛声、喇叭声、电钻声在这个高度已经微不可闻。"你明白我的意思。"

"也许你们俩真的很合得来，他可以搬到你这边。"

"他不能过去找我。"我叹了口气，"他有个十多岁的女儿，在布朗士科学高中读书，你知道，无论跟哪里比都算得上最好的公立高中，她肯定不会走。搬家对丹尼尔来说相当于放弃监护权。"

莉娜沉默了，我知道她正在组织措辞。"有些男人，"她小心翼翼地说，"他们会为了爱情离开原来生活的地方。"

我抿起嘴唇。"那不是爱情。"我毫不客气地说，"无论你怎么想，但我知道约翰离家出走不是为了去找那个女孩，而是想逃避我们。"

"我说的可不一定是约翰。"

我放缓了呼吸，向大脑输送它所急需的氧气。空气中飘荡着香料的味道，肉桂，姜黄，有人在隔壁公寓开着窗户做饭。"我猜，对于其他男人来说，这并非不可能。"我不由自主地想象起丹尼尔收拾行李、离开他女儿的样子，顿时觉得有些反胃，"但假如他撇下自己的孩子搬到我这边，我是不会收留他的。"

莉娜顿了顿，说："虽然讨厌问出口，但我还是想知道，你愿意搬到他那边吗？"

"绝对不会。"我回答,"没门儿,不可能。"

"你似乎很享受纽约的生活,我是说约会之外的生活。你现在经常特别开心地给我发消息,还喜欢在每句话后面加感叹号。两天前,你给我发来一张你在吃五香熏牛肉三明治的自拍。"

"你注意到三明治的大小了吗?"我问。

"是的,"莉娜说,"相当可观。我的意思是,你非常适合城市生活。"

我拿手指敲打着嘴唇,思量着她的话。是真的吗?比起在家陪孩子,我更喜欢这里的生活吗?

噢,天哪。强烈的罪恶感再次袭来,狂暴燥热,如同八月的风。

因为我内心深处有个自私而恶劣的小小声音在叫嚣:"是的!"

"莉娜,"我说,"我会结束我跟丹尼尔的关系,马上。"

"什么?"她说,"等等,我们什么时候得出这个结论的?我正打算告诉你应该先抓住机会享受人生,然后再做未来的打算。我原本还准备给你来一段'人生苦短'的演讲,就连该怎么穿插引用鲁米的名句我都想好了。"

"我今天就结束我们的关系。我得挂了,然后给他打电话。"我努力在椅子和脚凳之间站直身体,却发现这样只能被它们卡在中间,哪儿都去不了,我只好一屁股坐回椅子上,好似一条试图从岸边翻回水里的鱼。

"不不,艾米,你不需要结束它。"莉娜说,"这太荒谬了。"

"我得回家。"我说。

"等等,"莉娜说,"你这又是闹哪一出?刚才我们是在鸡同鸭讲吗?"

"纽约现在已经对我失去吸引力了，就这么简单。"我说。我惊慌失措，我想进到公寓里，远离城市的空气，离开这个可笑的阳台。我蜷起腿，转身面向推拉门，把它打开，从椅子侧面滑下来，跨进公寓，双膝微微打颤。我关上推拉门，背靠在门上。我大口呼吸，室内很安静，没有香料的味道，只有经过空调过滤的空气。

我环顾整个公寓，塔莉亚走了这么久，我刚来的时候还觉得这里完全不属于我，现在这儿却更像是我的公寓，到处都堆着我的书，我的笔记本电脑旁边是成捆的便条纸，上面写满了我头脑风暴时想出来的课程计划。厨房柜台上摆着我积攒的外卖酱油包、四张外卖菜单、一包我最喜欢的格兰诺拉麦片、一箱从市场买回来的草莓。门口是我带来的四双鞋和我上飞轮课的包。感觉就像……我是这儿的长期住户，我的孩子们在远方自食其力，我独自住在纽约，从事阅读教学指导工作，常去剧院和博物馆，每天晚上八点钟吃饭，雇人帮我洗衣服。

这不是我，这不是我的真实生活。再次忘记现实之前，我要早点儿回家。

我打电话给丹尼尔，被转到了语音信箱。"丹尼尔，我必须和你谈谈。"我说，然后，因为我知道这会给他造成心结，就尽可能轻描淡写地说，"我得回家，回到我真正的家，我……太想我的孩子们了，而且……"我的声音越来越小，思考着该怎么说，"这样下去，时间越长我们就越难分开。"我说，"我觉得，你知道……我们一开始就注定不会有好结果。"我沉默了一会儿，不知道要不要改变主意，删掉所有留言，重新录音，但还是决定坚持我的想法,不再继续犯傻,不再无视危险,所以最后我只简单补充了一句,"如果有任何关于'灵活分类法'的消息,请通知我,好吗?"然后我就挂了电话。他听到这段留言肯定会生气,心想:"还是和她分手比较好。"他绝对会这么想,并且我也会。想象跟他在一起的未来是没有意义的。乔才十二岁,我还要再照顾他六年,再照顾科莉三年,我不会浪费这段宝贵的时间,赖在纽约和一个男人谈注定失败的恋爱,跟他终日在博物馆闲逛,滚床单,躺在床上瞎聊,吃贝果面包……不。

我觉得自己像个白痴。母亲假,真是个荒唐主意!我一直在忽略我的孩子,我应该感到惭愧。孩子需要母亲,我的家人需要我。我不能就为了一个长相漂亮的图书管理员和几家不错的寿司店放弃现实生活,只是想想都不行,这会显得我是个坏妈妈。

狂欢已经结束,现在该打包了,要回去好好过日子。

我没看电子邮件,一分一秒都不想耽搁。我只是收拾起自己散落在塔莉亚公寓里的个人物品,尝试把它们塞进我的行李箱,然而却失败了——《纯美》杂志给我买了太多东西,太多好东西,比如骑行鞋、各式各样的百搭套装和那把特别的猪鬃发刷,而且满地都是书,我自己的、从纽约公共图书馆借来的、丹尼尔的。最后,我把所有东西分成三份(要还给图书馆的书、我准备寄回家的东西、属于丹尼尔的物品)放进三个大箱子,尽可能地将它们摆放整齐。

然后我意识到,我要空手而归了。我不能空着手回家,得给孩子们买一些纽约的好东西。这么长时间了,我为什么一直都没给他们买东西？过去的两个月，我表现得就像是根本没有孩子，只顾着和老男人、长不大的年轻人以及年龄介于这两者之间的家伙约会，只给自己买东西，像个超级名模似的每天都健身，还要读书、看剧、欣赏艺术、谈恋爱……这就是我出来度假的目的？

我能比约翰好到哪里去？

约翰。我给他发消息，告诉他我要回去，然后旋风般冲到街上，寻找那家很酷的布鲁克林服装店。才过了几个月，科莉的身材不会有什么改变，但是乔……嗯，他现在可能又长高了。他爸不是很高，但我爸身材高大。我应该先按照乔六月时的尺码买一件衬衣，为了以防万一，再买一件大一号的。天哪，要是他需要新运动鞋怎么办？我最好还是赶紧回家，得在九月到来之前买齐孩子们的装备。跳水赛季到来时，科莉需要充足的睡眠。乔现在在读什么书？我再次掏出手机，准备把这些需要注意的事项告诉约翰，却发现他已经回复了我刚才的消息。

> 你为什么现在回来？孩子们明天一早就要去夏令营报到了。

我的心跳瞬间加快。夏令营？他们是不是弄错了？我怎么会把这件事忘得一干二净？我为他们申请过夏令营吗？

噢，对了，我想起来了。科莉要去参加跳水训练营——每天收费一百美元以上，但他们培养的都是奥运选手和美国国家队队员，所以价格还算公道。可假如没有约翰帮助，我是没法把科莉送进去的。还有乔，航天夏令营，航天夏令营！我们是硅谷的富豪吗？在乡村日间学校，只有那些富二代小孩才会参加这类活动，教职工子女和靠奖学金的学生想都不要想。我竟然把这么重要的事给忘了？

我羞愧万分。我前夫，曾经对孩子不管不问的那个失职父亲，在这两个月里给他们的比我三年加起来给的还要多。等我回了家，他们还会愿意回到我身边吗？约翰是不是已经按照班级购物清单给孩子们买好了校服、高级水笔和三十箱不含乳液的纸巾？他是不是已经带孩子们找过了医生，签好了校内体育活动申请表？他是不是早就给科莉实行了跳水训练期宵禁？他很可能已经把这些事全都做好了。也许他们不再需要我了。

我任由手机滑进包里。这个包其实不是我的。严格地说，它是《纯美》的。我现在才意识到它其实非常时髦。瞧瞧我，穿着最新潮的裤子，挎着借来的名牌包，站在一家青少年服饰店，试图给我的孩子们买东西，用以换取他们的爱，同时却忘记了他们的日程安排和衣服尺码。接下来呢？我会不会连他们的中间名也给忘了？这不是我！我怎么会在这里？我该怎么回去？

我想起今年春天我逛完农夫集市后遇见约翰的那一幕。当时我真没必要搭理他，没必要给他机会探望我的孩子们，没必要延长出来度假的时间。我假装受到了胁迫，其实我是自愿的，擅离职守，像约翰三年前那样弃家人于不顾。我嘴上说只是想休息几天，但从上火车的那一刻起，我就彻底爱上了母亲假。我喜欢赖床，喜欢下馆子，讨厌跟女儿争论裙子长短，不愿看到她对我摔门，也不愿看到儿子闷闷不乐地流眼泪。我喜欢和丹尼尔约会、跟马特逛街，我甚至喜欢和各种各样的人交往，观察他们的缺点和爱好。我从来没真心想回家,一次也没有,只是说说。现在我希望时间倒流,我不该放弃我拥有的一切,因为我担心可能找不回它们了。就算能找回来,面对旧生活,习惯了享受的我恐怕也不会开开心心过日子。

一个售货员走过来,问我需要什么。我很想告诉他,我的生活似乎脱轨了,不过,最后我只是请他帮我找一件适合十五岁女孩穿的"酷"衬衫,再找一件适合十二岁男孩的。他拿来好几件衬衫让我挑,还有一个饭盒风格的手提包,皮革上蚀刻着一个塔形的图案,连我自己都能看出,这个包相当别致。"好,"我说,"就要这个。你能帮我儿子也找点儿这么酷的东西吗?"于是,这个瘦削的大胡子售货员给我拿来一个橙白相间的方形尼龙挎包,我看着他。"橙色的尼龙包?你确定吗?这个包的潜台词难道不是'对不起,我有个可怕的妈'吗?"我问他。

"别的顾客也是这么说的,女士。"他依然十分客气地说,"那你觉得这个怎么样?"他又递给我一个看起来更时尚的帆布背包,上面挂着不少徽章。一看就像是我们学校那些有钱的小孩会背的。

"不错,就这个吧,他要参加航天夏令营。"我告诉售货员,递给他我自己的信用卡。最近几个月我很少用它,买东西几乎都是丹尼尔付钱,或者杂志社报销,还有约翰的信用卡为我兜底。让别人为我付账不符合我的原则,容易让我忘了来之不易的独立性。

"航天夏令营,真棒。"售货员说,"要是这个包是用旧宇航服制作的就更完美了。"

乔曾经说,人们会用激光切割过的纤维面料来制作宇航服,为了确保不容易被撕裂或者刺穿,宇航员的衣服只有手臂和关节部分能活动，其他部位全都僵硬而沉重。用宇航服做背包的想法只会招来乔的嘲笑。要是他现在也在这里就好了，要是我没休什么母亲假而是带孩子们来纽约过夏天该有多好。我真该一上来就把约翰拒之门外。我究竟是抽了什么风，竟然想离开我的孩子们？

我冲回塔莉亚的公寓，一路上脑子里盘旋的全都是这样的念头。我觉得自己是个蠢材，还感到十分尴尬。当然，还有一小部分不那么唯唯诺诺的脑细胞始终在提醒我："可你确实喜欢这里！你爱上了丹尼尔！你需要休息！"

然而我非常恐惧内疚，认为自己是个很糟糕的人，所以我忽略了它们。我转过街角，发现丹尼尔正紧张地在塔莉亚的公寓楼前踱步，但那种恐怖阴森的感觉依然在缠绕着我，所以我并没有跑过去抱住他，而是停下脚步，冷酷地说："不，不，丹尼尔，你走吧，不用对我这么好。"

他整个人都萎靡下来，就好像我刚刚往他肩膀上扔了一件铅皮围裙。"艾米，"他说，"告诉我，到底怎么回事？"

我张开嘴，想解释，却一个字都说不出。尽管对这个人了解不多，但我已经爱上了他。现在我不得不离开他，这很痛苦。我把胳膊搭在他的胳膊上，额头轻抵着他的额头，只有在这么近的距离里我才会允许自己流下早藏在眼里的那滴泪，因为他看不见。

我们就这样站了很长时间。最后，有个女人牵着一条小狗走过来，狗开始在丹尼尔的鞋面上嗅来嗅去。我说："我们还是进去吧，否则小狗会把你当成消火栓的。"于是我们分开了，我拉起他的手。

"我们……"他问，当他的声音快要消失时，我打断了他。

"丹尼尔，我必须回家。我会告诉你原因，但听起来可能很没道理。不过绝不是因为你。这只是我必须做的，我不得不回去。"

他点点头，同时皱起了眉。我们进入门厅，默默乘电梯上楼。他走进塔莉亚的公寓，四下打量被我翻了个底朝天的房间。看到我收拾出来的那个盛着他的个人物品的箱子时，丹尼尔挠了挠后脖颈，钻进浴室，拿出他的剃须刀和除臭剂，用行动对我的决定表示接受。

"我理解你。"他合上属于他的那只箱子，搁在门口，"你的孩子们需要你。"

我摇了摇头，正儿八经地哭了起来。看到我哭了，丹尼尔的反应很暖心，他走过来搂住我，让我在床边坐下，抚摸我的背，很长时间都没问我一个字。

"问题就在这里。"哭得上气不接下气的我终于平复了呼吸，低声说，"其实你不理解。我回家不是因为孩子们需要我，而是因为他们不再需要我了。"

在宾州车站，丹尼尔和我吻别。当晚七点，我回到了家，孩子们在等我，这是他们开始假期大冒险之前待在家里的最后一晚。我们点了中餐外卖，我不得不承认，跟我在纽约吃的中餐相比，这玩意儿的味道简直太糟糕了。饭后，我们坐在餐桌旁嘻嘻哈哈地聊天叙旧，打扑克赢取巧克力筹码，有时聊得太投入，会忘记玩牌。午夜时分，我送孩子们上床睡觉，然后回到自己床上，这是两个月来的第一次。我们明天六点钟起床，去机场跟约翰碰头。乔在那里乘飞机去亨茨维尔，然后我们向北驱车三个小时，把科莉送到美国国家跳水队的宿舍。我这时候才得知，约翰额外付钱，给科莉预订了单人间。"这样她晚上睡觉时就不用戴耳塞了。"约翰解释说。我明白他的意思，科莉睡眠很浅，我们夜里冲个马桶都能惊醒她，乔在相隔两个房间的床上打呼噜也会让她睡不安稳。我认为约翰的安排十分周到，说明在过去的两个月，他真正关注到了孩子们的需求。所有这一切，他陪伴我的孩子们所付出的时间、金钱和关心，就像是我们学校有时不得不注销的那些迟迟未曾到货的图书，假如后来它们又被莫名其妙地送了过来，那是绝对值得庆祝的一件事。

但正因为是约翰的安排，而且我隐隐觉得有些不踏实，所以就问他："没有室友，她要怎么交朋友？"

他笑了："她怎么会交不到朋友？我只希望她不要只顾着交朋友，耽误了训练。"我无言以对，他说得没错，那孩子在模特工厂里都能交到朋友。

果不其然，我们刚刚把她的睡袋和行李送进宿舍房间，她就跑到娱乐室，跟其他的跳水运动员打成了一片。"单人间是个好主意。"我告诉约翰，"你做得很好。"

约翰小心翼翼地看着我："照顾孩子真是一项非常艰巨的工作，我简直无法想象你是怎么坚持这么长时间的。"

我很想告诉他，这是因为我没别的办法，只能硬着头皮干，从而让他再次陷入负罪感的漩涡。但这又是何苦呢？我已经耗光了自从约翰离开后积攒起来的敌对能量，也不再一厢情愿地以为只要他回来我的苦差就能消失。我早就已经放下武器，挥起了橄榄枝。"今年夏天，你能帮我分担这一切，真是太好了。"我说，尽管令人不安的挫败感依然在困扰着我,"谢谢你回来,谢谢你说服我休息了一次。"

听了我的话,约翰的模样看起来似乎能被一片羽毛轻易打倒,但他迅速恢复了正常。"也谢谢你能早点儿回来。我不知道你是怎么料到我们需要你的,但我们确实非常需要你。我简直不敢想象,假如今天在机场得不到你的安慰,乔上了飞机后会恐慌成什么样。"

"也幸好他还有科莉的手机。"我补充道,"说起这个,他二十分钟前给我发了消息,说他登上了前往亨茨维尔的飞机,正在等待起飞。转机很顺利。现在他可以放松地享受未来的一周了。"

"原来他一直在担心这个?"约翰问,"奇怪。"他显然忘了很久以前自己曾在机场发过脾气,一走了之,把我一个人留在那里,让我独自带着四只行李箱和两个孩子坐了六小时飞机——就因为他连半小时都不肯等,非要马上喝到啤酒。

这天晚上,约翰有电话会议,所以我们在附近的万豪酒店开了两间房。他邀我共进晚餐,但我毫不犹豫地选择了客房送餐服务。在那一刻,我意识到了一个非常明显的事实:我已经不再对前夫抱有任何死灰复燃的幻想了。

第二天,为了让约翰在伦敦办公室下班之前赶回家办公,我们一大早就上路了。

回去路上,我们一直在谈论孩子。约翰给我讲他们整个夏天都做了什么有意思的事,比如在长周末强迫科莉出门露营,最后她还爱上了露营。他对我的育儿方式赞赏有加,我真心感激他的称赞。但是，任何夸我的话后面现在都要加上一个标注：过去的两个月里，我忽略了自己曾经精心呵护的两个孩子。

约翰说，五年前，我让第一年进入跳水队的科莉坚持在队里待下去是正确的，因为从那时开始，她收获了许多快乐，也得到了成长。尽管缺少父亲的影响，乔还是成了一个富有经验的户外活动爱好者，这让约翰很受触动。"我真是个傻瓜，竟然以为只有男人才能教他怎么生火。"他说。

约翰一路上喋喋不休。虽然喜欢听到孩子们的故事，但意识到自己错过了很多，我又觉得不高兴，所以我整整一个小时都没说话。沉默似乎是我避免陷入困境的唯一方法，只有这样，我才能控制自己不去揪住他的衣领，问："那你现在准备怎么办？"

毕竟，我的未来似乎又一次落到了这个人的掌握之中。约翰会留在美国吗？还是说，在为孩子们做了这么多之后，他依然要回中国香港？如果我向他提出离婚会怎样？他会要求共同监护权吗？

他会想要更多吗？

我的脑海中翻搅着各种各样的可能性，还得努力不把约翰和丹尼尔放在一起加以比较。可我难道不是更想跟另一个男人坐在这辆车上吗？与约翰不同，那个人会选择留在自己的家人身边。

车厢里越来越沉默，约翰讲完了孩子们的所有趣事。我心里的那点别扭、空虚，以及对接下来会发生什么事的不确定总让我有种肠胃不适的感觉。公路上的每一次转弯、颠簸和变道都让我怀疑自己会吐出来，但我始终没有吐，哪怕连约翰都注意到了我的异常。

"艾米,"他说,"艾米,你怎么了?"

我大口吸气:"我觉得不舒服,可能是晕车了。"

约翰叹了口气,我知道,每次我表现得如此脆弱,他就会很头疼,但他还是把我这边的车窗放下了两英寸,呼吸到凉爽的空气,我立刻感觉好多了。"谢谢。"我说。

"你想吃花生吗?"他问我。他的意思是,我怀科莉和乔时,无论车程多短都会晕车,而且每次怀孕,我都疯狂嗜食坚果和花生酱。

"哈,"我说,想起那天和丹尼尔最后一次滚完床单,我默默地感谢了自己的宫内节育器,"虽然我觉得不太可能,但假如我真的想吃花生,是不是有点儿不可思议?"

约翰并没有反唇相讥,而是说:"你还记得我们带他们去迪士尼那次吗?"

迪士尼乐园。约翰和我曾经一直计划着带孩子们去,但是当十岁的科莉变成一个早熟的小孩时,我们才意识到,孩子们相信魔法的岁月已经被我们蹉跎殆尽。两个孩子都对迪士尼电影不怎么感兴趣。但我小时候就去过迪士尼乐园,那是我心底的特别回忆。约翰从来没去过,去迪士尼是他的梦想。

因此,我们预订了一家公园酒店,驱车南下。这是全家人第一次真正意义上的公路旅行,出乎预料的是,我晕车了。我们在路上停了两次车,好让我吐到路旁的排水沟里。我嚼姜糖、喝七喜,最后还说服了约翰让我开几个小时的车。因为我相信,他粗犷的驾驶风格——我戏称为"拖拉机司机的复仇",就是导致我晕车的罪魁祸首。可哪怕是亲自开车，我仍然觉得反胃，而我们还需要再开一天车才能抵达目的地，我觉得受不了了。

我们在一个规模足以容纳便利店的小镇短暂停留。我走进药房，询问是否有晕车应急包，药剂师给我拿了一个，但他又迟疑了片刻。"如果你怀孕了，或者有怀孕的可能，"他故作漫不经心地说，"你需要先问一下医生再吃晕车药。"

当然，我那时候已经意识到了这个可能性。约翰和孩子们在药房外面开着空调的车上等我，我们已经在车上待了好几个小时，只有在我需要呕吐和去麦当劳撒尿的时候才会停一下车。我走出店门，告诉他们找地方把车停好，然后去街对面的冰雪皇后坐坐，等一下我就过去找他们。接着我回到药房，买了验孕棒，进了洗手间。

我怀孕了。

药剂师给我拿了苯海拉明、维生素 B6 以及一些防晕车腕带。我又买了六瓶姜汁汽水和一大包盐醋薯片，还有一包士力架。我站在药房的门廊里吃掉了士力架，然后来到街对面的冰雪皇后，点了一份花生巧克力冰激凌。

"你的胃口回来了！"看到我带着冰激凌过来，约翰高兴地叫道。噢，那天他的精神一直都很振奋。我们的日子虽然远远算不上完美，但那是我们最幸福的时光之一。

"是的，"我说，他的微笑让我心跳加速，"我觉得药已经起效了，但我不能再开车了，拿回你的车钥匙吧。"

我的冰激凌味道好极了，不舒服的肠胃也渐渐平静下来。这次旅行很是让我的孩子们开心，但我丈夫马上会变得更开心。我不怎么想再要一个孩子，但也不是非常不乐意。对于这次怀孕，我感到惊讶，但并没有感到恐惧。我觉得约翰听到消息会高兴，因为他来自一个大家庭，应该希望有很多孩子，而我在有了科莉好几年之后才生下乔，这是为了给自己一点儿喘息的时间。乔出生之后，我觉得自己已经很老了，但是显然我还不算老。

我乐于告诉他这个消息。我给孩子们钱，让他们去玩抓娃娃机，然后握住约翰的两只手，对他露出笑容，我能感觉到自己的嘴巴咧到了耳根，双眼湿润，孩子们刚一走远，我就快活地说："我怀孕了！咱们又要有孩子啦！"

回忆至此，离家还有一小时车程，我告诉约翰："那次我吃了很多花生，还有薯片。"

"上帝，你吃的薯片可真多，我都担心你会影响薯片的全球供应。"

"还记得吗，你问我孕期打算胖多少斤？"

"你听完差点儿把我杀了。"

"就算杀了你，我也会被无罪释放。"我说。因为有太多关于未来的问题不能问，我只能问他关于过去的问题："你想念过那个孩子吗？"

约翰摇了摇头："没有。对不起，艾米，我不该这样。"

"你一直都这么说。但是起初你似乎很高兴。"

从副驾驶座的角度看过去，约翰比我记忆中的任何时候都更阴沉疲惫。"我没有。"他说。

"那你的高兴全都是假装的？"我问他。

"我确实……假装过,看来我成功了。"他说。

我想了想,试图不把他的话当真,然而失败了。"可要是我们生下那个孩子呢?"我听到自己问,"情况肯定大不一样。我想象不出你会撇下包着尿布的两岁小孩离家出走,这样我们就能一直在一起了。"

约翰直视前方:"有时候我确实会考虑这一点。"

"所以,要是我没流产,你就会留下我?"我再次脱口而出,声音很刺耳,我简直不敢相信就这么大声说出了自己最大的恐惧,可我不是早就想知道这到底是不是真的吗?

约翰叹了口气,似乎一下子就筋疲力尽了。我突然想起当年他离开之前疲惫不堪、唉声叹气地在家里晃悠的样子。"我没有'不留下你',你知道吧?"他说,"你又不是我从商店里买来的东西,我拿着发票就能把你退回去。"

"好吧,那你又做了什么?我失去了那个孩子,你就离开了我。"我的喉咙发紧,过往的伤痛似乎一股脑地全都回来了。我用力眨着眼睛,把泪水吞进肚子里。

"不,"约翰说,"我离开了一切,你是一切的一部分。你、我们的房子和小镇、我的家庭、我的朋友,还有我的孩子,你们就是一切。我以为自己只需要短暂休息一阵子,跟你现在想的一样,结果我花了三年才有勇气回来,而不是两个月。"

"完全是两码事。"我厉声说,尽管我曾经一次又一次地把我们放在一起比较。

约翰摇了摇头:"不,就是一回事。无论做父母还是做人,你都比我好得多。实际上,在我看来,你只想成为在每个方面都和我不同的人，成为我的对立面。"

他显然非常痛苦，但并不打算保持缄默。

"你已经看出这么做可悲在哪里了，对吧，艾米？整整三年的时间，你不仅没有走出来，反而活成了一个彻头彻尾的殉道者，把这个身份当成你唯一的定义，认为把你送上祭坛的人是我。"

**你是被我送上祭坛的殉道者。**

约翰的话让我火冒三丈。他说得对。

"你为什么回来，约翰？"我问。几个月前我就该问他这个问题。我应该更凶狠地惩罚他，让他解释自己的行为。可我太小心翼翼了，生怕……那句话是怎么说的来着？打乱计划？去他的计划。"你是为了我回来的吗？"

他用力吐出一口气。"我是为了他们回来的，乔和科莉。我当然还爱着你，艾米。结婚十八年了，我想我会一直爱你。"他右手松开方向盘，圈住我的肩膀，给了我一个熟悉的拥抱，"我以为回来之后，为了孩子们，我最好尝试恢复我们的婚姻，而且我觉得这不是什么苦差，因为你还是那么漂亮，又是个了不起的母亲，任何人处在你的位置，都不会像你那么有耐心。"

我摇了摇头。他这番话，今年夏天刚开始时我可能会很想听到，现在它却沉重得像块石头。"这不是我想要的，约翰。"

他点了点头，我似乎在他眼中看到了一丝遗憾。"之后怎么办？"我问他，"你有什么打算？"

他犹豫了一下："夏天结束时，我就该回国外了。我会非常想念孩子们，但我必须回去工作。毫无疑问，就算我走了，你们也会过得很好。"

他的话犹如一堵倒塌的砖墙，狠狠地砸中了我。我想要真相。我以为自己已经做好了接受真相的准备，然而亲耳听到真相时，我依然像是被揍了一顿，不，是彻底的崩溃。什么都没变。我离开丹尼尔、塔莉亚和纽约，抛下了我认为随时都会在那边等我的一切，回到这个跟约翰回来之前没什么两样的家。生活还是老样子。

更糟的是，乔、科莉和我现在都已经知道，我们各自的人生中欠缺了什么。

我和约翰沉默了很长时间。一座痛苦之城在我心中哀号跳动，悔恨与损失是它的墙砖，恐惧是它的铺路石，我在脑海中徜徉其间，痛苦地咀嚼着他刚才说的话，跌跌撞撞地经过一座又一座写满了心碎的纪念碑，回到时间开始的地方。

我在纽约离开丹尼尔的那一天。

我在药店见到约翰的那一天。

我发现玛丽卡的那一天。

约翰从中国香港打来电话，说他永远不会回来的那一天。

我去做第十三周孕检，发现胎儿已经没有心跳的那一天。

说起最后这块纪念碑——这个秘密只有约翰和我知道——当时他们问我，要不要对胎儿进行DNA检测，孕期是否出现过痉挛或者出血，我想不想知道孩子的性别，我们有没有继续要孩子的打算。然而这些对过于震惊的我来说都是噪声。我以前从来没流过产，我没有理由认为这次会流产。我一直在服用叶酸，从第四周开始就没喝过酒，只生过无关紧要的小病，乳房柔软，还增重了八磅。我对医生嘟囔着这些细节，想知道她是不是弄错了。

我告诉她，我已经怀孕了差不多三个月，就好像这是一条她不知道的重要信息。我连孩子的教育储蓄户头都开好了。

"你手机响了。"约翰在车里说。我被他的声音拉回现实，回到那个孩子胎死腹中、丈夫离家出走的残酷世界。过去的五年里，我抓住这些伤痛不放，甚至把它们当成构建生活的基础。

"什么？"我问。

"你的手机在嗡嗡响，好像设置了震动。"

"噢，没错，你说得对，是我的手机在响。"

"你不接电话吗？"

我不想接。可能是丹尼尔，或者塔莉亚从迈阿密打来的，她想知道我去了哪里。也有可能是马特，我没打招呼就退出，很可能惹恼了他。总之应该是我辜负过的人打来的。

震动停止了，过了一会儿，它又开始了。当我拿出手机，来电已经转到了语音信箱，是个我从没见过的区号。

语音慢慢地转成文字，我读了一遍信息，震惊地松开了手机："约翰，马上调头，快点儿，科莉受伤了。"

"什么？"

"快，前面有个转向车道，回大学。"

"出了什么事？"他问，但他已经打开了左转向灯，慢慢地驶入巡警快速车道。

"我们得去医院。"我说，我的声音里出现了全新的恐惧。"是科莉，"我抓住他的肩膀，"她在跳板上撞到了脑袋，现在还没醒。"

# 第十八章

科莉刚满三岁时,我们告诉了她那个大新闻。你要有小弟弟或者小妹妹啦,我们对她说。这个消息既令人兴奋,也有破坏性。

科莉说话比较晚,我们已经尽量控制自己不要反应过度,但作为新手父母,每一点异常情况都会引起我们的恐慌,以为可怕的事情即将发生,所以我浪费了不少时间给这个可怜的孩子读故事,逼她进行舌部训练。然而,她是"叛逆者"科莉,遭到我的强迫,她的话反而更少了,她会指着某样东西,说:"涅个。"而不是说出她其实早就知道的物品名称。言语治疗师告诉我们,要假装不知道她指的是什么东西,无论她提出什么怪念头,都不要迎合,不要出声,这样她就会知道什么是无助。也许这样确实有效,我想。也许一切都是我的错,因为我是她妈。也许她只是不想说话,这样就不用听我唠叨了。

但是我很想按照专家说的去做,所以当科莉指着我的肚子说"涅个"时,我说:"嗯?"她说:"宝宝?"我说:"是的,里面有个宝宝。"她说:"科莉不想要涅个宝宝。"我告诉自己,这孩子总算能说出这么长的一句话了。可我也被她说的话吓到了。

约翰和我当时并没有急着要第二胎,但这个孩子比我们预料中的来得晚,假如再晚一点儿,我们就得去看医生了,我们其实已经预约好了治疗不孕不育的门诊。他让我先去做检查,假如我没问题，他再去。约翰给出的理由是"卵子失去活力的速度更快"。老实说，这种话并没有让我对受孕的过程提高些许兴趣。我们的性生活越来越糟糕，我感到非常不满，连前戏都变成了以"我们都忍一忍"和"快点儿完成任务"为主题的动员大会。

然后，谢天谢地，我的月经没来。我在家里测了一次，阳性。我们又等了三个月，确认结果后，把消息告诉了科莉，她却告诉我们她不想要"涅个"宝宝。我和约翰的关系本来就有点紧张，我看着他的脸，想知道全家是否只有我一个人想要"涅个"宝宝。那种感觉可真孤独。

不过，当然，半年后乔出生了，我们马上再次坠入爱河。最兴奋的是科莉，她觉得乔是属于她一个人的。尽管年龄相差好几岁，姐弟俩仍然是很好的玩伴。科莉不会自愿帮忙换尿布，但她喜欢喂乔，约翰出差时，她会半夜起来给乔喂奶，假如喂孩子的人只有我，乔肯定吃不到那么多的奶。半梦半醒之间，我会听到乔在我旁边的摇篮里躁动，但我还没来得及想好接下来该怎么做，隔壁卧室的科莉就会醒来，跑进厨房，小心翼翼地洗干净手，大声叫我过去帮她检查奶瓶的温度，然后在我打瞌睡的时候喂乔。乔喝奶的时候，她还会用一些她从来没对我或约翰说过的单词跟他聊天。"好了，宝贝，"她会说，"喝奶奶的时间到了，好喝的奶奶。配方奶粉。我们得听话，保持安静，让妈妈好好睡觉。你想放屁吗？"

乔吃完奶，科莉会把空奶瓶放到床头柜上，动作自然地从我身上跨过去，躺在我旁边睡下，仿佛那里就是她平时睡觉的地方。摇篮里的乔会稍微抗议一小会儿，此时我会迷迷糊糊地伸出胳膊，给他拍出奶嗝，像妈妈检查孩子拉没拉屎的时候常做的那样，手指头直接探进尿布里找屎，处理完各种可能出现的问题，再接着睡觉。每当约翰出门上班——大多数工作日他都不在家——我和科莉就会合作完成这些奇奇怪怪的任务，如同母女双人舞团。我们像一台精心微调过的育儿机器，四岁的女儿和我。然而约翰，他虽然是个成年人，却连年幼的科莉都比不上。每到周末他都很疲惫，无法在深夜给孩子喂奶，而且还会把起床帮忙的科莉赶回去。周末的白天，他会带科莉到处玩，逛公园、野餐、看棒球比赛、游泳……让我在家守着乔睡懒觉，我会告诉自己珍惜这来之不易的休息时间，但我也会想念科莉，却从来不想念约翰。

我知道，这种非自愿的、由丈夫到孩子的情感转移看似怪异，却并不罕见，我也知道这只是一种阶段性的表现。那些孩子年纪比较大的女人说，当孩子们长大到可以去朋友家过夜或者去祖母家小住时，她们的爱情就会复苏。所以那些年，尽管厌恶性生活，用早睡为借口逃避二人世界，平时能穿肥大的睡裤就不穿任何紧身的衣服，但我极力避免为此自责。

然而约翰离开时，我内心深处那个更隐秘、更羞愧的部分是不是相信一切全是我的错？也许这就是我近些年如此愤怒的原因？

约翰加速驶向医院时，我想了很多，想到科莉每次受过的伤，她从自行车、秋千和梯子上摔下来过，全都是可以避免却没能避免的意外。我的思路异常清晰：这件事的前因后果并没有那么重要，重点在于，我和约翰的基因加起来，组合成了比任何一个局部都更优秀的整体，我们生的两个孩子，我爱他们胜过爱世上的一切，现在其中一个孩子受伤了，无论原因如何，这不是任何人的错，不能怪约翰，甚至也不能怪我。现在的关键是，科莉醒过来之后，需要看到自己的母亲和父亲都在她的身边。

校园附近有一家漂亮的大医院，院子里有许多美丽的青铜雕像。我们疾速驶入车道，代客泊车的服务人员立刻过来要走了我们的车钥匙。一切都整洁光亮。电梯里挂着指示图，告诉你目前在什么楼层。我无暇旁顾，和约翰跳下车就往急诊室跑。科莉已经被转到了其他病房。我对着一群人大叫："科莉·拜勒？"一个实习护士喊道："创伤性脑损伤？四楼。"

创伤性脑损伤，跳水运动员们的母亲可从来不会谈这个术语，我们常讨论的是脑震荡。孩子脑震荡了怎么办？如何识别它的症状？该去哪里治疗？问医生哪些问题？"创伤性脑损伤"是我们极力避免说出来的字眼。脑震荡意味着休息，坐在板凳上看别人训练，几周不去上学，运动伤害。创伤性脑损伤意味着脑子坏了。我冲进四楼的等待室，仿佛我才是有能力拯救科莉的医学专家。"她在哪儿？"我吼道，"科莉·拜勒，医保编号320378，出生日期九月二十七——"

"慢点儿，慢点儿，"前台一个男人说，"你是病人母亲？"

我点头。

"我们一直在等你。我可以把你带到她所在的看护区，呼叫医生。你有身份证明吗？"

我差点揪住这个可怜人的衣领。

"是的，"我说，"快带我去。"我把驾照丢给他，他给我一根腕带。我身后的电梯门打开了,约翰冲了出来,刚才我是从楼梯跑上来的,一步两个台阶,到现在气儿还没喘匀。约翰紧紧地抿着嘴巴,我指着他告诉前台的男人:"这是她爸,让他也进去。约翰,给他看看你的驾照。"

"先生,请稍等,我马上回来接你。女士,跟我来。"男人说。他拿出一张钥匙卡,带我穿过一连串上了锁的门和一条两侧全都是治疗室的走廊,最后把我交给一位护士,对他说:"这是科莉·拜勒的母亲,428号房间。"然后就原路返回了。

护士抓着我的胳膊,领我穿过另一个大厅。"您的女儿似乎在跳水板上撞伤了头部,我们判断有可能是轻度至中度的颅脑外伤,现在还需要做一些影像学方面的检查。目前她处于半昏迷状态,格拉斯哥昏迷评分很高。"我不知道什么是"格拉斯哥昏迷评分",但我脑子一片混乱,顾不上问这是什么意思,"我会请一位医生尽快与您联系,"他继续说,"您很快就能见到她,但因为病人目前只是半醒状态,医生还无法确定她的情况。"

我想起科莉和乔还是婴儿的时候,我经常躺在他们身边,半睡半醒地听我言语迟钝的女儿大发议论。我决定现在就进去看她。

"这里是ICU病人家属休息中心,有咖啡和果汁,还有——女士?"

我看到科莉的出生日期就写在附近一个房间门口的白板上,房号是428,前面标着"创伤性脑损伤",不难看出,她就在里面。我小心打开门,往里窥探,是科莉,她睡着了。我毫不犹豫地走了进去。

"呃……女士,"护士紧跟在我身后说,"你得先去家属休息中心等候,女士,你会让自己难过的。"

科莉躺在床上,戴着氧气面罩打点滴,药水袋挂在床边的支架上。房间里的声音很像肥皂剧病房里的声音,"哔哔""呼呼"不绝于耳。科莉张着嘴,口水沿着面罩流下来。流口水说明人还活着。我哭了起来。

"看了让人难过,女士,所以我才不让您进来——"

"我没难过。"我说,"你瞧,她在喘气儿呢。"

科莉朝我转过头来,眼睛颤动着睁开,然后又闭上了。她能听到我的声音。我擦擦眼泪,拉起她的手,试探地鼓励道:"瞧瞧你流口水的样子,多像一只金毛啊。你吓了我一大跳,孩子。你应该用脚去踩跳水板,可不能拿脑门子撞它。"

科莉睁开眼睛,里面透出一道闪光,但她的眼皮随即又合上了。我背过身去。

"你们给她用了止痛药没有?"我厉声问护士。

"当然用了,女士。您现在需要回到休息区,喝杯……洋甘菊茶。医生很快就会过来找您谈话。"

这次我照他说的做了。来到等候区,我发现这儿只有我一个人,电视调在CSPAN频道,室内飘荡着加油站售卖的廉价咖啡的味道,椅子是医院候诊室里最常见的那种。我找了个座位坐下,放任自己哭了一小会儿。

不久之后,约翰也来了,他坐在我旁边的椅子上。考虑到我们可能要在这儿等上好一阵子,我特意选了双倍宽度的座位。约翰有着很好的边界意识,没有试图和我挤在一起,所以我们之间出现了一段令人舒适的间隔,这点让我很感激。我把胳膊肘撑在膝盖上,双手捂脸,继续哭了起来。

约翰神情茫然地伸出手,抚摸着我的背:"你见过医生吗?"

我摇了摇头:"还没。但我看到了科莉,她肯定还活着。"

约翰发出一声哽咽:"好吧,上帝。艾米,难道我们只希望她还活着吗?"

"这是一个好的开始。"我说,"他们说她是创伤性脑损伤,还得给她的大脑拍片子,看看有没有……永久性伤害。"我的声音越来越小,"你想让我告诉你这个吗?"

约翰没说话。

"你知道吧?"我突然觉得很有必要对他说教一番,"你不在的时候,孩子们也会生病和受伤,还会做傻事,比如打架什么的,受伤了就得送医院,有时候还得剃头……"

"剃头?"

"清除虱子。"我说,"为了把虱子赶出去,我想给乔剃一个寸头来着,但最终效果就像狗啃的一样,我只能想方设法补救,好让他能出门见人。"

"你在说什么?这和虱子有什么关系?"约翰问。

"我是说,我曾经处理过孩子们的紧急情况,各种各样的。只要确定人都还活着,没人身上着火,你就可以放心了。"

"好吧,你的经验真有用。"他生气地说。他有什么资格对我生气?不过,当然,我也生他的气,还有那个护士以及其他向我确认这不是噩梦的所有无辜者,我也把火撒到了他们身上。

"这可能是你第一次目睹孩子受伤,但对我来说早不是第一次了。"我说。

"不只是受个小伤那么简单。"约翰说,"她现在意识不清,脑子里可能有肿块、出血和损坏。"

我抬头望向天花板。他难道不知道"永远不能把你育儿过程中最害怕的事大声说出来"这个道理吗?《急诊室的故事》重播的时候你看了吗?保持冷静,不要咒她。"我说。

"咒她?你怎么能这么说?"他问,"这可不是儿童棒球比赛。"

"嘘!"我说。一个医生模样的人,至少可以说是个穿着白大褂的人走了过来。她站在我们面前,说:"我是博赫医生,你们是科莉·拜勒的父母吗?"

约翰什么也没说。我点点头,露出腕带,然后问:"现在是什么情况?"

"我们仔细研究了CT扫描结果,很遗憾,病人脑部出血,蛛网膜下腔出血,但我相信可以通过手术成功解决。这是创伤引起的。据我了解,她昨天跳水时撞到了头。她可能回去时还没有感觉,上床睡觉后才开始头疼得厉害,这是蛛网膜下腔出血的症状,然后她就起不来了。你们也是这么听说的吗?"

我点点头。我给科莉的教练回电话时,她就是这么告诉我的。昨天晚上,科莉跟新朋友们偷偷溜到泳池跳水玩儿,撞到了脑袋,她让其他人为她保密,然后就回了宿舍,她的那个单人间。今天早晨训练的时候,她没有出现……

"我们需要排除中风、血管痉挛、脑积水……"医生说。

"你说什么?"约翰问,然后对我说:"她讲的是英语吗?"

"嘘,"我再次大声说,"认真听!"

医生放慢了语速:"拜勒先生,你的女儿撞到了头,大脑出血——覆盖着大脑的一层膜出血了。这种情况经常发生,我们科大概有四分之一的病人都像科莉这样遭遇了严重的脑外伤。"

"不,"约翰说,"不。"

博赫医生继续说:"我们可以在片子上看到,需要马上进行手术。"

"脑部手术?"约翰说,"绝对不行,我们需要第二医疗意见。"

医生吃了一惊,说:"你有这个权利,但我建议尽快手术。我们非常确定发生了什么事,治疗刻不容缓。首先,我们需要维持基本的生命机能,她现在已经稳定下来了。现在我们需要进行头部手术,为她止血。"

"你确定有这个必要吗?"约翰问。

"是,"医生说,"确定,必须马上处理。这是个复杂的手术,我做过很多次,现在这种手术的预后要比过去好得多,但并不完美。无论如何,我的业绩非常出色,而且我会跟最好的手术团队合作,不会有比我们更适合为你们的女儿做手术的医生了。我只需要征得你们的同意,还要请你们为她做一些准备。"

"好的。"我说。

"不,"约翰说,"不行,我没明白你的意思。"他叫道。他显然已经吓坏了,在我旁边缩成了一团。

我抓住他的手:"深吸一口气,约翰,坐下,让我来处理。"

约翰看看我,然后看看医生,然后又看看我。"你能处理吗?"他小声问。

我点点头:"是的,我能,我会处理好的。你只需要试着放松,深呼吸。你想找个地方休息一下吗?"

"不。"约翰哀叫,但他死死地拽着我的手。

"那好,你在这儿等着,我去处理。我们需要速战速决。"

"是的,你妻子说得很对。"医生说,"无论你们问什么,我都会尽力回答,但我们绝对不能耽误手术。"

"我现在没有任何问题。"我撒谎道,因为此时我的脑子里恐慌和疑虑交织,成了一团糨糊。绝对不能让恐慌占据上风,它只会使我丧失决断力。"告诉我你需要知道什么,然后请找人给我送几本手术相关的小册子,或者派一位实习生过来,给我们慢慢讲解一下?关键在于,我们必须行动起来。"

"好的。科莉抽烟吗?"

"不。"

"就你所知,她是否吸食可卡因?"

"没有。"

"她有可能怀孕吗?"

"不可能。"

"她服用口服避孕药吗?"

"是的。"

"什么?"约翰叫道。

"别理他。"我对医生说。

"高血压病史?"

"父亲那边有。"我说。

"以前出现过任何脑震荡或者脑外伤吗?"

"没有。"

"很幸运。她一定是个强壮的跳水运动员。"

"非常强壮。"

"好极了,我们会把她送回跳板上的。我会派人过来找你们填写表格,给你们详细讲解相关的医学知识。你们需要非常非常有耐心。手术过程会很长,一般至少需要八个小时。助理护士会告诉你们家庭护理的注意事项,还会领你们到自助餐厅去。"

"谢谢。"我说。

她补充道:"小教堂在五楼。"与艰深的医学术语相比,这句话更能让我意识到问题的严重性:最让我担忧的情况出现了。

"好吧。"我了然地点点头,"你一定得把她治好,行吗?"我说。我希望我的语气里充满了威胁,而不是绝望。

"那是我的工作,我很擅长。你们的工作是在这里等着我完成工作。还有别的人要来吗?说不定他们可以照看一下你丈夫?"医生冲着他歪了歪脑袋。我这才意识到,约翰已经松开了我的手,正在抱着一个废纸篓呕吐。

"他不是我丈夫,"我说,尽管我并不确定这件事在当下有什么重要性,"但我会给他找个保姆。"

医生点点头。"你女儿会得到最好的治疗。"她又对我重复了一遍,以至于让我产生了一种奇怪的感觉:医生的工作还包括安抚家属,目的是让他们离你远一点儿,让你好好工作。真高兴我不是她。但我希望能和她一起陪在科莉身边。

"我能去吗?"我问她。

"在她进手术室前,你可以好好亲亲她。"博赫医生说,"最好的灵丹妙药也比不上妈妈的吻。"

我紧紧地抿着嘴,免得哭出来。我想,这是真的吗?对已经十五岁的女孩来说也是这样吗？哪怕她有创伤性脑损伤？医生轻轻握住我的手，领我来到科莉的床边。

"好了，"我们走进病房时，博赫医生对里面那群穿好了手术服的工作人员说，"这是妈妈，她要拉着科莉的手，帮助她睡着。麻醉医生来了吗？"

"来了。"一个瘦高个子的男人说，"我会把这个面罩扣在科莉的嘴和鼻子上，通过一台仔细校准过的机器持续供给麻醉剂，她会完全失去意识，没有任何不舒服的感觉，直到手术完成。"他说。

"小心，"我说，"她是个好人。"

他点了点头："我能看出来。"然后，他像演戏那样夸张地告诉大家，可以挪动病人了。"如果你愿意，可以给她一个拥抱和一个吻。"他对我说。我拥抱亲吻了科莉，尽管她的眼睛半睁半闭，我还是告诉她，她看起来非常好，我会在今天的晚些时候见到她，然后我对她说了我爱她，告诉她我爱她的哪些地方——坚强、勇气和精神。最后，麻醉医生打断了我，轻声说："好了，妈妈，我们该走了。"就这样，科莉被推走了。

我心怀感激，因为一屋子的医护人员全都簇拥着科莉去了手术室，病房里只剩下我一个人，因为我虽然不希望科莉和一位神经外科医生待在手术室，但既然事已至此，至少她不会看到我哭泣。

# 第十九章

亲爱的科莉：

过去的几个月，你曾经问我能不能重新和你爸在一起。你还问我能不能在母亲假期间变得跟以前不一样，而且永远都不要变回过去那个我。你想知道八月结束后会发生什么事。

我不知道这些问题的答案，所以也不会尝试做出回答。后来，你和那些酷女孩偷偷溜出宿舍，在跳板上撞到了脑袋，你不好意思让教练知道，就一个人跑回宿舍睡觉，现在你可能永远都醒不过来。我必须告诉你，你知道吗？我觉得，你提出过的所有问题，甚至全宇宙的所有问题，现在都变得非常容易回答，因为它们的重要性跟这个问题相比简直不值一提：我漂亮、完美的女儿会怎么样？你会好起来吗？

我讨厌这样。我现在知道了你的问题的答案，却无法告诉你。除了在我的心里。所以我决定用我的心对你说话。我会不停地祷告，让你以某种方式听到我的声音。

第一个问题：我会重新和你爸在一起吗？老实说，我不认为这会让我们每个人都开心，我也不会为了让他留在你们的生活里这么做。假如这是让他留下的唯一方法，那么我们谁都不愿意和他在一起，对吧？我们能做的远比这要好得多。

可要是你想让我和你爸在一起，是因为你相信这是我们这个家的需要，我们一定会试着听听你的意见，因为你是我认识的最聪明、最勇敢、活得最通透的女孩，我会永远相信你。

第二个问题：我有没有通过母亲假改变自己？是的，但改变的方式跟你想象的不一样。我没和塔莉亚做回当年的派对女孩。我从来没有也永远不会后悔生下你和乔。我也没被时髦的衣服、高跟鞋和高级包包收买（但我再也不会穿那些不合身的胸罩了，我以我母亲的坟墓起誓，当你的胸部发育到一定程度，我一定会给你买最好的胸罩）。我喜欢时不时打扮一下，喜欢享受属于自己的时间，也喜欢出门约会。所以，等我们全都回到家，你会看到，我唯一的改变，就是学会了向你们展示如何创造愉悦的生活——不仅仅是度假，而是生活。这是做母亲的人需要学习的重要一课，跟督促孩子多吃蔬菜和教导他们不要懒散同等重要。

当你变得更好——你一直都在变好，宝贝——你会经常约会，进入大学，认识一个很棒的人，有自己的小孩。你要记住我的话，永远不要背叛自我，一厢情愿地去做所谓的"完美母亲"。想都不要想。当你产生这种不切实际的冲动时，不妨穿上我十五年前买给你的合身胸罩，把你的孩子交给一个还算称职的人照顾，然后去享受一些只属于你自己的东西。假如你不知道那是什么，那就好好动动脑子。

最后一个问题：夏天结束后，会发生什么？

你会回家。这是世界上唯一重要的那个问题的唯一答案。

你会回家，我们会一起解决所有其他的问题。

科莉接受手术的前三个小时，时间过得非常快。这是因为我边哭边在网上搜索各种医学术语，查找脑损伤的治疗方式，然后再哭一阵子。这样做非常耗费时间。快到中午的时候，手机电量撑不住了，我也快脱水了，于是我走出空荡荡的病房，来到休息区。约翰已经在那儿睡着了，他坐在离电视大约一米远的地方，有线新闻的高分贝播报声直戳着他的脸。我端详着他的睡相。他看起来疲倦不堪，像个从日出玩耍到日落才回家的孩子。

我明白，假如约翰在我们女儿脑部手术期间一直睡觉，说明他真的累坏了。孩子们榨干了他的精力，就像他回来前他们榨干我的精力那样。不过，受到打击或者不知所措时，如同电池突然没电，约翰也会莫名其妙地陷入昏睡，比如我第一次分娩时，他们公司人事改组时，我们失去第三个孩子时。睡觉对他而言是屡试不爽的疗愈方式，醒来后他会重新焕发活力，做好继续前进的准备。但对我来说，它只是让我感到孤独的又一种方式。

看着熟睡的约翰，我惊讶地想到，自己竟然为这个男人流过那么多眼泪。三年前我逃脱了无期徒刑——跟一个遇到困难就睡觉，让我独自解决问题的男人生活一辈子，却没意识到这点。看似发生在我身上的最糟的事，其实也是我能遇到的最幸运的事。

如果科莉平安无事——请一定让她平安无事，她必须好起来——我不会再浪费时间，为我的婚姻感到悲伤，我会赞美我已经拥有的东西，我的好孩子们，还有我们在一起的快乐时光。我会帮助约翰成为他能够成为的最好的父亲，无论他选择在哪里生活。我会继续约会，过上真正属于自己的生活，不再渴望得到那些一开始看起来就没有那么好的东西。宾夕法尼亚州没有丹尼尔，但可以肯定的是，我也许会遇到一个令我足够开心的人，我也可以每隔一段时间就去纽约看他，也许我们能够找到一些保持亲密关系的方法……

只要科莉活下来，我向至高无上的存在保证，我也会活下去。

否则……好吧，到时候，无论我选择怎么活都应该无所谓了吧。

手术的前六个小时过去之后，我开始着迷地盯着休息区的入口。每当听到脚步声或者看见人影，我都会从椅子上跳起来。又过了一个小时，我决定出去散个步。很可能还要再等一到两个小时，始终保持警惕只会使我发疯。

我走到护士站，让别人知道我没有坐着不动，但是当我表示要出去散步时，值班护士告诉我，我的姐妹要过来。"要不然她就是病人的姑妈？"看到我露出困惑的表情，护士说。

莉娜，感谢上帝。"噢，太好了，我不知道她要来。"我说，然后去电梯那边接她。时机刚刚好——电梯门一开，我最好的朋友就出现了，她一把搂住了我，我终于不再觉得那么孤单了。

"你来这里干什么？"我问。她松开我，又抱了我一下，然后递给我一杯含酒精的巧克力奶昔。"这是给我的吗？"我问。

"就是给你的，我一直很担心自己可能会偷喝几口，你知道，来这里要开很久的车，我只能把它放进冷藏箱，可刚放进去，它就朝我大喊大叫：让我出去！让我出去！"

虽然心里百味杂陈，但我还是笑出了声："莉娜，你怎么会到这里来？你怎么知道我们在这儿的？"

"你不知道吗？"她好奇地问，"约翰给我发短信了。"

我往天上看了一眼。"他终于做对了一件事。"我说,"瞧!"

"你是在和上帝说话吗?"她问。

"那是你的工作。"我说,"我只是竭尽全力别在等待手术完成的时候崩溃而已。"

"还要多长时间?"她问。

"也许一两个小时。我感觉就像一辈子那么久。她的大脑流血了。"我哭了起来。

"噢,科莉,"莉娜说,"怎么会发生这种事?"

我正要告诉她,但是电梯又响了,门应声开启。

"塔莉亚?"我叫道。

"到底是怎么回事?我们为什么会来医院?"塔莉亚大声问,也给了我一个熊抱。如此暖心的举动完全不符合她高冷的个性,我又哭了起来。"拿着。"她递给我一只巨大的猎豹填充玩偶。

"你怎么送我这个?"我哭着问。

"医院礼品店里的东西全都很糟糕。"她说,"但我觉得我们至少可以把这玩意儿肚子里的东西掏出来,给你改成一件漂亮的豹纹外套。"

"噢,天啊,塔莉亚,真高兴你能来。"

"当某个修女给你打电话,骂骂咧咧得像个水手,让你赶紧滚到北边来,你就得赶紧滚到北边来。"她说。

"前修女。"莉娜纠正道。

"你是从迈阿密飞过来的吗?"我问塔莉亚。

"不,我昨天飞回了纽约,打算给你一个惊喜,周末做个深层排毒,把佛罗里达的余毒排出去。瞧瞧那儿的太阳把我的头发晒成什么样了。"她歪歪脑袋，捋了捋那头依旧非常完美的自然卷，"可你不在那里，你的东西全进了纸箱子。我想：'什么情况？'然后莉娜给我打了电话，我说了句：'该死。'然后我就借了某个前男友的车，开到这里来。你知道吧，我没有有效驾照，一路上担惊受怕的滋味太难受啦。"

我摇着头哭了起来。"我也一直在担惊受怕。"我说。

"我听说了。到底怎么回事？"

我还没回答她，电梯又响了，这次我们三个全都满怀期待地看向电梯门。在我们的注视下，一个倒霉的护工迷惑地走了出来。她离开大厅后，我说："科莉在训练营的跳板上撞到了脑袋，她没告诉教练就回宿舍睡觉了，因为她那个时候不应该到泳池去，我猜。早晨队友们过去敲门，叫她出来训练，她没有醒。她还把手机给了乔。教练想办法进了宿舍，发现她昏迷不醒，就打了911，然后打电话给我，让我过来。"

"太糟了。"塔莉亚说。

"科莉非常坚强。"莉娜说，"你很久没见她了，塔莉亚。那孩子就像斗牛犬和汉兰达杂交的无敌混血，她一定会挺过去的。"

"你一定不要骗我，"我恳求她，"她那么……我不能……"

莉娜和塔莉亚一起拥抱了我，其中一位让我赶快闭嘴，另一位说："你不用这样。"

电梯铃又响了。这一次我没去管它，紧紧搂着我的朋友们哭个不停。门开了。

丹尼尔走了出来。

"什么？"我说。

塔莉亚和莉娜松开了我："这不是……"

"丹尼尔？"我说。

"你不介意我过来吧？"他问。

我的回答是直接跑向他。"我女儿受伤了。"我说。我想把我知道的全都告诉他，把各种信息塞进他的大脑。"她现在脑出血，正在接受手术，她爸在睡觉。"

"噢，艾米。"丹尼尔说。他抱了我一会儿，然后退了半步，看着我的眼睛。"你还好吗？"他问我。

"肯定不好。"我说，"但是有了你们，我感觉好多了。"莉娜和塔莉亚好奇地看着我们。

"你们给他打电话了？"我问她们两个。

"我连他是谁都不知道。"塔莉亚说。

"他是性感的图书管理员。"莉娜说，丹尼尔脸红了，"过去一个月，他一直睡在你床上。"

"啊哈！"塔莉亚说，"你把运动手表落在我家了。真高兴那块表不是你的，艾米。"

我笑了："那是他的表。丹尼尔，这是莉娜和塔莉亚。"他扫了她们一眼："很高兴见到你们，如果不是在今天这样的情况下就更好了。她什么时候能做完手术？"

我看了看手机："很快。也可能还要等几个小时，取决于他们发现了什么。但我们应该回休息区，以防万一。"

"需要有个人在这里等着。"丹尼尔说，"马特随时会上来，是他告诉我的。"

"马特？"我说，"塔莉亚的马特？"

"马特怎么了?"塔莉亚问。

"他要来这里。"我说。

"我们一起开车过来的。"丹尼尔说,"他去停车了。"

塔莉亚惊讶地摇了摇头。"好吧,你们两个进去等医生。"她命令道,"莉娜,你和我在这儿等马特。"

我去前台找到过来换班的助理护士,告诉她科莉的家人来了。"两位姨妈,一个叔叔,还有一个……表哥。"我之所以这么说,是因为马特太年轻了,只能当表哥。助理护士扬起眉毛看了看我们:塔莉亚是黑人,莉娜是白人,丹尼尔是亚裔。

"我会登记的。"护士说,可她显然不相信我说的话。她留下了丹尼尔的身份证明,送我们回到监护病房。门在我们身后关上的那一刻,丹尼尔握住了我的手。"这样真的没关系吗?"他问,"这不是'我们'的事。我只是……马特打来电话,说你女儿受了重伤。我不能不过来,无论如何,我必须过来看看你,你知道的。"

"你能来真的太好了。可马特是怎么找到你的?"

"网络。"丹尼尔说,"我,嗯……你的母亲假照片一出来,还是在六月份的时候……我就直接给杂志社的账号发了私信,说我们俩约过一次会,希望把我的电话号码告诉他们。"

"是吗?"我惊讶地问。

丹尼尔耸了耸肩:"听起来有些绝望。但是当我看到那个热门话题的主角是你时,我就……忍不住想要阻止他们胡说八道。"

"马特没告诉我。"我说。

"是的,关于那件事,今天我对他有话要说。"他说,"当我在社交网络上找到了你,一切都解决了。"他犹豫了一下,"我是说,应该解决的得到了解决。但这不是我过来的原因。我不会给你施加任何压力，我是作为朋友过来支持你的。"

我点了点头。"很高兴你能来，无论是不是朋友。"我说，"只不过……我那个先入为主的前任也在这里。"我冲着休息区的走廊偏了偏脑袋。

丹尼尔没有畏缩："很好，科莉需要她的家人。"

"他现在睡着了。"我说，"我认为他是大脑超负荷了，所以自动关机了。"

丹尼尔笑了："好吧，反正我也不想再躲着你那个先入为主的前任了。其实到了我们这个年纪，假如从来没有过先入为主的前任，就没有吃一堑长一智的机会。"

"也许吧，但我眼下没法对你保证什么，"我说，"而且我太担心我女儿了。"

他点点头，紧紧握住我的手："我在这里为你效劳。你担惊受怕的时候，我愿意喂你吃饭喝水，握着你的手。"

"我现在就很害怕。"我说。

"那就不要放手。"

我低头看着他的手，又抬头望向他的眼睛。好，我的心说。塔莉亚、莉娜、丹尼尔，甚至还有马特——幸好有他们在我身边。当我们知道科莉平安无事的时候，我希望乔也能在这里。当科莉终于醒来时，一定会嘲笑我湿润的眼角。约翰会成为一个了不起的父亲，莉娜永远会是离我最近的朋友，塔莉亚会带着猎豹玩偶出现，马特会紧紧握住我的手。无论这些人去哪里，纽约、宾夕法尼亚还是北部的某个医院，我也都会陪在他们身边。

我把头靠在丹尼尔的肩膀上。"谢谢你。"我对他说。然后休息区的门口出现了一个人影，紧接着传来了脚步声。终于，我看到了那身蓝色的手术服和博赫医生那张让人捉摸不透的脸，她深吸了一口气，开始对我说话。

# 第二十章

一周半后

"艾米，你准备好了吗？"

丹尼尔再一次紧紧握住我的手。我摇了摇头。

"太早了。"我说，"我还做不到。"

他抿了抿嘴："是时候了，大家都想知道结果。"

我吸了一口气。好吧，他说得对，是时候了。我能做到。"她打了止痛药吗？"我小心翼翼地问。

"没有。"他说，"止痛药几个小时前就过劲了，她没要求加药，我觉得她真的在康复。"

我第一千次为此默默地感谢上帝。"那就告诉他们吧。"我说，我松开他的手，仿佛它着了火。我们分别走进科莉的病房。她坐在床上，乔坐在旁边，两人正在看一部西班牙语的动物星球纪录片。乔摇了摇头。"我还是认为我应该早点儿回来。"我还没来得及开口，他就这样对我说。

"为什么？为什么明知道她已经没事了，你还要放弃航天夏令营？除了回来休息，你什么忙都帮不上。"

"我不知道。我只觉得很内疚，因为在她最需要我的时候，我没在她身边。"

科莉捶了弟弟的胳膊几拳:"我不需要你,我需要神经外科医生。除非你在阿拉巴马搞到了行医执照,而不是书呆子认证。"

乔皱起眉头:"你竟然不把你最亲的兄弟的支持当回事。"

"我没有,"她说,"你来得真好,妈已经开始让我发疯了,爸在芝加哥,所以我在这儿全靠你了。"

丹尼尔看着我,扬起了眉毛:"他又走了?"

我耸了耸肩,说:"他只是出去开会了。"其实我怀疑丹尼尔在这里让约翰觉得挺尴尬,他巴不得这周能出差。"他到时候会回宾州和我们碰头,孩子们会在感恩节和寒假再次见到他。"我跟孩子们聊过许多次,告诉他们科莉现在已经没事了,约翰得去忙工作。好的,好的,孩子们对我们说,他们完全支持我们的计划,还打算出国过圣诞,因为他们根本没指望他能留下。虽然他们今年夏天玩得很开心,但也想尽快回归现实生活,而且无论如何,每隔几个月他们就能见到约翰,明年的一整个夏天都能和他在一起。另外,科莉提醒我,因为开学前我们就会向法庭提交离婚协议,约翰很快会向我支付这些年来的子女抚养费,所以这个夏天是"非常值得"的。

丹尼尔知道我和约翰申请了离婚,但他并没有参与我们的家庭协商,因为他一直在努力成为我的"朋友",给我的家人提供了许多空间。听了我的话,他看上去挺沮丧,所以我又补充说:"约翰的情况就这样。"

乔点点头:"他并不完美,但他是我们爸爸,别再批评他了。"

"好吧。"丹尼尔说,"嗯,你妈和我过来是为了告诉你们——"

"我们知道,"科莉说,"你们俩在交往,人人都知道。卡戴珊家那个谁好像还把这事发网上了,所以别大声嚷嚷了,好吗?"

乔尽可能恶毒地瞥了丹尼尔一眼。很明显,世界上没有人能配得上他妈。我就算是把教皇拐回家,乔也会挑出他的毛病。

"好的,"我说,"对于我们交往这件事,你们怎么想?"

科莉耸了耸肩。"我们必须搬到纽约吗?"她问。

我摇了摇头。"我们仨可能会时不时到那边去。"我提醒他们,"而且,你们每个月都要去莉娜阿姨家过一次周末。"

"我能在她家喝健怡可乐吗?"科莉问。

我没搭理她:"关键在于,每个人都不用搬家。我们在这边有自己的生活,丹尼尔和卡桑德拉在纽约有他们的生活。我们会慢慢摸索出解决各种问题的办法,走出自己的路。等卡桑德拉明年春天毕业了,我们再考虑要不要改变目前的安排。"

"她正准备申请坦普尔大学和普林斯顿大学。"丹尼尔说,"到时候我们可以搬到更近的地方,大家都会轻松一点儿。"

"哇,"科莉瞪大了眼睛,"普林斯顿。"

"不用和她竞争。"我说。

"嗯,这样的竞争也不公平。"她说,"不是我的错,我的脑子坏了,去不了普林斯顿。"

我笑了:"你的借口已经过时了,你的脑子现在完全没问题,因为我让他们把这家医院能做的检查全都给你做了一遍。"

乔举起一只手。

"乔,不用举手,想说什么就说吧。"我说。

"可他是老师。"乔瞥了丹尼尔一眼,说。

"我也是老师。"我纳闷地说。

"好的，乔，"丹尼尔说，"你说吧。"

"我可以申请布朗士科学高中吗？"他问。

我看着丹尼尔。他看着我，他在笑。

我摇了摇头："慢慢来，伙计们，我们还在约会阶段，仅此而已，不要先盘算着和我的新男友一起住。"

"什么？"乔说，"等我上高中时，科莉早就毕业进美容院工作了。"科莉捅了他一下，"乡村日间学校只学一年物理，而且我们象棋队每年都会被布朗士高中的象棋队打败。"

我没理他，只是说："我们耐心等待吧。"但我没忍住偷偷想象起两年后移居纽约的样子：乔在纽约最好的理科高中学习，得到最理想的发展；我在能让我发挥作用的学校的图书馆教书，在真正有需要的学生中推广我的"灵活分类法"；丹尼尔和我一起住在一个了不起的城市，每晚一起看书。我必须承认，这个想象非常不错。

"我才不会去美容院上班，"科莉嗤笑道，"我要代表宾夕法尼亚州立大学跳水。"

我坚决地举起手来制止她。

"等我完全康复之后，医生说没问题。"她补充说。

"等我学会了参禅入定，修炼到万事不关心的境界再说吧。"我说。

她怒气冲冲地瞥了乔一眼。

"不用担心妈。"乔说，"她交到了新'男友'，肯定会越来越忙，没时间看着你。"说到"男友"时，他还举起手来比画了一对引号，"更何况他还为她从国家艺术基金会申请到了巨款。"

科莉歪了歪头："什么？什么基金会的巨款？"

"国家艺术基金会。"丹尼尔说，"前阵子图书馆员大会闭幕后，你妈在芝加哥的朋友凯瑟琳帮我提交了一份资助申请。刚听到你妈提出'灵活分类法'时，我们就觉得她的方案有戏，无论你妈本人信不信。只要先把项目做起来，我就有了一直约你出来的理由。"他冲我眨了眨眼。

我惊讶地摇头："你们俩太狡猾了。"

"等等，就是你在乡村日间学校做的那个电子书选读实验吗？"科莉问，"我觉得很有意思。"

"对，是它，"我说，"但我们想不出大规模应用的筹资方式。学校董事会反应太慢，我们只能先设法获取一些真正有价值的小说的免费使用权，把有限的资金用在多样化受众的阅读普及上。后来我们灵光一现——呃，是丹尼尔灵光一现，意识到没必要请作者免费提供他们的作品，我们完全可以请第三方付钱给作者，比如那些向社区艺术家提供支持的机构……"

"所以我把任务交给了凯瑟琳，她认识PTO的一位拨款申请撰稿人，由此撬动了一些关系。"丹尼尔说，"现在你们妈妈有了一大笔钱，可以在资金不足的学校开展试点计划了。"

"这么说，你之所以和这个人约会，是因为他能为你的书呆子计划拉来赞助？"科莉难以置信地问。

我笑了："不，是因为这家伙会讲拉丁语冷笑话。"

丹尼尔一下子来了精神。"马可·奥勒留为什么要让他的孩子吃沙粒?"他问房间里的人,"因为他不接受玉米粒攻击[1]!"

我们同时打了个寒颤。"主要是因为他很有魅力。"我连忙纠正道。

乔惊恐地看着科莉,她夸张地哀叫了一声。

"科莉,"我说,"我非常想念你那些一针见血的观点,感谢你这周努力活了下来。"

"没错。"丹尼尔补充道,"我也非常感谢你,否则我就不会见到你们了。我敢肯定,你们妈妈再也不会给我打电话,不管我拉没拉到赞助。"

科莉说:"任何试图以金钱来衡量年轻女性的人生价值的行为都是自私的。"

"你跟卡桑德拉一定很合得来。"丹尼尔说。尽管并非完全确定,我还是笑着点了点头。重点在于,她们俩不一定非要合得来。丹尼尔使我得以用全新的眼光看待生活,让我相信,在纽约享受我所发现的美好事物与履行我在宾夕法尼亚州的家庭职责并不矛盾。对我来说,约翰离开之后的生活不再意味着牺牲与孤独,我和丹尼尔也不必非要像《脱线家族》那样,把两个已经很幸福的家庭强行混搭在一起。还有第三种方式。

我现在明白了,在爱你的孩子、你的生活和你的朋友的同时,你还可以提出更多要求。你完全可以大胆走出去,追求更多的爱、更多的友情、更多的成就,同时还是一个好妈妈。

因为丹尼尔,因为我的朋友们,因为科莉和乔,我终于明白,

---

1. 拉丁语"ad hominem",意为"人身攻击"。"hominy",意为玉米粒。

传统的数学法则并不适用于做母亲的人：我可以既是 100% 的母亲，同时也是 100% 的我自己。然而做到这点并不容易，我需要改变思维，想通一个道理：为了照顾好我的孩子，我一定不能忘了照顾好我自己。

对于我来说，一下子学会这么多，不仅离不开家人的帮助，更少不了母亲假的功劳。

嘿！

我猜你听了肯定会疯的。母亲假的报道刊发后这一个月，反响特别大，许多信还寄到了我们这儿，还有一些绝对是写给你的，我挑了我最喜欢的几封先转给你。你看没看我们最近发的帖子？

么么哒！

塔莉亚

对了，告诉你个好消息，马特升职了，工资也跟着涨了不少，可我还是死也不想上班。他现在的头衔是"在线营销趋势策略师"，虽然我半点儿都不羡慕，他却很兴奋，还打算成为这方面的专家。他从时尚衣橱里挑了些衣服送你，感谢你成为母亲假的代言人。我也为科莉挑了些礼物。好好享受吧，别忘了打蜡脱毛！

亲爱的《纯美》杂志：

　　这是我第一次给杂志社写信，我想告诉你们，那篇叫《你需要母亲假吗?》的文章简直太棒了。我以前根本不知道还有母亲假这玩意，一听说这个新名词，我就告诉我丈夫，要是你不让我连休两周母亲假，我就甩了你。坦白说，我是认真的！我有三个很好的孩子，过去七年里，我唯一的职责是给他们擦鼻涕、换尿布。有时候为了"好玩"，我还会给他们做饭，我三岁的孩子死也不肯吃，我只好再给他做点儿别的。我丈夫每周都会——是的，每周，跟他的朋友们出去玩，喝得醉醺醺的后回家，都没法送孩子上床睡觉。每晚他不是去打保龄球就是加班。周日早晨，他在睡懒觉，我只能一个人挣扎着带孩子们上教堂，免得我妈跟我脱离关系。她有自己的一大套育儿理论，还经常教育我，说我应该给孩子们"立规矩"，可在饭桌上，没有一个孩子愿意碰盘子里的四季豆，那个时候她在哪儿？告诉你吧，她站在冰箱旁边，给大家发巧克力棒！我家老幺连牙都还没长齐呢！说真的，要是不给我放个假，让我夜里一个人躺在床上，美美地睡上八小时，我就再也不回家了！

　　谢谢你们发表了那篇文章，但故事里的那位女士有点儿疯狂，她竟然撇下孩子们不管，独自去上健身课，实在有点儿疯狂，我永远不会犯这种错。

　　此致

　　　　　　　　贝卡·阿尔特，内布拉斯加州奥马哈

亲爱的艾米·拜勒：

我请刊登了你的故事的杂志社把我的信转给你，让你知道你给我和我的朋友们带来了多大的启发。我是在牙医办公室读到关于你的文章的，当时我就意识到，我必须和我的女性朋友们谈谈。我们自称"周一妈妈"，因为六年前我们同时患上了产后抑郁症，在集体治疗课上认识。感谢多方支持和药物的帮助，现在我们好多了。但你知道，育儿依然是个繁重的工作。

经过讨论，我们四个"周一妈妈"决定互相帮助，让每个人都获得一周母亲假。按计划，每当其中一人休假时，另外三人会轮流替她接送孩子，接到自己家住，为她分担家务。从孩子们还很小的时候开始，我们每人每月都会拿出十五美元，作为"水疗基金"攒起来，但这么多年过去了，我们从来没找到四人一起去住酒店和享受按摩的机会。现在我们决定换一种方式，把这笔钱分回给四个人，贴补母亲假的花费，让每个人都能获得安静的独处和思考的时间，放松一整周。

我从报道中了解到，你在休假时读了很多书，但当我的母亲假到来时，我要每天都看电影，因为自从我第一个女儿出生以来，我就再没去过电影，甚至连电影院里的爆米花是什么味都忘了。我只记得很久以前自己很喜欢看电影。我的朋友卡拉打算在泳池里消磨时间，她曾经是游泳大师，但镇上唯一提供幼儿托管服务的健身房没有游泳池。诺艾尔有个刚断奶的小男孩,所以她说她只想睡上一整周,但我打赌,哪怕只是睡上一小会儿,她就有精神好好散个步,或者读一本好书了。还有我最好的朋友安妮,嗯,她会带上吉他去度假。

艾米,我们的家人都不住在附近,我们的伴侣也不是非常体贴,看到你的故事之前,我们根本意识不到我们也有享受属于自己的时间的权利。读了你的故事后,我们才知道,妈妈们不是"可以"休息,而是"必须"休息。所以,非常感谢你的勇气,感谢你在我们需要的时候推了我们一把。

你诚挚的,
周一妈妈,威斯康星州巴拉布

亲爱的《纯美》杂志：

我想写信来表达我的失望——不，我的愤怒——在你们的报道中，你们给那个逃避责任的母亲找借口，把她美化成英雄人物来崇拜，这非常不负责任，也很可悲。后来我意识到，这全是为了卖杂志。为了增加销量，你们不惜让整篇文章被色情糟粕填满，你们竟然用了七页纸（！）来介绍一个不称职的女人，她把自己的孩子遗弃给一个近乎陌生的男人，就为了跳上纽约某个男人的床，每天一点正事不干，只关心怎么"改头换面"，参加什么"健康俱乐部"，我自己再怎么胡闹都不会堕落到这种程度。要是你们的报道导致其他女性——通常是善良而有责任感的好女人——有样学样怎么办？把这么危险的文章发出来前，你们考虑过这点吗？我一看到你们的倡议就恶心。丢人，你们可真丢人，《纯美》杂志，为孩子们想想吧。

请立即为我取消订阅。

你诚挚的，

黛博拉·斯塔基，亚利桑那州凤凰城

[ 全书完 ]

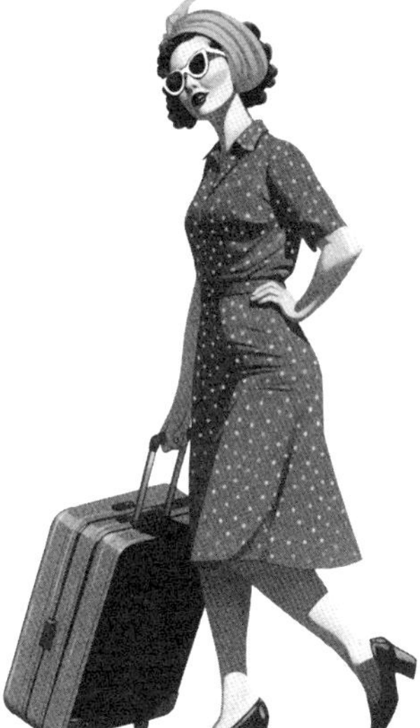

## 我是妈妈，我要放假

[美] 凯利·哈姆斯 著　孙璐 译

产品经理 _ 夏言　　装帧设计 _ 星野
技术编辑 _ 顾逸飞　　责任印制 _ 刘淼　　出品人 _ 吴涛

营销团队 _ 上海营销与品牌部

## 鸣谢

孙雪净

果麦
www.guomai.cn

以微小的力量推动文明

图书在版编目(CIP)数据

我是妈妈,我要放假 /(美)凯利·哈姆斯著;孙璐译. -- 上海:上海文化出版社,2024.9. -- ISBN 978-7-5535-3022-2

Ⅰ.I712.45

中国国家版本馆CIP数据核字第2024N52G17号

著作权合同登记号　图字:09-2024-0348 号

THE OVERDUE LIFE OF AMY BYLER
Text copyright © 2019 by Kelly Harms
All rights reserved.

This edition is made possible under a license arrangement originating with Amazon Publishing, www.apub.com, in collaboration with The Grayhawk Agency Ltd.

出 版 人:姜逸青
责 任 编 辑:郑　梅
特 约 编 辑:夏　言
装 帧 设 计:星　野

书　　名:我是妈妈,我要放假
作　　者:[美]凯利·哈姆斯
译　　者:孙璐
出　　版:上海世纪出版集团　上海文化出版社
地　　址:上海市闵行区号景路 159 弄 A 座 2 楼　201101
发　　行:果麦文化传媒股份有限公司
印　　刷:北京盛通印刷股份有限公司
开　　本:880mm×1230mm　1/32
印　　张:10.75
字　　数:231 千字
印　　次:2024 年 9 月第 1 版　2024 年 9 月第 1 次印刷
印　　数:1-5,000
书　　号:ISBN 978-7-5535-3022-2/I.1172
定　　价:55.00 元

如发现印装质量问题,影响阅读,请联系 021—64386496 调换。